汉园新诗批评文丛
洪子诚 主编

周伟驰 著

小回答

图书在版编目(CIP)数据

小回答/周伟驰著. —北京:北京大学出版社,2014.8
(汉园新诗批评文丛)
ISBN 978-7-301-23298-9

Ⅰ.①小… Ⅱ.①周… Ⅲ.①诗歌评论-世界 Ⅳ.①I106.2

中国版本图书馆 CIP 数据核字(2014)第 233543 号

书　　　　名:	小回答
著作责任者:	周伟驰　著
责 任 编 辑:	任　慧
标 准 书 号:	ISBN 978-7-301-23298-9/I·2683
出 版 发 行:	北京大学出版社
地　　　　址:	北京市海淀区成府路 205 号　100871
网　　　　址:	http://www.pup.cn　新浪官方微博:@北京大学出版社
电 子 信 箱:	pkuwsz@126.com
电　　　　话:	邮购部 62752015　发行部 62750672　出版部 62754962
	编辑部 62756467
印　　刷　者:	北京大学印刷厂
经　　销　者:	新华书店
	880 毫米×1230 毫米　A5　9.625 印张　207 千字
	2014 年 8 月第 1 版　2014 年 8 月第 1 次印刷
定　　　　价:	39.00 元

未经许可,不得以任何方式复制或抄袭本书之部分或全部内容。
版权所有,侵权必究
举报电话:010-62752024　电子信箱:fd@pup.pku.edu.cn

汉园新诗批评文丛·缘起

北京大学中国新诗研究所2005年成立以来,重视新诗研究刊物、研究丛书的编辑出版工作,先后出版了"新诗研究丛书"和集刊性质的《新诗评论》,受到诗人、诗歌批评家、新诗史研究者和诗歌爱好者的欢迎。

从今年开始,在"研究丛书"之外,拟增加"汉园新诗批评文丛"的项目。相较于"研究丛书"的侧重于新诗理论和诗歌史研究的"厚重","批评文丛"则定位于活泼与轻灵。它将容纳诗人、诗歌批评家、研究者不拘一格的文字。这一设计,基于这样的认识:在诗歌研究、批评领域,重视理论深度、论述系统性和资料丰富翔实固然十分重要,但更具个性色彩的思考、感受,和更具个人性的写作、阅读经验的表达,同样不可或缺。在力图揭示事物的某种规律性之外,诗歌批评也可以提供个别、零星、可变的体验——这些体验与个体的诗歌写作、阅读实践具有更紧密的关联。也就是说,为那些与普遍的规范体系或黏结、或分离的智慧、灵感,提供一个表达的空间。除此之外的另一个理由,是诗歌批评"文体"方面的。也许相对于小说研究、文化批评,诗歌批评、阅读的文字,需要寻求多种可能性和开拓,以有助于改善我们日益"板结"、粗糙的"文体"系统和感觉、心灵状况。

小回答

　　写作这样的文字,按一般认识似乎比"厚实"的研究容易得多。其实,如果是包蕴着真知灼见和启人心智的发现,透露着发人深思的道德感和历史感,并启示读者对于汉语诗歌语言创新的敏感,恐怕也并非易事。

　　这样的愿望,相信会得到有相同期待者的理解,并获得他们的支持和参与。

洪子诚

目 录

汉园新诗批评文丛·缘起 …………………… 洪子诚/1

马查多的河流、大海和梦中梦 …………………… 1
马查多《肖像》一诗的翻译与理解问题 ………… 23
替罪羊的诗篇 ……………………………………… 52
萨巴《自传》的翻译及讨论 ……………………… 70
米沃什的神学之诗思 ……………………………… 96
辛波丝卡的六世界 ………………………………… 113
当代中国基督教诗歌及其思想史脉络 …………… 150
用典与新诗的历史纵深问题
　　——维庸和聂绀弩 …………………………… 200
强劲有力的当代非洲诗歌 ………………………… 217
新时期诗歌对政治的加法和减法
　　——政治与诗歌的互相介入 ………………… 241
访谈一（答黎衡问） ……………………………… 261
访谈二（答李浩问） ……………………………… 280

1

马查多的河流、大海和梦中梦

一 一个诗人的传奇

1939年2月22日,流亡中的西班牙诗人马查多病死于法国南部边境小城科利尤尔,口袋里装着他写下的最后一首诗《这些天青色的日子,阳光明媚的童年》。三天后,与他同行的老母亲亦与世长辞。4月1日,西班牙内战结束,佛朗哥开始其独裁统治,直到1975年。在此期间马查多著作遭禁,但诗人仍活在人们心中。1966年2月,一家报纸说,小城巴埃萨将有马查多铜像揭幕仪式,于是成千上万的人从各地涌入巴埃萨,引起警方高度戒备,对他们实行重重拦截,最后双方发生流血冲突,27人被捕,成为轰动一时的新闻。

马查多是忧国忧民的"九八一代"的中坚诗人之一,随着岁月的汰洗,他因其诗艺的精湛和思想的深邃,而渐被公认为20世纪西班牙最伟大的诗人。许多人把他和英语的叶芝、法语的瓦雷里、德语的里尔克、意大利语的蒙塔莱相提并论。眼光苛刻的布罗茨基,在《怎样阅读一本书》里向西班牙语读者推荐的诗人名单依次是:马查多、洛尔迦、塞尔努达(Luis Cernuda, 1902—1963)、阿尔伯蒂(Rafael Alberti,1902—1999)、希门内斯(1956年诺奖得主)和帕斯(1990年诺奖得主)。

马查多1875年出生于塞维利亚的一个知识分子家庭,父亲是西班牙民谣的热心搜集者。童年的阳光、柠檬树、庭院、花园和喷泉,成了马查多早期诗歌的源泉。8岁时全家搬到马德里,马查多在后来有"第二共和国摇篮"之称的"自由教育学校"接受了七年开明教育,形成了尊重他人、有社会责任感、崇尚自由讨论、热爱大自然的个性。学校的"远足"训练使他终生热爱散步,这为他的诗歌带来渐次清晰的形象和徐缓的节奏。但他18岁时父亲的去世使得家道中衰,他不得不勤工俭学,结果25岁时才拿到学士文凭。1899年,他和哥哥曼奴埃尔到巴黎小住五个月,为一个法国书商编一部法西词典。他见到了莫里亚斯、保罗·福特,还有晚年王尔德,大约同时接触到了柏格森的哲学。这一年他开始写诗。1902年他又去巴黎,结识了现代主义大师达里奥,后者马上看出了他的才华,写了一首"哀歌"给他。达里奥说:"他一次又一次地漫步,/神秘并默默无言。/目光是那样深邃/几乎无法看见。/他说话的语调/腼腆而又高傲。/他思想的光芒/几乎永远在燃烧。/他深刻而又闪光/像具有崇高信仰的人那样。/他同时在放牧/上千只狮子和羔羊。/他会引导风暴/也会带来充满蜜的蜂房"(赵振江译),准确地刻画出了马查多的性格、风格和爱用的意象。

巴黎给了马查多三样东西:现代诗歌、柏格森哲学、法语之为职业。回到马德里后,马查多开始与乌拉穆诺、巴列—因克兰、希门内斯等人交往,形成"九八一代"的核心圈。那是群星璀璨的一群人。1903年1月,马查多出版处女诗集《孤寂》,四年后加入新写的诗,扩大为《孤寂、长廊及其他诗篇》。

1907年,马查多获得在中学教授法语的资格,离开马德里,前往北部卡斯蒂利亚高原小城索利亚任教。作为一个"对周遭环境极度敏感的人",那片土地改变了他观察世界的方式,而与少女莱昂诺尔的相遇则改变了他的生活,使他由孤寂的现代主义"自我"通向现实主义"他我"。莱昂诺尔是马查多房东的女儿,二人于1909年结婚,其时马查多34岁,莱昂诺尔15岁。1911年,马查多获得政府奖学金,携莱昂诺尔前往巴黎专攻哲学,听柏格森在法兰西学院的系列讲座。但几个月后莱昂诺尔患肺结核,二人不得不回到索利亚。次年八月,莱昂诺尔病死。马查多痛不欲生,只因刚出版的诗集《索利亚的田野》获得很高评价,让他觉得自己尚有一点"正面力量",尚可活下去。他离开了索利亚,没有再回来,也没有再娶。他去了南方小城巴埃萨,在那里待了七年。这期间他获得了教授西班牙语文学的资格,出版了《索利亚的田野》扩大版(1917),书中加入了他在巴埃萨时写的一些诗。他还通过函授的方式,从马德里大学获得了哲学博士学位,指导教师是哲学家迦塞特。他的诗的哲理味更浓了。其间值得一提的趣事有:1916年,才18岁的大学生洛尔迦与其同学到巴埃萨看望马查多,马查多朗诵诗歌,洛尔迦弹琴伴奏。

1919年,马查多搬到距马德里西北一小时车程的塞哥维亚,在新开的为平民子弟服务的人民大学任法语教授。他周末常回马德里,与哥哥曼奴埃尔合写剧本。1924年他出版了第三本诗集《新歌集》。随着哲学思考的加深,他虚构了两位诗哲,亚伯·马丁(Abel Martin,1840—1889)及其学生胡安·德·马依瑞纳

（Juan de Mairena），通过他们的互驳和互补，折射马查多的思想。三人之间构成微妙的反讽。了解马查多诗歌的深度，离不开这两位"诗哲"；其作品结为"伪歌者集"，收在《诗全集》（1928、1933、1936）里。1931年第二共和国在塞哥维亚成立时，马查多参加了成立仪式。1932年他转到马德里一家新开的学校任法语教授，住在弟弟何塞（Jose）家里。此时，山雨欲来风满楼，左右两翼较劲，尽管马查多认为文学不能政治化，但形势比人强，他不得不挺身而出充当自由主义的辩护人。他让马依瑞纳紧急复活，在报纸撰文五十篇，对时政及社会文化现象作出广泛评论，1936年结集为《胡安·德·马依瑞纳》（言论、妙语、笔记，以及对一位伪教授的回忆）。

1936年7月，佛朗哥叛变，内战爆发。国仇引发家恨，马查多往左，曼奴埃尔往右，兄弟决裂。马德里被围，很不安全。11月，马查多和何塞一家随共和国第五军团撤往巴伦西亚，1938年4月撤往巴塞罗那，1939年1月他们加入逃难的人群，到了法国南部的小镇科利尤尔，于是有了本文开头那一幕。

二 一个"绵延"的"喷泉"

作为诗人的马查多，在其四十年的诗歌生涯中，持续而稳定地成长着，就像他所喜欢的柏格森的"绵延"一样，很难将其流程分割——它们往往是淡出淡入，常有深化——但出于方便，我这里还是将其发展分为四个阶段。一、现代主义时期，《孤寂、长廊及其他诗篇》，主题是时间和真我；二、写实主义时期，《索利亚的田野》，主题是卡斯蒂利亚的土地和精神，对莱昂诺尔及友人们的怀念;三、哲理诗时期,《新歌集》及"伪歌者集",探讨自我与他人、虚无与时间等;四、政治诗时期,写于内战时期,涉及战争。

马查多诗歌的大主题是"时间"。1902年他写道:诗是"时间中的词语"。从发生学的角度看,马查多的诗与柏格森哲学有很深的渊源。

柏格森打破了近代空间化的时间观,认为它是对我们真实时间意识的扭曲。我们的意识状态绵延起伏,彼此渗透,生生不息如大河流淌,又不断壮大如雪球向前滚动,在当前的注意中带着昨日的记忆,走向明天,于是有一个生成变化的自我,今昔一体,昨日之我也即今日之我。但一旦用公共性的语言将这个绵延之我凝定,加以空间化的切割,则自我便如中央之帝混沌被儵忽凿出了七窍,成了死的永恒。对于柏格森来说,意识=直观材料=绵延=时间=记忆=自我=变化=自由=存在,原本是同一个活的有机体,只是为了交流的方便,他才不得不用公共语言来对私己的意识流加以分析。那么如何才能对这个绵延的自我有所认识?用直观。他举例说,对一座陌生的城,你可以看地图和说明书,但总不如亲身到它的街巷里走一走来得直接。因此这相当于我国所说的"亲证"和"体知"。根据柏格森哲学,过去的经验如滚雪球一般自动地留在了记忆之中,极少部分因当前实际的需要而被功利地利用起来,但绝大多数则留在那里未被动用,而做梦、白日梦和怀旧则因没有功利性,而能让绵延不经意地呈现,从而直达意识最深层,直观到那个作为"活的永恒"的真我。柏格森的"记忆"对文学艺术影响深远,普鲁斯特《追忆似水年华》即为一例。

马查多《孤寂、长廊及其他诗篇》正是要"以梦为马",把梦、幻想和童年回忆当作通往真我的长廊。柏格森的"绵延",正是马查多诗中的"时间""昔今一如";柏格森的"活的永恒",正是马查多频频提到的"河流""喷泉""泉水""水车";柏格森的"生命冲动",成了马查多的"深层的精神冲动";柏格森那活泼泼无以言喻的"根本自我"和被语言固化的"表层自我",就成了马查多想分清的"原声"和"回声";柏格森的"直观",成了马查多"眼睛"的"看"——既向内也向外——长途散步正是"亲证";连柏格森在《意识的直接材料》第三章中所举的"走路"的例子,也对马查多的"道路"意象不无影响。马查多说"世上本无路,路由人走出","回望时只看见一抹泡沫",正与柏格森活动先于反思的思想相合。尽管后来马查多对柏格森哲学有所反省,尤其是在他人、虚无的问题上,但在时间主题上,可以说他终生是个柏格森主义者。

《孤寂、长廊及其他诗篇》中,魏尔伦那魔幻的音乐,马拉美那于无声处的暗示,波德莱尔感官的综合,达里奥那幻美的花园,都留下了一些痕迹。废园、葬礼、蜜蜂、道路、大海、喷泉、河流、具有阿拉伯遗风的水车,是常见的意象。这些诗表现了一个年轻人的孤独、忧郁、焦虑和无爱的苦闷。但由于柏格森哲学,它们有了一种统一性。诗人说:"记忆有益于一件事/令人惊奇地:它把梦带回。"因此,童年时在塞维利亚的美好景象不断出现:柠檬、阳光、鲜花、花园、喷泉、庭院,以及母亲的怀抱,构成了一个彼岸乐园,但因为绵延,而又活在今天。他用"原声"象征"真我",用"回声"象征"表层自我",后者又像"镜子的迷宫"一样不断繁衍。与忧伤的"我"进行对话的"喷泉妹妹",象征着不息流动的"真我",她告诉"我",多年以前的夏日在她旁边喝水的少年也就是今天的"我",

今天也就是昨天,是同一个"绵延"。《水车》中的被蒙着眼的骡子,把泉水从井底下转到地面,正象征着诗人的劳动,使真我坦露。值得注意的是,诗集里的一些诗已有民谣、反讽、哲理、描写的成分,它们以后将得到充分发展。

对这段时期的创作,马查多后来说:

> 那时,达里奥是一小群人的偶像。我也钦佩(他)……但是我试着走一条安静些的、不同的路。我认为,诗歌的实质并不在于词语的声音的价值,不在于它的色彩,也不在于音步,也不在于感官的复合,而在深层的精神冲动……我还认为,一个人可以带着惊奇,追上他与他自己的内在对话的某些片断,把活生生的声音跟死的回声区别开来;我认为,他在向内观看时,能够瞥到深层的根本意象,那是所有人都拥有的感觉之物。

三 索利亚的山水与爱情

1907年马查多到索利亚任教。索利亚处于卡斯蒂利亚高原,周围群山环绕,冬季时冰雪皑皑,杜埃诺河从城边穿过。索利亚中世纪时曾繁盛一时,从摩尔人手中回到基督教时,其居民竟没有一点非基督徒的血统,因此被称为"纯洁的索利亚"。城东北七公里,有罗马时代的努曼西亚古城遗址。努曼西亚城曾顽强抵抗罗马军队入侵十九年。公元前133年,罗马名将西皮奥(Scipio)筑堡九公里,将城围死。城内居民守城十三个月,弹尽粮绝,集体自杀身亡。他们宁愿死也不愿成为奴隶,因此成为西班牙自由的象征。马查多《卡斯蒂利亚的田野》正是描写这里的土地和人民、历史和现状,尤其是精神。诗中意象坚实而凝重,视野开阔而深远,与早期梦幻般的意象迥然有别:

> 从苍鹰居住的巅峰眺望,
> 眼前是野玫瑰和钢铁的光芒,
> 铅灰的平原,银白的山岭,
> 被紫罗兰色的山峦环绕在当中,
> 玫瑰色的积雪覆盖着一座座高峰。
>
> (《索利亚的田野》,艾青译)

有人说,马查多在索利亚这几年心情最愉快,写的诗也最好。这句话后半句不准确,前半句则大致不错。确实,1908 年写的诗《肖像》,诙谐而风趣,对他自己做了生动的刻画,说出了他的诗歌秘密是:

> 在众多的声音中,我只听一个声音,
> 我会停下脚步,区分原声与回响,

但他也在努力通过"自我"与"他我"(alter ego)的对话而走向"他人":

> 我与那个总和我在一起的人交谈
> ——独自说话等候着向上帝倾诉的那一天;
> 我的自言自语是与这位好友的探讨
> 他曾将博爱的诀窍向我秘传。
>
> (赵振江译)

他甚至"腼腆而又高傲"地说：

> 我愿留下自己的诗行像将军留下他的剑一样：
> 不是因铸剑者的工艺高超才受人尊重
> 而是因舞剑之手的强劲有力才威名远扬。
>
> （赵振江译）

但莱昂诺尔的死让马查多陷入了巨大的哀恸。他搬到巴埃萨后，仍无法驱除对她的思念，在巴埃萨散步时，坐火车外出时，他常常会想起与她偕行时的情景。思念莱昂诺尔的这些诗感情真挚，情景交融，直入灵魂，和哈代晚年悼念亡妻的诗篇相似：

> 我觉着你的手在我手里，
> 你那爱侣的手，
> 你那孩子般的声音在我耳里
> 像一个新造的银铃，
> 像一个从未动用过的银铃，
> 摇响在春天的黎明里。
> 这是你的声音，你的手，
> 在我的梦里，这样地真切！

四 直面"虚无"和"梦中梦"

莱昂诺尔的死逼着马查多承认"虚无"的实在性。而这是不愿承认"虚无"的"存在"的柏格森所不能领会的。在柏格森那里，只有意识的直接材料才是实在，虚无并不能作为直接材料，因此并

小回答

无存在。在初到巴埃萨时写的长诗《一日之诗》中，马查多已对柏格森颇有微词。虽然巴埃萨的山水也时有出现，但他诗中外物的主题在淡出，哲学的主题在淡入。

> 我不渴求名声，
> 也不指望把我的诗
> 留在人们的记忆之中。
> 我爱微妙的世界
> 它们美好而没有重量
> 像肥皂泡。
> 我喜欢看它们被太阳
> 描绘并呈红色，飘飞
> 在青色的天空里，突然地
> 颤抖并破灭。

以前，梦是通往真我的长廊，但现在，世界本身成了一个肥皂泡，在泡沫里追求虚名当然没什么意思。马查多以自己的方式领悟了吠檀多哲学的"幻"、大乘佛教的"空"。"幻"与"空"中的"爱"才更显珍贵。

在巴埃萨读哲学期间，除了与乌纳穆诺外，马查多还与哲学家迦塞特有思想交流。迦塞特的"视角互补论"引起了他的共鸣。迦塞特的哲学口号是"我是我自己及我的环境"，他认为笛卡尔"我思故我在"不足以解释实在，故提出生命是我与环境互动的结果，犹如一场戏，存在于自由和命定之间。他认为绝对真理即所有生命的视角的总和，人们的视角必须互补才行。他造了一个新词

razon vital(生命理性),强调理性来自生命,也应为生命服务,他反对近代哲学的唯我论和唯心论,这引起了马查多的共鸣。在题献给迦塞特的格言体《箴言与歌谣》里,马查多强调人与人的关系不是主客体关系,而是互动的关系:你所看见的眼睛是眼睛/这并非是因你在看它;/它是眼睛,是因它在看你。他在诗里批评说,以前的纳喀索斯(自恋者)在镜子里尚能看到另一个我,现在的纳喀索斯则连自己都看不到了,因为他们变成了镜子!

马查多在观察的基础上继续深化他早期的重要意象,如著名的《歌》的第一首:

> 冲着开花的山峦
> 辽阔大海正在咆哮。
> 在我蜜蜂的巢里
> 有小颗粒的盐。

动与静、大与小、咸与甜、短暂与永恒,形成对比。花开,潮涌,风吹,蜂飞,充满动感。从事实说,塞维利亚风从大西洋吹来,中含盐分。从义理说,意象涉及象征。"蜜蜂"是马查多爱用的意象,如《劝告》之九说:"在我的心里/有一个蜂房;/金黄色的蜜蜂/在那里奔忙,/用古老的苦涩/酿出白色的蜡和蜜浆"(赵译),象征诗人将生命的痛苦转化为艺术。"大海"有多种象征,这里当指死亡,即彻底的虚无化。早期诗《评注》(Glosa)引用曼尼克(Manrique,1440—1479)的诗句:"我们的生命是河流/流淌着冲向大海/死亡的大海。"1938年,苏联作家爱伦堡去巴塞罗那探望马查多,马查多在谈话中还引用了这句诗(事见《人、岁月、生活》第四部第 30 章)。一边是蜜蜂采花酿造艺术之甜,一边是死亡之海吹来盐沫……短短四行,言有尽而意无穷。

那么,诗仅仅是哲学的图解吗?不是的。马查多认为,诗高于哲学,因为诗的直觉是哲学所缺乏的。(《寓言》之七,心灵对理智说:"你说的是感觉不到的东西。")哲学由于缺少直觉而总是陷于自相矛盾但又各自成理的两难之间。马查多不冒充是哲学家,但也强调诗人最好有自己的一套"形而上学",以利于形成自己的"风格"。这可能是指诗人要具备观看世界的"双重视野",看到别人看不到的东西,这样写出来的诗才能浅者见浅,深者见深,各见其境。马查多说,对一个事物的看法有三重:一、是它;二、不是它;三、高于它。这跟我国禅宗的"见山见水"三境说颇为相似。正由于马查多有这样的"内力",因此他的诗虽然语言简洁,意象单纯,却极其深邃,这跟那些拼凑意象积木的"外功"派完全不同。

塞哥维亚时期,马查多处于 44 至 57 岁之间,心智成熟,但亦有老年已至的死亡焦虑,他借马丁师生两位诗哲之口说话,探讨形上问题。在《伟大的零》里,《旧约·创世记》3:14 那个说"我是我所是"(Ser que se es, the Being that is)的上帝,竟然成了"虚无"的创造者。马丁对上帝进行了一种喀巴拉式的神学改造。《亚伯·马丁的最后哀歌》和《午后小睡:纪念亚伯·马丁》分别以马丁和马依瑞纳的口吻写就,展开对存在与虚无等主题的思考。208 行的长诗《对做梦、发烧、打盹的记忆》则是一部小型的现代版《地狱篇》,写诗人在发烧中做梦,在撒旦的陪伴下,乘喀戎的船渡过忘川,往返阴间的经历。诗中充满新奇的意象、反讽的意味,诗人与喀戎的对话尤为有趣。写给古依奥玛的诗则就男女间的爱、遗忘、怀疑展开玄思,其复杂和不确定的口吻与以前怀念莱昂诺尔的诗大为不同。

《亚伯·马丁之死》写道:

> 洞悉马丁秘密的
> 天使,和他照面。
> 马丁把自己的硬币奉上。
> 出于虔敬?也许。害怕勒索?可能。
> 那个冷嗖嗖的夜里
> 马丁发现了孤寂;他以为
> 他没有被上帝瞧见
> 他在枯寂无声的沙漠行走。

所谓"秘密",是指马丁不相信天堂,而更倾向佛教的涅槃,这无疑会引起精神的极度紧张。接着:

> 我生活了,我睡觉了,我做梦了,甚至创造了
> ——马丁想,眼睛开始昏暗——
> 一个人来照看睡眠,
> 那比照看梦中物要好。
>
> 但若只有一个命运
> 在等着做梦人和照看者,
> 等着开辟道路的人
> 和喘着气跟着走的人,

小回答

> 到终了,唯一的创造便是你的虚无,
> 你的巨大的阴影,
> 你的神眼的盲目。

第一句是在戏仿凯撒名句"我来了,我看见了,我征服了",但加上"我创造了一个人来照看睡眠",是说诗歌与哲学这类智性活动,是对如梦人生的一个清醒的观照(两位诗哲作为马查多本人的创造物,他们又在进行诗歌与哲学反思,可说是创造中的创造,梦中的梦),但在死亡面前,无论做梦者还是照看者,无论开路者还是跟随者,结局都一样。而虚无是上帝首先创造的东西,是阴影和盲目。马丁神学强调上帝之中的黑暗,可视为中世纪神秘主义的一个发展。马丁临死前看到了自己缩微的一生:

> 他的整个人生,
> 那再不能改的版本呈现
> 写在柔软的蜡上。
> 你必定会被新日子的阳光融化吗?

"写在柔软的蜡上"当是化用了济慈墓志铭"他把名字写在水上",但最终的结局也是被"新日子的阳光融化",像一滴水那样复归于大海。

五 以诗为笔介入内战

在生命最后的三年里,马查多再次把他的"看"转向外部世界,转向严酷的西班牙内战。除了一系列时评外(他呼吁苏联和墨西哥人民支援共和国），他还写战争和政治诗。1936年，在得知洛尔迦被极右势力杀害后，他用洛尔迦似的跳跃式谣曲风格写出了他的悲恸，他仿佛看见洛尔迦和死神在一起，而阳光如铁锤敲亮了塔楼：

> 有人看见他独自地，和她一道走着，
> 不惧怕她的长镰刀。
> 阳光照亮了一个塔又一个塔，铁锤
> 砸在铁砧上，砸在一个又一个煅炉的铁砧上。
> 费德里科在说话，
> 把死神逗弄。她在听着。
> "你那没有血肉的手掌的噼啪声，朋友啊，
> 就在昨日还可以在我的诗里听到；
> 你把冰块倒进我的歌里，你把
> 银镰刀的锋刃伸进我的悲剧里。
> 因此我要向你歌唱你正在消逝的血肉，
> 你的空洞的眼睛，
> 你的被风撕扯的头发，
> 你那一度曾谙悉亲吻的红色双唇……
> 现在正如永远，吉卜赛女郎啊，我的死神，
> 独自与你在一起是多么的好，
> 在格拉纳达，在我的格拉纳达的阵阵轻风里。"
>
> ——《罪行发生在格拉纳达》

六 "简洁中的复杂":马查多诗歌的魅力

马查多是最不像诗人的诗人。他谦逊,内省,淡泊名利,生活简朴,他在《肖像》里说自己穿得"邋里邋遢"。他喜欢长途散步,散步时从容的节奏和缓缓移来的事物,体现在诗行间。他曾说:"缓慢地放妥词语:/把事情做好/比做更重要。"在索利亚时,他走遍了卡斯蒂利亚的山山水水,让它们迎面来到他的诗中。在巴埃萨时,他常散步至相隔19公里的邻城乌贝达。在塞哥维亚,一位诗人慕名来访,惊讶地发现他竟是一个穿着老土的旧式教书匠,见了生人还很腼腆,只是喜欢几小时几小时地在野外走动。确实,身处野外和斗室,是两种截然不同的感受。前者使人客观,后者利于玄想。马查多具备这两者。他把内在世界和外在世界"编织在一起",达成平衡。他把柏格森的"直观"发展成为自己的"观看",他看到的都是事实,对于事实唯有尊重,这也许就是在他的诗里,事物都感到自在而妥帖的原因。这也是为什么会有人把马查多与陶渊明相提并论了。

马查多常年在外省小城离群索居,淡泊名利,加上他对社会责任的强调,使他和种种诗歌运动保持距离。早期他受过象征主义影响,但后来认识到马拉美在"人为地制造一些谜一样的语言",巴洛克主义的繁复修辞不过是在"火旋上画刨花"。他很敬佩达里奥,但他并没有成为其追随者,而是努力"走一条安静些的、不同的路"。他维护抒情诗的独立地位,使它免受当时抬高物象、贬低情感倾向之害。20世纪二三十年代西班牙诗坛很热闹,但马查多始终保持着自己的独立思考。他这样说超现实主义者:"那些拉转水车的骡子还没有明白,没有水也就没有水车。"他对"纯诗""胡闹诗""隐喻的高级代数""艺术的去人性化"(迦塞特用语)都能清醒地看待。

马查多主张写诗用活的口语,反对用过时的书面语(特殊效果除外)。他创作的民谣体现了这一点,即使是在文雅体如十四行诗中,他也坚持用活的语言。但他认识到口语用在诗中会有浅白、啰唆、粗俗等毛病,因此,他对口语作了提炼,达到了让火焰在水晶中燃烧的效果。马查多诗的语言特征是极度的简洁(laconic),译为任何外语都会显得臃肿,因为他把任何有巴洛克之嫌的成分都砍去了。以最少词的最佳组合获得最大效果,这在他看来才是诗。我虽然不懂西班牙文,但通过西英对照本和电子词典,也能看得出他的诗艺的神妙。举两个最简单的例子:

> 如果有酒,就喝酒;
> 如果没有酒,凉水。
> Donde hay vino, beben vino;
> donde no hay vino, agua fresca.

> 做梦时跟上帝摔跤,
> 清醒时,跟大海。
> En suenos lucha con Dios;
> Y despierto, con el mar.

在如此精省的词语组合里,通过节奏、韵律和停顿,让人感到时间的流过,的确需要对语言有细心的观察。而在翻译过程中把诗歌的音乐性和暗示性这些语言魅力删除之后,尚能让人感到真挚和深邃,则堪称神奇。

艾略特说,一个诗人到了中年只有三种选择:停止写作、自我重复、通过修正趋于成熟。他认为叶芝达到了成熟。其实马查多也正是持续成长直至成熟的典范。他简直是柏格森"绵延"一词的"肉身化":他在"时间"里"创化",像赫拉克利特的"河流"那样,创造出自己的河岸、山脉和园林,创造出五光十色的美景,最后归入"大海";也像他钟爱的"行路人"那样,在海面走出道路,只"在回望时看见一抹泡沫"。在作为诗人的四十年里,马查多抵挡了虚荣的诱惑,他的诗是"为己"的,是对"自我"和"他我"的声音的倾听和把捉,他的"基本自我"通过几个阶段的"创化"达成了一个"整体",它们彼此区别但又互相渗透,造成了"差异"中的"统一"。

马查多只写了约180首诗,不仅比希门内斯和阿莱桑德雷少得多,还少于只活了38岁的洛尔迦。但这已足以奠定他在现代西班牙语诗歌中的大师地位。有的人把他与另几位诗人对比,认为他虽不如乌纳穆诺那般自我戏剧化和自持,但有同样的伦理和形而上学的广阔视野;他虽不如希门内斯自我看重,但有同样精细的美学感受,在抒情上更深入灵魂;他虽不如洛尔迦那般炫目和有强度,但同样有深入骨髓的直觉能力,何况他那悲剧的外貌下别具一层反讽的魅力。他以缓慢而持续的成长,赢得了缓慢但持续到来的声誉,尽管他活着时不在乎这个声誉;他以简洁而准确的词语,修造了有着复杂的交叉小径的互文迷宫,尽管他反对巴洛克主义;他的诗集中了真挚、精微、广阔和深邃,却又有反讽的意味,虽然他只想把矛盾留给哲学。

七　汉语中的马查多

　　还在我读大学时,马查多就成了我最喜欢的外国诗人之一。这可能是由于我认为他与陶渊明性格相近,而陶渊明是我最喜欢的中国古代诗人。以后只要有机会逛外国书店,我都会查找一番,看能否碰到马查多的诗集。但到目前为止也只"集了"两个西英对照的译本。一个是美国诗人布莱译的。他的长处和短处都是因为他是诗人。长处是他能以诗人的敏感译出马查多的神奇,一些比喻尤其译得精彩,短处是挑选和理解过于随意,不仅只是挑了他自己喜欢的 40 首短诗,而且据《纽约书评》说,他的西班牙语不够准确,又常译得有"创造性",结果使得诗行"增肥",没有了原诗特有的"骨感"。另一个译本是学者 Trueblood 译的,共选了 64 首,包括"伪歌集"中的精品,前有导论 70 页,后有注释 35 页,译得精简,难怪出版二十年间已印了九次。其导论和注释对读者理解马查多非常有帮助。

　　在我国新诗的发展当中,西班牙语诗歌曾发生过不小的影响,洛尔迦为其中最突出者。戴望舒先生翻译的洛尔迦,达到了"神妙"的地步,稍有改动便易成为"画蛇添足"。相形之下,马查多的诗歌在汉语中则长久地保持着沉默。这一是因为马查多名声的确立要来得晚一些,一是因为马查多"简单的复杂"背后的思想深度难以译出,弄不好就会"好心帮倒忙",造成"矮化"和"贬低",使他与汉语洛尔迦相形见绌。

小回答

目前马查多的中译本已有两个。一个是从英文转译的《安东尼奥·马查多诗选》(董继平,河北教育出版社,2002),选得比较齐全,但可惜错误太多,给人感觉译者不仅英文没有过关,汉语也说不利索。另一个是赵振江的《安东尼奥·马查多诗选》(河北教育出版社,2007),直接从西班牙文译出,西中对照,准确、流畅,具有可信度,尤其《卡斯蒂利亚的田野》译得得心应手,令读者很有收获。

但这个译本也有几个瑕疵。一是没有收入马丁和马依瑞纳的作品,从而令马查多完整的诗歌形象打了折扣。二是语言上比较粗糙,与马查多的简洁精微难符,缺乏"汉语敏感",一些勉强押上的韵有笨重机械之感,不如不要。三是个别地方对原诗理解有误,如《肖像》一首诗中,"但是丘比特向我射了一箭,/我便爱那些女性,只要她们有适宜居住的地方"。这把诗人译得太现实了。我看到的两个西英对照本(Bly 版和 Trueblood 版)都将这最后一句译为"只要她们在我身上找到了家",显得十分出彩。但是也有英译本将这句译为"享受了女人们带来的安慰",显得比较平实。为此笔者专门请教了一位西班牙语专家,认为原句字义相当于"如果女人们欢迎他,给他庇护,他就接受她们的爱情"(关于这句话,可以参看本书中"马查多《肖像》一诗的翻译与理解问题"一文)。回到赵译本来,可能由于译者对马查多的哲学背景不了解,在涉及哲理诗的地方有一些错误,如《长廊》之七(第 326 页)将"赫拉克利特"译成并注解成了希腊神话中的大力士"赫拉克勒斯",同样的错误发生在《我的梦》里(第 410 页)。《谚语与歌谣》第 1 首译为"你看见的眼睛/不是眼睛,因为是你看见了它;/是眼睛,因为是它看见了你",应为"你所看见的眼睛是眼睛/不是因为你看它;/它是眼睛是因为它在看你"(第360页);第77首,"科尼斯堡的达达兰!拳头打在脸/知识便学全"(第390页)。这里的"达达兰",虽是小说人物,但泛指"吹牛者","科尼斯堡的达达兰",显然是在委婉地指哥尼斯堡的哲学家康德是个吹牛者。康德的一个常见的形象是把手支在脸上进行思考。马查多在这里是在讽刺康德用一套先验范畴不用出门便把一切知识一网打尽。而马查多是反对近代唯心论让"自我"膨胀的。再如《我的文件夹》IV(第426页),"涌现的圣像"中的"圣像"原词 imagineria,尽管我不懂西班牙语,但从这个词根仍能看出它来自于"形象",如果了解马查多的哲学思想,则会知道它来自于柏格森的"物象"一词,而完全没有"圣像"的意思。这首最早写于1902年的诗表明马查多深受柏格森的影响,他将诗定义为"时间中的词语",认为诗的话语应该是从不断绵延着、创造着的活生生的意识之流中涌现出来的,也即同一时期他常用的那个词"原声",而不应该是"回声",即概念性的、被习俗语言和逻辑语言固化了的东西。其实这些小错误只要多参考国外的一些注释本(如 Trueblood 本)都能解决。这也不单是这本译诗集的问题,而是国内诗歌翻译的通病,就是单纯地作"语言译",而不顾及诗句背后的文化含义。目前已有人开始作一些诗人的注疏本(如荷尔德林),对诗里行间的词句作出注释,以利于读者理解,这应当说是一个进步。

我本人作过一点诗歌翻译,深知这是个"吃力不讨好"的活儿,况且马查多不是普通的诗人,而是有哲学和历史深度的诗人,对于专门学语言的译者来说恐怕有一定的难度,出一点错是可以

小回答

理解的。这里指出这些瑕疵纯属就事论事,只是为了共同促进中国的马查多翻译与研究。

2009年1—2月于北京朝阳,2010年1月修改。
(文中诗句未注明译者的均为作者自译,原载上海《文景》杂志2010年第一、二期合刊,略有改动)

《安东尼奥·马查多诗选》,赵振江译,河北教育出版社,2007年。

Antonio Machado, *Selected Poems*, trans. Alan S. Trueblood, Harvard University Press, 1982(Ninth Printing, 2003).

Times Alone, *Selected Poems of Antonio Machado*, trans. Rober Bly, Wesleyan University Press, 1983.

马查多《肖像》一诗的翻译与理解问题

《肖像》一诗的翻译情况

西班牙诗人安东尼奥·马查多（Antonio Machado，1875—1939）是我很喜欢的诗人之一。他的一首有名的诗《肖像》，被译成多种语言，并影响到了很多诗人的"自画像"一类的写作。

《肖像》这首诗1908年2月1日登载于马德里的 El Liberal，是马查多对该报邀请他写一个"文字自画像"的回应。13—20行，马查多让自己与现代主义（modernismo）的模仿者保持距离，这些人将达里奥（Ruben Dario，马查多曾向他致敬）的风格主义和主题的创新矫揉到了极端。马查多想自由自在地回到他所喜爱的龙沙的法国诗歌的文艺复兴传统（据Trueblood，pp. 282-283：note 24）。

就《肖像》这首诗来说，我看到过两个英译本，以美国诗人布莱的译本为流行（Times Alone, trans. Robert Bly, Wesleyan University Press, 1983, pp. 82-85, 西英对照）。另一个是西班牙语教授Alan S. Trueblood 的译本（Antonio Machado, *Selected Poems*, trs. Alan S. Trueblood, Harvard University Press, 1982, pp. 100-101）。

中译本目前看到三个。一个是赵振江教授直接从西班牙语翻译出来的(《安东尼奥·马查多诗选》,河北教育出版社,2007,第134—139页,中西对照),一个是黄灿然依据布莱并参照另外的英译本译出来的(见《现代诗一百首》[蓝卷],三联书店,2005),再一个是董继平翻译的(《安东尼奥·马查多诗选》,河北教育出版社,2002)。通过我们对照发现,董继平应该是从 Bly 的英译本转译了这首诗,但奇怪的是他并没有在前言中做出交代。

我们下面分节讨论原诗与译本,顺序依次为:马查多的西班牙原文、赵振江从西班牙原文译出的中译、Trueblood 的英译、Bly 的英译、黄灿然和董继平依据 Bly 英译的转译。

在此要说明的是,笔者并未修过西班牙语,但利用当代网络搜索技术和电子辞典的便利,对一些西班牙语进行了搜索,查到一些主要词语的意思,对于原诗有一个直观的了解。后来又请一位精通西班牙语的朋友对我的几个疑点作了指点。当然,如有错误,是我的责任。

第一节

原文:

> Mi infancia son recuerdos de un patio de Sevilla,
> y un huerto claro donde madura el limonero;
> mi juventud, veinte años en tierras de Castilla;
> mi historia, algunos casos que recordar no quiero.

Limonero 指柠檬树,不是指柠檬。

下面是几个人的翻译:

我的童年是对塞维利亚一个院落

和一个明亮果园的记忆,柠檬在果园里成熟;

我的青春,卡斯蒂利亚土地上的二十年;

我的历史,有些情况我不愿回顾。(赵译)

My childhood is memories of a patio in Seville

and a sunny yard with lemons turning ripe,

my youth twenty years in lands of Castile,

my story certain matters I don't care to recite. (Trueblood)

My childhood is memories of a patio in Seville,

and a garden where sunlit lemons are growing yellow;

my youth twenty years on the earth of Castile;

what I lived a few things you'll forgive me for omitting.
(Bly)

我的童年是记忆中塞维利亚的一个庭院

和一个花园,阳光中柠檬逐渐变黄;

我的青春是卡斯蒂利亚大地上的二十年;

我还有一些经历恕不赘述。(黄译)

我的童年是记忆中的塞维利亚的一个天井,

和一个有阳光照亮的柠檬树正在发黄的花园;

我那在卡斯提耳的土地上的二十年青春;

你将宽恕我省略一些我所生活的东西。(董译)

这一节第三、四行都简洁明了,不是主谓宾之类的完整句。这

小回答

也是马查多常用的写法,如他第一本诗集《孤独》中的《我走了许多的路》(He andadomuchoscaminos, I have walked along many roads),里面说:Donde hay vino, beben vino;/donde no hay vino, agua fresco. 译成英文就是:They drink wine, if there is some,/if not, cool water. 译成中文就是:如果有酒,就喝酒,/如果没有酒,凉水。《肖像》第一节也有许多省略。

这一节赵译干净利落,尤其第三、四行跟原文一一对应,很有节奏感。Trueblood 跟赵译差不多,但将第三、四行原句中间的逗号省略后造成了节奏失误。Bly 第三、四行处理跟 Trueblood 相似,第四行还造成了一个完整的长句,显得啰唆。黄灿然跟从 Bly,但第三行加了一个"是",造成了一个完整的判断句,跟 Bly 也不合。但最后一句可能参考了 Trueblood 本,显得跟原文一样简洁。董继平将 patio 译为"天井",是将之中国化了,比较狭隘。西班牙 patio 跟院落、庭院、后院差不多,是指房屋外边、后花园一类的可吃饭和休息、娱乐的露天地方(参考 http://en.wikipedia.org/wiki/Patio)。第二行"有"是多余,第三行"那"不知从何而来,第四行"我所生活的东西"不能称其为正常的汉语。

第二节

原文:

> Ni un seductor Mañara, ni un Bradomín he sido
> —ya conocéis mi torpe aliño indumentario—,
> más recibí la flecha que me asignó Cupido,
> y amé cuanto ellas puedan tener de hospitalario.

Recibí,有"带着感激地接受"之意。cuanto 指人或事物。它不是 cuando(whenever),下面布莱的英译本可能将它误认作了 cuando。Hospitalario 是形容词:好客的、宜居的。

> 我不是骗人的诱惑者也不是唐璜式的人物;
> ——你们已经熟悉我笨拙的着装——;
> 但是丘比特向我射了一箭
> 我便爱那些女性,只要她们有适宜居住的地方。(赵译)

I never was a playboy or Don Juan—
you know how shabbily I always dress—
but one of Cupid's arrows came my way
and women found a lodging in my breast. (Trueblood)

A great seducer I was not, nor the lover of Juliet;
-the oafish way I dress is enough to say that-
but the arrow Cupid planned for me I got,
and I loved whenever women found a home in me. (Bly)

我不是大色鬼,也不是朱丽叶的情人;
——我一身笨拙的衣着足以说明——
但丘比特安排给我的箭我受了,
而我爱任何在我身上找到家的女人。(黄译)

我不是一个伟大的诱惑者,也不是朱丽叶的恋人;
——我愚笨的穿着方式足以说明那一点——
但我得到丘比特打算给我的箭矢,

小回答

> 我爱女人们无论何时在我身上找到一个家。(董译)

这一节里有三个地方几个译本都有问题。第一行中的 Manara 和 Bradomin 是两个人名,各个译本出现了不同的处理方式。对第四行的理解也出现了歧义。

第一行中的"引诱者马纳拉"(Manara)五个译本都没有译出来,都采用了"归化"处理,用大众熟悉的花花公子(如"唐璜")来对译,而丧失了原诗中的味道。塞维利亚圣巴多罗买(San Bartolome)的马纳拉(Don Miguel de Manara,1627—1679)是唐璜的原型,现在塞维利亚还能看到其故居马纳拉宫和他出资兴建的慈善医院。关于他,捷克学者 Jozef Toman 曾写过一本书叫《马纳拉的生与死》(*The life and death of Don Miguel de Manara*,NY:Alfred A. Knopf [Borzoi], 1958)。马纳拉广为人知,比如曾获诺奖的诗人米沃什的堂兄奥斯卡·米沃什 1912 年就曾发表过一个剧本《米格尔·马纳拉》,除了写马纳拉之外,还塑造了马纳拉的妻子 Girolama 的形象,影响了少年时期的米沃什的爱情观。对此米沃什在其晚年的诗集《第二空间》中有所回忆(见 Czeslaw Milosz, Second Space, An Imprint of HarperCollins Publishers, 2005. p.76)。

同一行中的"Bradomin"五个译本也没有译出来,他是小说家巴列—因克兰的小说《四季奏鸣曲》中的一个人物,一个其貌不扬但风流多情的天主教徒。赵译本对此做了一个简注,见第 134 页。

马查多出生于塞维利亚,他写诗时心目中的西班牙读者也都熟悉马纳拉,他也设想读者都知道 Bradomin 这个小说人物,因此不存在沟通问题。马纳拉即唐璜,Bradomin 这个小说人物同样是引诱者,因此 Trueblood 和赵振江的译本也都说得过去,尽管在字面上并没有遵从原文。

只是 Bly 不知为何将这一行的意思译成"我既非大引诱者,也不是朱丽叶的情人"(the lover of Juliet。"大引诱者"和"朱丽叶的情人"二者是并列的,在逻辑上就说不通)。"朱丽叶的情人"是罗蜜欧(Romeo),是忠贞不渝的情圣,唐璜之类的花花公子怎能跟罗蜜欧相提并论呢?所以这里 Bly 的翻译可能是错误的(也许他是为了跟第四句连起来,把马查多表现得像一个罗蜜欧,和爱他的女性两情相悦?)

第四句,两个英译都译为"女人在我身上找到了家"的意思,但对这句话存在不同的英译。如 *Paul Burns* 和 Salvador Ortiz Carboneres 将之译为"In my dealings with women I've been no Don Juan/(I could never be bothered to dress for the part),/but I received the dart allotted me by Cupid/and have enjoyed all the comforts women bring"①,意即"但我接过了丘比特射来的投枪/享受了女人们带来的安慰"。赵译"只要她们有适宜居住的地方",太实在了,诗人应该不会这么物质和随便。据一位精通西班牙语的朋友自己以及一位阿根廷专家说,这句话的本意是说,只要我在女人们那里找到了一种舒服的感觉,受到了她们的庇护,那么我也会坠入爱河的。因此既不是 Bly 所译的"只要女人们在我身上找到了家",也不是赵译的"只要她们有房子"。

Bly 的翻译在这里当属于"创造性的翻译",可算妙句,马查多说自己不是唐璜式的花花公子,但一旦缘分来了,女人们在他这里

---

① http://www.poetrymagazines.org.uk/magazine/record.asp? id = 12722.

找到了"家"的感觉,他也不拒绝女人。这是不是有些大男子主义呢?难说。因为"家"的感觉是很丰富的。一个女人在一个男人那里找到了"家"的感觉,应当是两情相悦、心灵相通的爱,和唐璜式的不同。但 Bly 译出了"罗蜜欧",就有些突然了。实际上马查多不同于罗蜜欧(罗蜜欧只爱朱丽叶一个人,马查多这里用的却是复数的"女人们")。列奥诺死了几年之后,马查多虽然未再娶,但也是爱过几个女人的,尤其是女诗人。

这节诗黄灿然从 Bly 的英译转译,尽管有第一行的瑕疵,但第三、四行应当说译得精彩,尤其是"我受了"和"在我身上找到家的女人"。相形之下,从同一英译本转译的董继平将"great"译为"伟大"有问题,最后一行的汉语别扭,表明未能理解马查多原意。

第三节

原文:

Hay en mis venas gotas de sangre jacobina,
pero mi verso brota de manantial sereno;
y, más que un hombre al uso que sabe su doctrina,
soy, en el buen sentido de la palabra, Buena.

我的诗句从平静的泉水涌出,
可我的血管里有雅各宾派的热血在流淌;
我不仅是一个善于运用自己学说之人,
而且从美好的意义上讲,我很善良。(赵译)

The springs that feed my verse are calm and clear

for all my heritage of rebel blood;

I'm neither doctrinaire nor worldly wise—

just call me in the best sense simply good. (Tureblood)

A flow of leftist blood moves through my body,

but my poems rise from a calm and deep spring.

There is a man of rule who behaves as he should, but more than him, I am, in the good sense of the word, good. (Bly)

我身上流淌着一股左派的血液,

但我的诗来自平静的深泉。

我不是空谈家,也非世故者,

只是个地地道道的善良人。(黄译)

一股左翼的血液流遍我的全身,

但我的诗篇却从一个平静而深沉的春天升起。

有一个统治者像他应该表现的那样表现,但我

有甚于他,我善于把握对词语的美好感觉。(董译)

在这一节诗里,马查多说虽然自己的政治倾向是左派,但诗歌创作却是来自更深沉、平静的地方;在做人上,他既不教条,也不世故,是个真正意义上的好人。原诗中,"雅各宾派的热血"非常具体,远比 Bly 所选择的"左派"这个词要有力得多。"雅各宾派"让人直接就想起法国革命时雅各宾派的狂热和暴力,而"左派"则泛无所指。Trueblood 的"rebel blood"比 Bly 的"左派"还要宽泛,都失去了原文中的力度。马查多说自己的诗句从"平静的泉水"之中"迸出"("迸出"跟"雅各宾派"的革命倾向呼应),除了说自己

小回答

的诗句貌似平静，但其实有革新之外，也可能跟他受柏格森哲学影响、对诗歌的"回忆"性质的理解有关（见本书《马查多的河流、大海和梦中梦》一文）。这表明他虽然在政治上倾向于左派，但在美学情趣上却力图摆脱政治的束缚，而有所创造。他虽然了解一切陈规，诗句也表现得看似"平静"，但实际上努力地在革新。在做人上，马查多认为自己既非拘泥于某种教义、主义的"教条主义者"或"本本主义者"，也不是什么也不信，只遵从利益原则的机会主义者或"世故者"，而是遵循内心的一个好人，行为举止恰如其分——这在当时的环境中，也许有政治上的含义，比如共和主义者和保守主义者都有教条派与机会派。这一行马查多适时地"表扬"了自己一下，写得很幽默。黄译准确，但因为跟从 Bly，没有把"雅各宾派"透显出来，是比较可惜的。董译把几个基本的词译错了。

第四节

原文：

> Adoro la hermosura, y en la moderna estética
> corté las viejas rosas del huerto de Ronsard;
> mas no amo los afeites de la actual cosmética,
> ni soy un ave de esas del nuevo gay-trinar.

此处 y 相当于英文的 and，en 相当于英文的 in（包括表时间），on，by，from，in terms of，afeites 相当于英文的 make-up，有化妆、描画之意，actual 为时兴之意，cosmética 指化妆品。ave 是鸟，

trinar 相当于英文的不及物动词 to chirp, to warble(叽叽喳喳、柔声颤鸣)。

> 我崇尚美,在现代美学中
> 我采摘龙萨果园中古老的玫瑰;
> 然而我不喜欢目前时兴的梳妆
> 也不是那种追求新奇啼鸣的鸟类。(赵译)

In my passion for beauty, out of modern aesthetics
I've cut old-fashioned roses in gardens of Ronsard,
but I've no great love for the latest in cosmetics
nor will you find me trilling the stylish airs. (Trueblood)

I adore beauty, and following contemporary thought
have cut some old roses from the garden of Ronsard;
but the new lotions and feathers are not for me;
I am not one of the blue jays who sing so well. (Bly)

我崇拜美,留意当代思想,
从龙沙的花园里折来几枝老玫瑰;
但新颖化妆品和服饰都不适合我;
我不是那种善于啁啾的鸟儿。(黄译)

我崇尚美,又遵循同时代的思想
从龙沙的花园里剪下了某些老玫瑰;
但新的洗涤剂和羽毛不适合于给我;
我不是那歌唱得如此美好的冠兰鸦之一。(董译)

小回答

　　这一节马查多是说他跟同时代的一些现代派诗人一样,也喜欢龙萨诗歌的人文传统,从他那里学来了一些东西。但他并不一味求新求奇求险,而是保持着一种质朴。这一节赵译甚准。Bly擅自加上了"羽毛"(服饰),形象化倍增(令人想起孔雀争相开屏斗艳),但连累得董继平错上加错(新的洗涤剂和羽毛),就最近国内化妆品被曝出含有毒药来说,将"化妆品"译为"洗涤剂",倒也不错。

第五节

原文:

> Desdeño las romanzas de los tenores huecos
> y el coro de los grillos que cantan a la luna.
> A distinguir me paro las voces de los ecos,
> y escucho solamente, entre las voces, una.

　　paro 有停止、停下、中断之意,escucho,有 listening-in, monitoring 之意,solamente 有 only, just 之意,entre 有 between, among 之意,una 即 one。最后两句是倒装句,转换成正常语句后意思是:我停下脚步,分辨一众声音与回声,在众声之中,我只去倾听一个声音。

> 我看不起空洞的男高音的浪漫曲,
> 也看不起蟋蟀在月光下的合唱。
> 在众多的声音中,我只听一个声音,
> 我会停下脚步,区分原声与回响。(赵译)

I'm not impressed by those puffed-up tenors' ballads

or the cricket chorus crooning to the moon.

I've learned to tell the voices from the echoes

and of all the voices listen to only one. (Trueblood)

I dislike hollow tenors who warble of love,

and the chorus of crickets singing to the moon.

I fall silent so as to separate voices from echoes,

and I listen among the voices to one voice and only one.
(Bly)

我不喜欢抒情的空心男高音

和蟋蟀们对月亮的合唱。

我沉默是为了将声音与回声分开,

而我在众多声音中倾听那独一无二的声音。(黄译)

我不喜欢用悦耳的颤音歌唱爱情的男高音,

和那蟋蟀对月亮歌唱的合唱。

我为了把嗓音从回声中分离出来而坠入沉默,

我在嗓音中间倾听一个嗓音的唯一嗓音。(董译)

关于原声与回响的区别,马查多说过多次——这个区别来自于柏格森哲学对直接经验与词语的区分。

在《卡斯蒂那的乡村》的前言中,马查多说:"一个凝神于自己,想要偷听到自己的人,淹没了他能听到的唯一的声音——他自己的声音;但是别的声音搞糊涂了他。"(参 Bly, pp.79-80)

另在1917年为《孤独》写的前言中,马查多表达了他对达里奥的敬重(其时达里奥有了一批追随者,但也受到一些批评者的揶揄和嘲笑),之后他说,自己宁愿选择另一条不同的路。"我认为,诗歌的实质不在词语的声和色上,也不在韵律上,也不在感受的复杂性上,而在灵性的深层冲动上(deep pulse of the spirit);这一深层的冲动是灵魂贡献的东西,倘若它有所贡献的话,或它所说出的东西,倘若它说出了什么的话,以它自己的声音,对世界的触动做出了充满勇气的回答。我还认为,一个人可以惊喜地追上他与他自己的内在对话的一些片言断语,将活生生的声音与死沉沉的回声区分开来(a man can overtake by surprise some of the phrases of his inward conversations with himself, distinguishing the living voice from the dead echoes);他若是向内观看,便能瞥见深藏在根底处的物象(the deep-rooted images),即所有人都具备的感觉的东西。我的书(指《孤独》)不是对这个提法的系统化的实现,但在当时却是我的艺术意图。"(参 Bly, p. 14)

实际上,马查多深受柏格森影响,认为人的深层的经验是一个不停歇的瀑流,它是原声,而一旦用语言、概念、词语将这样的不断歇的经验之流表达出来,就是将活的截取成了死的,成了"回响"。真正的"我"就是那个无法间断的"原声"之瀑流。

这一节跟上一节相连,马查多表明了自己的诗学态度。他既不跟随浪漫派的那种假大空,也不喜欢现代派的时髦的主观做作,而老老实实地听从内心的声音。这一节的翻译中,以赵译最好。不仅译出了"停下脚步",还译出了"原声"与"回响"。Bly 也把握到了,用 fall silent 表达出了停步谛听的动作。Trueblood 则用了一个较抽象和概括的 I've learned to tell,减弱了原诗中的直观和形象。黄译跟从 Bly,很准确,但英译中"声音与回声"的反差还是比不上赵译"原声与回响",尤其是在马查多的柏格森哲学背景下。董译显得笨重,没有能够准确地把握马查多背后的诗学。

第六节

原文:

¿Soy clásico o romántico? No sé. Dejar quisiera
mi verso, como deja el capitán su espada:
famosa por la mano viril que la blandiera,
no por el docto oficio del forjador preciada.

Blandiera,挥舞;por,因为,由于;docto,指被学知 learned;el,相当于 the;oficio,作用、服务;forjador,铸造者、铁匠;preciada,尊敬的、骄傲的。

我是古典的还是浪漫的? 我不知道。
我愿留下自己的诗行像将军留下他的剑一样:
不是因铸剑者的工艺高超才受人尊重
而是因舞剑之手的强劲有力才威名远扬。(赵译)

Call me romantic or classic—I only hope
that the verse I leave behind, like the captain's sword,
may be remembered, not for its maker's art,
but for the virile hand that gripped it once. (Trueblood)

Am I classic or Romantic? Who knows. I want to leave

小回答

> my poetry as a fighter leaves his sword, known
> for the masculine hand that closed around it,
> not for the coded mark of the proud forger. (Bly)

> 我是古典派还是浪漫派？谁知道。我留下的诗歌
> 要像战士留下他的剑,剑出名
> 是因为紧握它的粗大结实的手,
> 而不是因为骄傲的铸剑人留下的印记。(黄译)

> 我是古典的还是浪漫的？谁知道。我想离开
> 我的诗篇,就像一个战士离开他的剑,因为
> 那握住它的强劲有力的手而闻名,
> 而非那骄傲的铸造者的密码暗记而闻名。(董译)

这节以赵振江所译最好,尽管赵将第一行中的"我希望留下"放到了第二行,并将第三、四行进行了倒置。赵译第三、四行对仗较工整,读起来铿锵有力,相当"强劲"。Trueblood 将第一行中的自问自答取消了,没有了那种强烈的反问感。Capitán 译为将军、将领更好,Bly 译为"战士"(fighter)削弱了原文中的强劲,因为将军更可能威名远扬,被后世记住。而马查多显然也希望自己是将军而不是普通的战士,这样他的诗才有将军的威力。Bly 在最后一句加上了 the coded mark,指骄傲的铸剑者在剑上留下姓名一类的印记,具体可感,但在原文并没有这层含义,属于译者的创造性发挥。剑不是因为工匠手艺的精良才被记住,而是因为被名将掌握着驰骋战场才有名声！黄灿然紧跟着 Bly,译得准确。但因为 Bly 有偏差,因此也跟着偏差。董继平将"留下"错误地理解为"离

开","闻名"重复了两次,"密码暗记"也实际上是在重复。

第七节

原文:

> Converso con el hombre que siempre va conmigo
> —quien habla solo espera hablar a Dios un día—;
> mi soliloquio es plática con ese buen amigo
> que me enseñó el secreto de la filantropía.

这里的 hombre,相当于 man;siempre,相当于 always;conmigo,with me;plática,talk，chat;amigo,朋友。

> 我与那些总和我在一起的人交谈
> ——独自说话等候着向上帝倾诉的那一天;
> 我的自言自语是与这位好友的探讨
> 他曾将博爱的诀窍向我秘传。(赵译)

> I talk with the man who is always at my side—
> one who talks to himself hopes to talk to God sometime—
> soliloquizing is speaking with this good friend
> who has shown me the way to love of humankind. (Trueblood)

> I talk always to the man who walks along with me;
> -men who talk to themselves hope to talk to God someday-
> My soliloquies amount to discussions with this friend,

小回答

who taught me the secret of loving human beings. (Bly)

我总是跟那个与我同行的人说话；
——自己跟自己说话的人,都希望有一天跟上帝说话——
我的自言自语相当于跟这个朋友讨论,
他教会了我爱人类的秘密。(黄译)

我总是与那与我同行的人谈话;——
那对自己谈话的人希望有朝一日与上帝谈话——
我的独白相当于与这个朋友的讨论,
他把热爱人类的秘密教给我。(董译)

这里第一行中的 el hombre(the man)是单数,指马查多自己,即"他我"(alter ego)或另一个我。第二行对此作了一个解释,与自我对话的人也期待着某天与上帝对话。与自我的对话也即自言自语,反过来说也就是,自言自语其实不是独白,而是在与"他我"这位"朋友"谈话。这个"他我"教会了我爱人类。

在1917年为《卡斯蒂那的乡村》(Campos de Castilla)所做的前言中,马查多以第三人称说他自己:"你也可以感觉到他(马查多)在他对列奥诺(Leonor)的爱里体验了某种完全新鲜的东西。我们可以说,马查多,带着他奇妙的内省,在多年前就遇到了他的阴性的自我,或阴性的灵魂(his feminine self or feminine soul),远在他的内里,在一场梦里的过道尽头。他体验到了那种亲近;认知了'她'。但当他遇到列奥诺时,他在另一个人身上体验到了那个阴性的灵魂。一个男人的阴性灵魂,岂不是比他本人更年轻些吗?

那一度在他内里,或只是在他里面的灵魂,现在也在外面了,而那一度倾向于将他与别人分开的东西,现在将他与一个人类拉近了,将他绑紧了。他对宇宙的惊奇的信,现在加深了。"他接着说:"他(马查多)继续在他的作品里寻找'所有人都有的感觉之物'。继续将私人的东西带到公众那里,或更确切地说,将他的私人的内在的感受以一种可感的诗歌形式体现出来,以至它们可称为公众的,因为甚至西班牙那些既不会读也不会写的人也知道民歌民谣。"(参 Bly, pp. 77-78)。《肖像》一诗发表于 1908 年,写作时间可能更早一些。而马查多是 1909 年与列奥诺结婚的(参 Trueblood, p. 3)。Trueblood 认为《肖像》这首诗里的"同行的朋友"应当指马查多本人的"阴性的灵魂"。不过,Trueblood 忘记了马查多是 1907 年去卡斯蒂那的,在那时他就遇到了列奥诺并爱上了她,因此,他把她当成了自己的"阴性的灵魂",或这个"阴性的灵魂"的外在化、客观化,是完全可能的。通过列奥诺这个外在化了的"自我"/"他我",马查多逐渐克服了早期诗歌中的主观性和内在性,而走向客观性,走向广阔的外部世界。他的诗风在卡斯蒂那为之一变,不是没有原因的。

"他我"既是"我"的另一个"我",但无疑也含有"他人"的成分,因此成为通向他人和社会的一个通道和桥梁。在后来出版的新系列"道德箴言和民歌集"中讨论"自恋"问题时,马查多区分了 19 世纪的自恋者和现代的自恋者,后者比前者更糟。19 世纪的自恋者那喀索斯(narcissist)迷醉地俯身在池面上看自己的脸庞,但:

    我们的这个自恋者

    在镜中看不见他的脸

小回答

因为他已变成了镜子。

19世纪的自恋者尚有可取之处,是因为他起码还能看到外界的镜子(以及镜中所隐现的天空之类?),而当代的自恋者除了自己还是自己,把外部世界完全摒弃在外了。

实际上,不难读出,马查多这里也有自嘲的意思。因为他的第一本诗集《孤独》中不乏内在化、以梦想为主题的诗篇,正是从大约写《肖像》时起,他开始努力接触外部世界,使自我与世界相通。

"我总是跟与我偕行的那个人谈话。"

这句诗可以跟多年后《道德箴言与民歌集》中的如下诗句对照:

> 打量你的另一半
> 那与你偕行的人,
> 他趋向于跟你不同。
>
>
> Look for your other half
> who walks along next to you,
> and tends to be what you aren't.

Bly 注意到,在马查多那里,要找到这个"他我",我们就得看镜子,我们会看到"他"也在看我们。"你在寻视的眼睛——/此时请谛听——/你用来深深地看你自己的眼睛/之所以是眼睛,是因为它们在看你。""你用来观看的眼睛/不是因为你看它/而是因为它看你,才成为眼睛。" Bly 认为,这里是将我们自己与客观世界缝织在一起,因此克服了笛卡尔以来的主客、身心、意识与世界的分离(Bly, p.121)。实际上这里已有一些艾克哈特的神秘主义意味了。晚期马查多深入思考存在与虚无等哲学大问题,在《肖像》这首早期诗作中已见端倪。

赵译第二行译得应该说不太准确,"独自说话等候着向上帝倾诉的那一天"(跟自己谈话的人都希望有一天跟上帝谈话)。在翻译马查多这样的跟哲学关系密切的诗歌之前,译者如能对其哲学思想做一些考察,会译得更妥切。这一节董译有很大的进步,译得比较准确。

第八节

原文:

Y al cabo, nada os debo; debéisme cuanto he escrito.
A mi trabajo acudo, con mi dinero pago
el traje que me cubre y la mansión que habito,
el pan que me alimenta y el lecho en donde yago.

最后,我不欠你们什么;可我的全部写作
你们都未曾偿还。我奔赴我的工作,
用我的钱支付穿的衣服、住的房间、
吃的面包和铺的床垫。(赵译)

In the end I owe you nothing—you owe me all I've written.
I go about my work, I pay in my own coin
for the clothes upon my back, the roof over my head,

小回答

> the bread that sustains my life, the bed where I lie down.
>
> (Trueblood)

> In the end, I owe you nothing; you owe me what I've written.
> I turn to my work; with what I've earned I pay
> for my clothes and hat, the house in which I live,
> the food that feeds my body, the bed on which I sleep. (Bly)

> 最后,我不欠你什么,而你欠我我写的东西。
> 我努力工作,用我赚来的钱
> 买衣服和帽、我居住的房子、
> 养我身体的食物、我睡觉的床。(黄译)

> 最后,我不欠你什么;你欠我那我写的东西
> 我转向我的工作;我用我所挣得的东西支付
> 我的衣服和帽子,我居住的房子,
> 喂养我的身体的食物,我睡觉的床。(董译)

在这一节,马查多跟他的读者说玩笑话。诗人自食其力,没欠读者什么,反而给读者贡献了他的诗。

Trueblood 译中"我用自己的银币支付/穿在身上的衣服、遮覆头顶的屋檐/滋养我命的面包、供我躺卧的床板",是更具象的。

Bly 不知为何擅自增加了"帽子",黄译、董译也跟着增加了。

第九节

原文：

Y cuando llegue el día del último vïaje,
y esté al partir la nave que nunca ha de tornar,
me encontraréis a bordo ligero de equipaje,
casi desnudo, como los hijos de la mar.

当那最后的旅行到来的时候，
当那一去不复返的船儿起航，
你们会在船舷上发现我带着轻便的行装，
几乎赤身裸体，像大海的儿子一样。（赵译）

And when the day for the final voyage is here
and the ship that does not return heads down the stream,
I'll be aboard, you'll find me traveling light
and nearly naked like children of the sea. (Trueblood)

And when the day arrives for the last leaving of all,
and the ship that never returns to port is ready to go,
you'll find me on board, light, with few belongings,
almost naked like the children of the sea. (Bly)

当最后告别的那一天到来，

小回答

> 当那艘永不返航的船准备启航,
> 你会发现我在船上,轻松,带着几件随身物品,
> 几乎赤裸如大海的儿子。(黄译)

> 而当白日为离开一切而到达时,
> 那永远不会回到港口的船只准备好了启航,
> 你将发现我在船上,带着极少所属物品,
> 几乎赤裸得就像大海的孩子。(董译)

这一节赵译很好。倒数第二行,Trueblood 用了"traveling light"很精省,Bly 则不惮用重复来强调,"light, with few belongings"。董继平跟随 Bly,但翻译还是出了问题。第一行错得离谱,"所属物品"也太文,显得笨重。

"几乎赤身裸体,像大海的儿子一样"是马查多的名句。

顺便说几句题外话。如果将这句诗延伸一下,跟西班牙历史结合起来,它也未尝不是一个隐喻。西班牙曾经是盛极一时的海上帝国,但在 19 世纪衰落得厉害,海外殖民地依次独立或被剥夺,真是像大海的儿子一样赤身裸体了。就马查多个人的哲学思想来说,"大海"象征着危险与死亡,象征着虚无,大海的儿子在浪里出没,身上还能带着多少东西呢?当我们把"存在"(Being)理解为"拥有"(having)、"占有"及"所有物"时,用财产、地位、名誉等世间之物来衡量一个人的"价值"乃至其"存在的价值"时,往往就遮蔽了真正的"存在",看不到人本来的"赤身裸体",只有"占有之沉重",而无"存在之轻松",患得患失,不会像马查多一样,轻身上阵,纵浪大化中,不喜亦不惧。

下面提供另一个中译本,也是从西班牙原文直接翻译的,作为我们的一个有益的参照。

肖像

(闵雪飞译)

我的童年是回忆,有塞维利亚的一个庭院,
还有一个明亮的果园,柠檬树在那里长成;
我的青春,卡斯提亚二十年的时光;
我的故事,一些我不愿忆起的片段。

我不是引诱者唐璜,也不是布拉多明,
——你们知道我笨拙的着装——
然而我承受了丘比特射来的箭,
爱上了她们身上容我栖身的一切。

我的血脉里流着雅各宾派的鲜血,
但我的诗句是从平静的深泉中迸发,
与其说我是谙熟规则而因循之人
不如说我是一个好人,就好的本义而言。

我尊崇美,我在现代美学中,
砍下龙沙园子里古老的玫瑰;
但我不爱那新潮装扮的矫饰
我也不是那种新声婉转的鸟儿。

小回答

我鄙视空洞男高音的浪漫曲,
以及向月而歌的蟋蟀的齐鸣。
我停下脚步,分辨原音与回响。
众声之中,我只去倾听一种。

我是古典者还是浪漫派?我不知道,我愿
留下我的诗行,就像军官留下他的宝剑:
它备受尊崇,不是因为铸剑师的技艺高超,
它声名远播,只因那双紧握它的英武之手。

我与那位一直跟随我的朋友交谈
——独自讲话的人期盼有一天与上帝交谈——
我自言自语是在与这位好友倾谈
他传授给我博爱的秘密。

最后,我不欠你们;而你们欠我写下的一切。
我依靠我的劳作,用我的钱支付
身上的衣裳,居住的屋舍
口中的面包,躺卧的床铺。

当最终旅行的那一日到来,
当那艘再不会回返的船儿启航,
你们会看到我一身轻松地登船,

我几乎赤身裸体,就像大海的儿子。

《肖像》的影响

《肖像》堪称马查多的代表作之一,对后来的诗人颇有影响。最近的一个例子,是波兰诗人扎加耶夫斯基。在他的诗《自画像》中,提到了马查多这首《肖像》。

自画像
(黄灿然译)

在电脑、一支笔和一台打字机之间,
我的半天过去了。有一天半个世纪也会这么过去。
我住在陌生的城市,有时候跟陌生人
谈论对我是陌生的事情。
我听很多音乐:巴赫、马勒、萧邦、肖斯塔科维奇。
我在音乐中看到三种元素:软弱、力量和痛苦。
第四种没有名字。
我读诗人,活着和死去的,他们教会我
坚定、信仰和骄傲。我试图理解
伟大的哲学家们——但往往只抓住
他们宝贵思想的一鳞半爪。
我喜欢在巴黎街头长时间散步,
观看我的同类们被嫉妒、愤怒

小回答

和欲望所驱策,充满活力;喜欢追踪一枚硬币
从一只手传到另一只手,慢慢地
磨损它的圆形(皇帝的侧面像已被擦掉)。
我身边树木不表达什么
除了一种绿色、淡漠的完美。
黑鸟在田野踱步,
耐心地等待着,像西班牙寡妇。
我已不再年轻,但总有人更年老。
我喜欢沉睡,沉睡时我就停止存在;
喜欢骑着自行车在乡村道路上飞驰,杨树和房屋
在阳光灿烂的日子里溶化成一团团。
有时候在展览馆里画对我说话,
反讽会突然消失。
我爱看妻子的面孔。
每个星期天给父亲打电话。
每隔一星期跟朋友们见面,
从而证明我的忠诚。
我的祖国摆脱了一个恶魔的束缚。我希望
接着会有另一次解放。
我能帮得上忙吗?我不知道。
我肯定不是大海的儿子,
像安东尼奥·马查多写到自己时所说的,
而是空气、薄荷和大提琴的儿子,
而高尚世界的所有道路并非

都与迄今属于我的生活
交叉而过。

(本文初稿写于 2009 年,2012 年修改,2014 年 3 月定稿。)

替罪羊的诗篇

一　一生只写一本诗集

就其把抒情诗写得跟日记一样，萨巴（Umberto Saba, 1883—1957）的诗与茨维塔耶娃相似，是裸呈的赤子之心；就其把写诗当作精神治疗，萨巴跟后来的"自白派"相近，但渗进了老欧洲的历史阴影。

如果不作狭窄的理解，诗人们都是"地方诗人"，跟其城市有着天然的亲和。的里雅斯特（Trieste）之于萨巴，正如亚历山大之于卡瓦菲斯，彼得堡之于曼德尔斯塔姆。这座位于亚得里亚海北端的城，乃是奥匈帝国的重要港口，居民以意大利人为主，也有日耳曼人、斯洛文尼亚人、犹太人、希腊人、土耳其人，诸族混居，众语喧哗，各教庙堂林立。可惜老大"帝国"经不起近代"民族—国家"潮流的冲击，由多民族拼盘而成的奥匈帝国在一战后轰然解体，的里雅斯特也被割让给意大利。墨索里尼上台后清洗"劣等民族"，这里的斯洛文尼亚人和犹太人自不能幸免。二战末期，这座城被德军占领，建了意大利唯一的集中营，后又被英美盟军托管，1954年城区归了意大利，乡村则归了南斯拉夫。

萨巴原姓波利(Poli),他的出生即反映了这座城的多元及其矛盾。他的父亲是意大利天主教徒,母亲是犹太人,他们的结合在种族主义的时代业已埋下悲剧的种子,何况父亲毫无责任心,在儿子出生时就离家出走了。萨巴后来在《自传》(三)将他父母的对立视为两个种族的对立:

> 于我,父亲不过是一个"杀人犯",
> 在二十年里,直到我见到他。
> 立时我明白了他只是一个小孩子,
> 也明白了我从他得到了什么遗传。
> 他的脸上有跟我一样的蓝色视线,
> 一抹微笑甜蜜而狡黠,笼罩着悲哀。
> 他总是在世上飘荡不定,
> 品尝过许多女人的爱情。
>
> 他轻松而又快活;而我的母亲
> 感受着一切生活负担的沉重。
> 他从她身边溜走宛如一只皮球。
>
> 她会警告我:"不要像你父亲。"
> 后来我才深深地理解了:
> 他们种族之间的冲突,十分古老。

母亲把萨巴交给了一个斯洛文尼亚奶娘,她是天主教徒,刚丧失了儿子,因此视萨巴如同己出。奶娘名叫萨巴兹(Peppa

小回答

Sabaz),诗人的笔名"萨巴"即由此而来(同时"萨巴"在希伯来语里意即"祖先",而非"面包")。也许萨巴和养母的亲情引起了生母的嫉妒,萨巴四岁时被生母接了回来。与养母分离让小萨巴产生不安定感,对她的回忆后来成了萨巴的主题之一。养母家常常和炊烟、屋旁墓园里忘情的玩耍、饭菜的香味联系在一起,回忆和虚构混杂。成年后,萨巴还会去萨巴兹家看望她,以至她要提醒他,"快回到你妻子身边吧!"(《给奶娘的三首诗》)在诗集《小贝托》里有一首动人的《离去与回来》,回忆他被生母从养母身边接走时的痛苦,以及再次见到她时的快乐。

萨巴在犹太"隔都"慢慢长大。外祖父是个做小生意的慈爱的老人,但是父亲的缺席使萨巴意识到自己的不幸,这渐渐成为他心中的阴影。在《自传》(二)他提到了这段生活:

> 在我出生时我的母亲哭泣,
> 独自地,在夜里,在被遗弃的床上。
> 为着悲哀里的她,也为了我,
> 她的亲人在隔都做起生意。
>
> 老人家昔日亲自打理买卖,
> 养家糊口,或只因喜欢。
> 他会花两辅币买一只阉鸡
> 把它包在暗蓝色的大号手帕里。
>
> 我的城必定是何其地美
> 在那时:偌大的一个露天集市!

我仍旧记得所看到的一切青翠,

恍如在梦中,当我与母亲一道外出。
但我很快就受到了悲伤的教训:
一个独生子,有一个失了踪的父亲。

萨巴的少年时代是孤独的,几乎没什么朋友,偶有一两个,也因为他过分热烈而把对方吓走了(萨巴发现,那不是友谊,而是爱情!)。这些在《自传》里都有坦率的交代。他常常在城里走动,渴望过上跟他人一样的生活。这跟海德格尔的"此在"要摆脱"常人"状态,听从存在的召唤正好相反:

我为自己的渴望留一个角落,
一线蓝天
从那里我可以打量自己
品尝
不再成为我自己
而只是人群中的
一个人
的快乐
——《城镇》

1903年,萨巴到比萨大学上学,学习考古学、德语和拉丁语,但因精神抑郁症而不得不退学。此后他在商船上当过服务生,到撒莱诺当过海军,这些都在他的诗里留下了痕迹。1909年,他回到家乡与 Carolina Wölfler 结婚,次年生了一个女儿。他的爱终于有了归宿。他对妻子和女儿的爱是十分真挚的,《致我的妻子》大胆地将妻子比喻为"年轻的白母鸡""怀孕的小母牛""瘦长的狗""胆小的老鼠""每年春天都飞回来的燕子""智慧、有远见的蚂蚁",新喻迭出,被一些评论家认为刷新了意大利抒情诗传统。《我女儿的肖像》则把女儿比喻为浪花、炊烟、白云等"轻盈而变幻的一切",令人想起从泡沫中诞生的维纳斯。

的里雅斯特的近景和远景、过去和现在也不时出现,他写有《的里雅斯特》《老城》等。在《三条街》里他提到了犹太墓地:

> 紧挨着斜坡还有一座被废弃的
> 墓园,再没有葬礼举行过。
> 他们再没有在那里埋过谁,
> 我记得:这是犹太人的
> 旧墓地,我在记忆里念着它
> 每当我想到我的先祖,他们躺在那儿
> 在终生受苦和做生意之后,
> 他们都有着相似的灵魂和面庞。

1911年他到佛罗伦萨,那里的"呼声"派出版了他第一本诗集。一战中他在军中服役但未上战场。1919年他回到家乡,开了家"古今书店",以卖古籍为业,所得足以维持家计。1921年他自印《歌集》,此后不断再版,到他逝世时已有600多页,诗400多首,是他一生创作的总汇。1924年他写了晶体般的《自传》十五首,这是了解他前半生的重要资料。1928年,萨巴的抑郁症加重,悲观厌世与积极乐观如天堂地狱交替,此时写的诗集《序曲与赋格》以两三个声音之间的对话表达各种欲望之间的冲突和辩驳，是萨巴多重性格的面具式表现，也是他结构最复杂的作品，透露出精神内在的紧张。次年萨巴接受精神分析治疗，写了诗集《小贝托》。他看望养母，回忆童年，治疗创伤。几年后他的诗变得"清澈"，1933—1934年的诗集《词语》发生了转折：诗篇变短，诗行变窄，诗律放松，重点突出。当是受了翁加雷蒂的影响。

1938年法西斯出笼"种族法"，禁止犹太人和"杂种"从事出版业，萨巴不得不"消失"。他先到巴黎，后到佛罗伦萨，躲在一间小阁楼里。《窗》所写很可能是他蜷缩于小阁楼时所见：

空空的
天空在炼狱色的
瓦上。远处，群山
母亲般的侧影；下面，一道斜坡
有鸽群从剧院屋顶
振翅而下；一棵树
在不毛之地长得葱翠；
鸟儿群栖在雕像的七弦琴上；
孩子们任意尖叫
跑过来又复过去。

次年他逃往罗马，藏在诗人翁加雷蒂家里。1943年秋，萨巴又到佛罗伦萨躲了将近一年，诗人蒙塔莱经常看望他。这种东躲西藏的日子，使萨巴对于"沉默的事物"有了很深的同情：

自从我的舌头几乎陷入了沉默

小回答

> 我便爱那些几乎不说话的生命。
> 一棵树,或甚至一只温驯的动物——
> 我走它也走,我停它也停——
> 它高兴做我存在的回声。
>
> 它接受给它套上的轭。
> 至多会向我投来乞求的一瞥。
> 永恒的真理,在沉默无言中,传递。
>
> ——《自从》

1943年墨索里尼垮台,德国派兵占领意大利,萨巴的书店被纳粹没收。他在《我过去曾经拥有》中叹息:法西斯分子和痛饮着的德国人/把一切东西从我身边带走,回响着但丁《地狱篇》的声音。战后他开始获得各种奖项和荣誉,但1950年后抑郁症恶化,长住医院。1956年他妻子去世后,萨巴得了心脏病,次年在Gorizia去世,享年74岁。

二 "诚实"的抒情诗及其传统

我不厌其烦地把萨巴的生平和他的诗歌连在一起叙述,仿佛他的生平与诗歌之间一一对应。在理解文本时,是应该像传记派那样从作者生活来索隐,还是认为文本自足,充满想象和虚构,素来很有争议,涉及作者、传记者、批评家和读者之间微妙的挑逗与偷窥、遮掩与挑明、话语特权与霸权的游戏。对弗罗斯特诗歌的阐释即为一例。

对萨巴则应该具体问题具体分析。萨巴有独特的诗观,了解它将有助于我们理解他的诗歌。的里雅斯特之于意大利文化可说"孤悬海外",少年萨巴所能吸收到的诗歌养分都是些"过时"的意大利古典诗歌,大致到浪漫主义诗人莱奥帕尔迪(Giacomo Leopardi, 1798—1837)为止。而世纪之交的意大利诗坛正发生翻天覆地的变化。由邓南遮(Gabriele D'Annunzio)、卡尔杜齐(Giosue Carducci)、帕斯科尼(Giovanni Pascoli)这"三杰"主导的诗坛,正受到主张用口语写日常生活的"微暗派"(poeti crepuscolari)的冲击,以佛罗伦萨为根据地的"声音"(La Voce)诗派以及更极端的未来主义者也正在蠢蠢欲动。但由于的里雅斯特特殊的人文和地理,所有这些诗歌潮流都与少年萨巴"同时不同代"地擦肩而过,这使得他的诗观与后来"隐秘派"迥异。事实证明,这反而有助于他直接切入意大利诗歌的抒情本质:写诗为己不为人。

1911年,萨巴在《诗人剩下的任务》一文中写道,诗人应该写"诚实的诗"。诗人永远不应该超出真实的自我,不应强制灵感,不应过分求新,不该害怕重复自己或别人说过的。诗人应该追求真相而不是成功,应该是其他人的有道德感的同伴,而不是诗人中的诗人。萨巴的诗非常直接,很少面具化,尽管在他的回忆、感受与想象之间有不少裂缝,但确实透露出沉甸甸的真实感。所以翁加雷蒂说萨巴是一个"为己的诗人"(the poet of himself)。一个"为己的诗人"(如陶渊明)必然会真实地反射和折射出投影于自身的世界,因此萨巴的诗"为己"但绝不囿于"一己"。他的主题由近及远:童年回忆(养母、亲情与分离)、母爱、友谊、同性之爱、对妻女的爱、的里雅斯特、犹太身份、政治、人性,与其所处环境和遭遇密切相关;以自我为圆心,涉及整个世界。这和"为人"的诗人出发点不同,后者难免要取悦他人和社会,顺应潮流和风尚,穿戴上时装和面具。

1944年萨巴以第三人称说到自己的诗观:"萨巴总是觉得,只要是诚心诚意地非说不可地表达出来,任何事情都是能够被说的,无论用诗歌还是用散文方式;把诗歌限制在表达少许的'时刻'(尽管是光彩照人的),这乃是我们时代氛围中由不信任和厌倦导致的错误之一;一切极端的'精致'——在艺术中和在生活中的——都会导致极端的贫乏。"萨巴对语言持传统的信任的态度。他认为"语到境到",语言总能唤起情境,让我们理解。他强调语言对经验的传达作用,艺术对生活的"模仿",这使他接续了卡瓦尔康蒂(Cavalcanti)、彼特拉克、莱奥帕尔迪的抒情诗传统。对生活经验的强调,使萨巴诗呈现出完全的现代感受,同时砍掉了冗余的巴洛克修辞和学院派的晦涩,"扭断雄辩的脖子"(蒙塔莱语)。萨巴认为"今天诗歌对清晰的需要超过了晦涩",因此尽量使诗显得原始、简洁、具体。这与同时代通过邓南遮和帕斯科尼而受了象征主义影响的翁加雷蒂、蒙塔莱的朦胧暧昧正好相反,后者强调语言的局限性,讲究曲折迂回、暗示渲染、旁径秘响。

现代诗歌对待传统有两种倾向:一强调断裂,一强调连续。庞德和艾略特是断裂高手,哈代、弗罗斯特则更喜欢旧瓶装新酒。萨巴属于后者。他擅长十四行、歌谣体等传统格式,不做过度的语言实验。他在生活和诗歌上都努力追求完整,反对"当今的碎片诗人"以内在的破碎来对付外在的破碎。除了《序曲与赋格》等少量作品采用了面具化的手法,萨巴的诗简直就是他的生活本身。

这种"过时"让萨巴的诗被埋没了几十年,倍感被"孤立"。其诗歌真挚无遮的抒情品质,到他晚年才凸显在大众面前。他去世后,一些评论家打破门派之见,将他与翁加雷蒂和蒙塔莱归为"新抒情诗人",认为三人都在面对20世纪欲粉碎个体的内外暴力时维护了"个我"的真实性,从而维护了意大利抒情诗传统。应该说,维护"个我"在萨巴是天生的,在其余二人则是后天的。战后"新现实主义"更奉萨巴为先驱,尽管其"现实"已远远超出萨巴的而重有了意识形态的味道。

作为翁加雷蒂和蒙塔莱的朋友,萨巴对三人的诗有一个有趣的说法:"翁加雷蒂是小溪,蒙塔莱是河流,萨巴是大海。"翁加雷蒂的诗多为短仄的诗行,萨巴则喜欢十一音步的长诗行,蒙塔莱居中,因此这个说法从体量上说还是比较形象的。画家 Bolaffio 在为萨巴画的肖像画里,就把萨巴置于大海前面。现在,人们一般将蒙塔莱、萨巴、翁加雷蒂并列为20世纪意大利三大诗人。夸西莫多则紧随其后。

萨巴诗因为其直接、纯粹、精确与伦理性而在战后广泛流传,在意大利几乎家喻户晓,但通俗化也容易带来遗忘。由于萨巴的诗跟日记很相似,很多时候结构松散,内容上也常给人"一览无余"的感觉,所以一旦把他的生平弄清楚,也就好像弄懂他的诗了,没有多少发掘"微言大义"的余地了。据1998年版的英译者 Sartarelli 说,在学界,对萨巴的研究因学者们本能地喜欢需要加工和解释的晦涩作品,而不如翁加雷蒂和蒙塔莱深入(尽管萨巴表面的"单纯"下有着深广的历史与精神含义),其作品"全集"也编得不"全"(萨巴在世时总是不厌其烦地修改和增删自己的作品),

小回答

影响了对他的研究。在翻译上,除欧洲语言外,萨巴的诗已有几个英译本,但中译本迄今尚无,只有钱鸿嘉《意大利诗选》和吕同六《意大利二十世纪诗歌》选了几首,此外仅零星地散见于各处。

三　痛苦作为直接现实

诗人都有他们最感兴趣的主题,如艾略特对文明,马查多对时间;在萨巴这里则是"痛苦"。分析哲学说,"痛苦"是个黑匣子,谁也不知道当一个人说他"痛苦"时,里面装的是什么,也许还是一只舶来的甲壳虫呢。但是,当我们知道一个人、一个民族的不幸遭遇,深入"彼黍离离"、"城春草木深"和"耶利米哀歌"的写作情境,便很快能"体会"痛苦是什么。哲学说不清的事情,诗歌呈现给我们。作为20世纪的犹太诗人,"痛苦"对于他们不是一个抽象的哲学词语,而是存在的直接现实。保罗·策兰如是,萨巴也如是。

在一个强调"身份/认同"、强调"区分"的文明里,主流对少数的压迫和排斥是天然的。在那个各教各族以纯洁为骄傲的文明里,一己的纯洁往往意味着对他者的排斥,从而引起反弹。近代种族和民族主义的政治现实,更将分裂和冲突的种子撒落到萨巴父母的关系里。萨巴常提到他"与生俱来的伤口",这首先是指父母离异,以及犹太血统给他带来的伤痛,而童年时与养母分离,少年时歧异的爱(双性恋),长大后身为犹太人的受歧视感,更使得诗人一生悲伤而抑郁,多次精神崩溃。他说:"我的心生来被分成了两半,/让它愈合将付出多少艰辛!/为了掩盖裂口将要多少玫瑰!"(吕同六译)

在《猪》里,诗人写猪见了潲水就喝,不去想农夫为何希望"他"养得又肥又壮:

> 像一切生命那样,他并不知道,他将
> 服务于何种目的,当他达到完美。
> 但是当我凝望着他并把自己
> 移入他的皮囊之内,我就感到刀在切
> 入骨肉,感到那声尖叫,那可怕的
> 哀嚎,正当狗向人群狂吠,而农夫的妻子在门口发笑。

看到猪被杀,诗人产生了移情或者"变形记",感到刀在割自己的喉咙。实际上,这种痛苦何尝不是犹太人和一切生命的痛苦?

但诗人并不畏苦,相反,他认为这正是使他成为"我",成为一个独特个体的"特权"。他说:

> 那不会对自己说谎的深藏着的灵魂,
> 却会在开口说话时也低声耳语。
> 真的,有时会有一个神向我叫唤
> 命我聆听。凭着
> 那时充满了我的思想,凭着在我里面
> 跳动着的心脏,凭着
> 我所感到的痛苦的尖锐,
> 我搁置了一切常人的品质。
>
> 那就是我的特权。我想要保持它。
>
> ——《特权》

小回答

"我痛故我在"！诗人坚持要做他自己：

> 你用以纯真地抵抗邪恶的那魅力
> 使你的双眼充满良善。而你
> 轻轻摆在一边的头发
> 在炫耀你骄傲于成为你自己，
>
> 像屋顶上刚插上去的
> 一面锦旗，
> 自在地拍打在风里。
>
> ——《肖像》

痛苦和不幸人人都会碰到，但它们有没有意义？

> 对于我，不幸乃是一个亮晃晃的夏
> 昼，从它的高度我分辨得出
> 低处世界的每一面，每一个细节。
>
> 没有什么是模糊的；一切都坦露
> 在我眼睛和心灵所至之处。
> 我的道路悲伤，但为太阳所照亮；
>
> 它上面的一切，甚至阴影，都在阳光中
>
> ——《致我的灵魂》

痛苦和不幸不仅没有使诗人向生活屈服，反而使他获得了一种高度，从"虚无"的一边打量"存在"，看到即使"阴影"也别具一种存在之美。这样,痛苦使他的存在获得了一种整体的意义。

四　在历史的阴影中

从诗艺上说,只是强调诚实,把诗歌写得像日记和自传,显然还远远不够。萨巴的优异在于,他把自己放在一个深厚的历史和文化背景里,使一己之经验、遭遇、思考和痛苦得到升华,达到普遍性的高度。

在名作《山羊》里,诗人写道:

> 我与一只山羊谈心。
> 她被单独地拴着,在田野里。
> 她吃饱了青草,被雨水
> 淋湿,正咩咩地叫着。
>
> 那单调的咩咩声是我自己的
> 痛苦的姐妹。我友好地作答,先是
> 戏谑地,接着却是因为痛苦是永恒的
> 并且只用一个不变的声音说话。
> 这正是我从一只孤零零的山羊那里
> 听到的哀泣的声音。
>
> 在一只长着闪族人的脸的山羊身上
> 我听到了世上一切悲痛
> 一切生命的呼喊。

小回答

"山羊"在欧洲文化里有着特殊的含义。"替罪羊"(Scapegoat)是山羊而不是绵羊。在《旧约·利未记》第16章,"替罪羊"被认为代表了人们所犯下的罪行,而被弃置野外。"(亚伦)两手按在羊头上,承认以色列人诸般的罪孽、过犯,就是他们一切的罪愆,把这罪都归在羊的头上,借着所派之人的手,送到旷野去。要把这羊放在旷野,这羊要担当他们一切的罪孽,带到无人之地。"在《新约》里,耶稣的作用实际上就是扮演"替罪羊",为信众赎罪。但在长期的文化演化中,山羊逐渐被污名化。《马太福音》第25章,耶稣说末日审判时,象征着信他者的绵羊将被安置在他右边得以永生,而象征着不信者的山羊将在左边受到永罚。由于犹太人坚守其传统信仰,不为基督教所动(在犹太教看来,说耶稣是救世主和上帝乃是偶像崇拜,是对上帝的亵渎),因此基督徒们信仰越纯粹,便越不能对犹太教宽容。从早期教父如克里索斯通便开始了丑化、诅咒犹太教的历史。到了中世纪,欧洲基督徒逐渐将不信耶稣为救主的犹太人视为魔鬼的化身,而魔鬼常常被描述为长着两只角和稀疏的胡子,有一张山羊的脸。在各种天灾人祸面前,犹太人总是会被拧出来充当"替罪羊"平息社会上不安的情绪。法国哲学家勒内·吉拉尔在其《替罪羊》一书中揭示了以找出"替罪羊"来平息社会动乱和矛盾冲突的机制。犹太人很不幸地在欧洲长期扮演了这种"替罪羊"的角色。在近代,随着反犹主义逐渐从神学层面落实为大规模的政治行动,犹太人的命运更趋悲惨,说犹太人是西方现代世界"痛苦的化身"也不为过。萨巴这首诗写于一战前,但他似乎早已嗅到了三十年后奥斯维辛焚尸炉的烟味。直到今天,这首诗仍然令人深叹。实际上,"长着闪族人的脸的山羊"在这里何止只象征着犹太人？它也可以象征一切的弱者，一切被隔离出来当作"替罪羊"的不幸者。山羊的叫声成了"永恒的痛苦"本身的象征。

在《一个夏夜的无眠》里，萨巴则表达了对犹太民族深切的祈愿：

> 我让自己躺倒在
> 星光之下，
> 在那些把可怜的失眠
> 变成生命神圣欢乐的
> 夜晚中的一个晚上。一块石头是我的枕头。
>
> 几步之外蹲着一条狗。
> 他蹲着而没有动，凝视着
> 远方的某处。
> 他看上去几乎是在思考，
> 在做一个庄严的仪式，
> 好像他的身体是那永恒的静谧
> 的器皿。
>
> 就在这样深蓝色的天空下，
> 就在这样星光璀璨的夜晚，
> 雅各梦见了天使的梯子
> 从他的枕头一直升往天空，
> 而枕头是石头。

小回答

> 在无尽的星光里这个年轻人
> 点数着他将来的后裔；
> 在他逃避强壮的以扫后
> 来到的这片土地上，
> 他看到了一个为他的子孙后代预备的
> 无可匹敌的富强帝国；
> 而在他的梦里梦魇是上帝，
> 那正在跟他摔跤的上帝。

　　诗中雅各的典故见《创世记》25—32章。雅各设计，让孪生哥哥以扫为了一碗红豆汤将长子权出卖给他，还和母亲利百加设计骗取了父亲以撒的祝福，招来以扫的仇恨。雅各想法让父亲将他遣往外地母舅家求婚。在路上，雅各"到了一个地方，因为太阳落了，就在那里住宿，便拾起那地方的一块石头枕在头下，在那里躺卧睡了。梦见一个梯子立在地上，梯子的头顶着天，有神的使者在梯子上，上去下来。耶和华立在梯子以上，说：'我是耶和华你祖亚伯拉罕的神，也是以撒的神，我要将你现在所躺卧之地赐给你和你的后裔。你的后裔必像地上的尘沙那样多，必向东西南北开展，地上万族必因你和你的后裔得福……'"雅各娶了舅舅的两个女儿并为其服务二十年，在返回父家的路上，"只剩下雅各一人。有一个人来和他摔跤，直到黎明。那人见自己胜不过他，就将他的大腿窝摸了一把，雅各的大腿窝正在摔跤的时候就扭了。那人说：'天黎明了，容我去吧！'雅各说：'你不给我祝福，我就不容你去。'那人说：'你名叫什么？'他说：'我名叫雅各。'那人说：'你的名不要再叫雅各，要叫以色列，因为你与神与人较力，都得了胜。'雅各问他说:'请将你的名告诉我。'那人说:'何必问我的名?'于是在那里给雅各祝福"。雅各敬拜上帝,上帝则给雅各恩宠,使其后裔富强。

这首诗有凝重的宗教感和历史感。诗人从自己以石为枕很自然地想到雅各(连蹲着的狗都具有虔诚),从而与整个民族的命运联系起来,表达了自己的深层盼望,但愿犹太人在当代"强壮的以扫"们中间,能够获得平安,繁衍生息。整首诗有一种悲剧性的存在主义深度。

(本文发表于《文景》2010 年第 3 期,发表时题目被编辑改为"我的心生来被分成了两半:萨巴和山羊")

Songbook, *Selected Poems by Umberto Saba* (A Bilingual Edition), trans. by Stephen Sartarelli, The Sheep Meadow Press, Riverdale-on-Hudson, New York, 1998.

萨巴《自传》的翻译及讨论

我在阅读萨巴的诗集后,写了《替罪羊的诗篇》,并建议学意大利语的同事刘国鹏直接从原文翻译萨巴《自传》,并在必要的地方加上注释或解释。《自传》共有十五首,我从英文转译了其中两三首,因此和刘国鹏的翻译有些许交集。关于这些诗如何翻译和理解,我们曾有过一些讨论,他将讨论总结为《一首诗的旅行》一文。现征得他的同意,我把它们一并放在这里。

自传

〔意〕乌贝托·萨巴

(刘国鹏译)

1

我不幸的少年时代是在
悲愁和痛苦中度过的,
而其他孩子的画面却轻快愉悦,
犹如一面葱翠宁静的山坡。

我承受的全副痛苦无以
言表,我欢快的诗歌却将之呼唤。

它们喜欢有人在心里这样说:
即便发生同样的事我也愿意重生。

或许,我是唯一的意大利诗人
活着时毫不渴望功名;
这丝毫不让我的灵魂痛苦不堪。

我不喜欢自己是个弱者。
傲慢成了我小小不言的人性之恶。
我的白昼在夜晚放晴。

2

出生时,母亲一直在垂泪,
黑夜里,独自一人,在空荡荡的床上。
痛苦煎熬着她,既是为我,也是为她,
她的亲人在犹太区里奔忙着。

这当中,最年长的一个做着买卖,
为了攒两个钱儿,也可能出于乐趣。
两块弗罗林金币换来包在深蓝色
大手帕里的一只阉公鸡。

那时节,我的城市该是多么
美丽:整个一座露天市场!

小回答

随母亲出外时,绿意充盈,

如在梦中,至今我还记忆犹新。
但是,我很快成为了忧郁方面的专家;
父亲远在异乡的独子。

3

对我而言,父亲曾是个"杀人犯",
直到二十多年后,我与之相逢。
那时,我发现他还只是个孩子,
他遗传给我的,我早已有之。

他脸上有着和我同样的淡蓝色目光,
一抹微笑,含着悲伤,甜蜜而狡黠。
他总是满世界游荡;
他钟爱迷恋的女人可不止一个。

他快乐而轻浮;母亲
却只感到生活全部的重负。
他像只皮球般从她的手里滑脱。

"可别像你父亲",母亲告诫说。
长大之后,我从内心深处发现:
他们是两个怀着旷世深仇的种族。

4

我的童年贫穷而幸福
朋友少许,动物三两相伴;
一位和善可亲如胞母
的婶婶,还有天上不朽的上帝。

夜里,我为自己的守护天使
留下半个空枕;
而当我初尝肉体之欢
就再也没有梦到她可爱的形象。

同伴们抑制不住地大笑,
在我,却是奇妙的激情,
当我在学校里朗诵诗句;

在口哨,喧哗和野兽般的抱怨声中,
我依然发觉身在地狱第八层的火坑里,听得到
一个隐秘的声音对我说:"好样的"。

5

而守护天使飞走了,
那隐秘之声亦在心中缄口。
凡事愈罪恶,则愈生迷恋。
我渴求一切可以致命的毒药。

小回答

慵懒滋生恶习
令我堕入阴暗的忧郁。
当这一切周而复始,我的灵魂就
全然成了另一副样子,声音亦复如是。

自童年时就已进入青春期
而忧愁一如既往,一如既往地缺乏勇气
眼中的不确定即是那目标所在。

对人对己皆冷酷无情,
独自坐在幽暗房间的床榻一角,
假装抱病之人。

6

那时我结识了一位朋友;给他写
长长的信,就像是写给一位新娘。
这些信令我意识到自己的魅力,
而除了我们俩儿,所有人都还蒙在鼓里。

我常愿给他亲切而睿智的建议,
为挚爱般的友谊献上礼物。
在他少年的脸颊上,我看到
曙光为天空染上的玫瑰红。

我多么希望,在一个美好的夜晚,
在他可爱的头发上安放一个
桂冠,然后说:这是我的朋友。

命运对他言而无信,
或许,在我,他不复是从前的样子。
他曾经英俊、快乐如一位神祇。

7

已是恋爱的季节;黎明和黄昏
带给我一日的惊喜。
世界的主人,就这样
迈向世界的条条大路。

向晚,走上山丘,或是沿着浑圆的
海滨漫步,心儿对我说:
好好想想人性的
本质吧,而你几乎是个例外。

诗人,当他为广袤的大地
吟唱,人们会向他致意,
在路上投去关注的
目光!我天生要担此重任,

小回答

　　此刻我横躺于沙滩之上。
　　哦,这是什么?天空?这怎么可能?

8

　　我曾如此畅想,黄昏时,天上的
　　星辰闪耀在甜蜜而洁白的
　　月牙之畔,倒映于波动起伏的
　　海水之上。哦,一个疲惫的

　　生命,我苍白无味的
　　早晨好比行将落日
　　的黄昏。我哭泣,带累
　　母亲也垂泪,俯身将我抱紧。

　　我的痛苦半是自作自受,半是
　　真实。我日后才懂得,
　　苦难意味着什么,当一个不期而至的念头

　　抽紧我的心,我对可怕的念头
　　充满担心,深信失眠会使我发疯。
　　这一切发生在比萨,那时我二十岁。①

---

① 在比萨时,萨巴入大学攻读考古学、德语和拉丁语课程,从其写给朋友的信件可知,他此时的精神颇为焦灼不安。

9

一个想法夜以继日地压迫我,
怪异,难以排遣;
这事发生在我身上;一下子从天堂
摔落地狱的疆土。

如何从这令人战栗的事实
不被拖入死亡,我对此一无所知。
而是同痛苦缔结和约,
接纳它,同它面对面地生活。

我造访过其他的场所,也有过新朋友。
从奇异的书本中了解到非同寻常的事情。
四五年过后,慢慢地,

不复再有迷狂而幸福的日子
永不再有;而生活和艺术中的
自由,我听得到,还在赌博。①

---

① 英译最后一节和意大利原文,分歧较大。本人以为英译本理解上有偏差。最后一节,赌博的双方,在我看来,是生活和艺术中的自由,也就是说,在意大利文中,ma liberi…della vita e dell'arte ,被插入语 ed intesi 隔开了("而生活和艺术中的自由,我听得到")。而在英译本中,根本没有出现对应于意大利文中 intendere 的第一人称远过去式 intesi 那样的语法变化。主语成了 they, 即 capture and joy。我以为这一转换不尽高明。

小回答

10[①]

那时,我住在佛罗伦萨,每年
会回一次家乡的城市。
在它的记忆中,我不止一次地听到
它以蒙特雷阿莱的名义诉说。

献给朋友,或者献给集会的诗
在高贵者的剧场里一点儿也不受欢迎。
没有掌声,我也没有感到多么羞耻;
就我所知,隐瞒别人毫无价值。

我见过,也认识韦西利亚的
邓南遮;对于客人,他相当
温文有礼,而其他人对我可没这么客气。

对于帕皮尼,和日后的《声音》
团体,我一开始,或者压根儿
就不喜欢。在他们当中,我属于另一个种族。

[①] 1905—1906 年,萨巴同哲学家乔尔乔·法诺(Giorgio Fano)前往佛罗伦萨,在此同文坛名人邓南遮、帕皮尼和《声音》圈子有过接触,但关系颇为不睦,该诗即记述此段时间的感受。

11①

当兵时,我重现发现了自己。
在军旅之中,我诚挚的缪斯诞生了。
在营房,在紧张的
操练中,在阴暗、逼仄的牢房。

我独自吟诵着有关自由的
十四行诗,通篇弥漫着一缕
刚刚提及的乡愁,
和那些盼望你回家的面孔。

丽娜,有一次,你曾这般
梦见我。向我诉说你的梦境
为此我曾将你的信儿亲吻。

"记得当水手的时候,你曾回家探亲,
你满怀激情地向我提起
那对我来说不可思议的生活!"

12

我又一次恋爱了;身着

---

① 1907—1908 年,萨巴在萨莱诺服兵役,此段时间的经历参见诗集《军旅诗篇》(*Versi militari*)。

小回答

红披肩的丽娜,我生命中最激动人心的爱。
那偎依着我们成长的,蓝眼睛的
小女孩,出自她的子宫。

的里雅斯特,我的城市,丽娜,我的女子,①
我为她们写下最真诚、大胆的
诗篇;时至今日,我的灵魂
还从未与她有过片刻分离

我熟识其他种种人间之爱;
而为了丽娜,我宁肯剥离掉另
一生,心甘情愿重新开始。

我爱她是爱她痛苦的高度;
因她的痛苦面向全世界,从不矫饰,
她能够爱一切,唯独除了她自己。

13

我的诗集,第一本诗集,出版时,

---

① 此句原文为:"Trieste è la città, la donna Lina",其字面意思可直译为:"的里雅斯特是这城市,丽娜则是那女子",原文对仗工整,其中"的里雅斯特"与"丽娜"相对,"城市"与"女子"相对。但是,熟知萨巴的人士均明白,的里雅斯特和丽娜是他生命中最为钟爱者,前者是他出生的城市,后者是他的妻子,因此,此句之译"的里雅斯特,我的城市;丽娜,我的女子",乃出于呼应原诗之严格对仗而又试图体现其深意之意译。

我和她在一起,没有丝毫的失望。
有些门从这里或那里向我
粗衣薄妆的缪斯敞开了;

但是,没有人懂得在极度焦虑的心中
保留几分喜悦。
在那些年,我没有听到
任何蒙特贝洛的声音。①

在博洛尼亚,我和她重新走在一起,②
为那对我来说红色逼仄而又亲切的道路,
我吟诵起"宁静的失望"。

在米兰,不再愉快地梦想
艺术,我已能够
置身死去的人群之中思想。

---

① 1910年,萨巴偕妻子住在的里雅斯特的郊区——蒙特贝洛,此时,女儿李奴恰(Linuccia)出生。诗集《住所与乡村》(*Casa e Campagna*,1909—1910),完成于这段时间。

② 1912年,萨巴定居博洛尼亚。"声音书店"为其出版第二本诗集——《亲眼所见》(*Con i miei occhi*),并在此完成《宁静的绝望》(*La Serena Disperazione*)中的大部分诗作。1910—1915年,在和母亲无数次的争吵中,萨巴陷入极度的忧郁和孤独之中,并最终放弃了父姓,而选择了养母Sabaz的名字作为自己的笔名——Umberto Saba。

小回答

14

战争爆发时,我重新回到战场。
我是个坏诗人、好士兵:
我顶愿意这么说! 我不似孩童
愿意接受虚假的赞美。

我赞美察歌利亚,赞美尼诺①
和其他万众爱戴的英雄人物。
由于我贫乏的灵感
这些诗歌委实乏善可陈。

而在军营和野营地,我的思绪却
飞到了的里亚斯特的亲密好友,
飞到了乔尔乔·法诺和好心的奎多·沃盖拉那里。

好吧,我想欧洲已近黄昏;
而小时候,欧洲却似乎绽放着它
无比的光辉。

15

一间古怪的旧书店②

---

① 这里的 Zaccaria 和 Nino 都是为犹太人所敬爱的英雄人物。
② 1919年,萨巴回到家乡的里雅斯特,购下一家书店,从此过着经营书店和写作生活。1921年,他自费出版了《歌集》(也是日后诗全集的名称)的第一版,印数500册,其他单行本诗集也在随后得以陆续出版。

开在的里雅斯特一条幽僻的街上。
流转的眼神为书架上①
古老装帧变幻的金色而振奋。

一位诗人,生活在那寂静的气氛里。
面对死者活生生的碑铭②
他完成了那有关爱之冥想的事业,③
真诚而愉悦,无名而孤独。

有朝一日,他愿为遁世的激情
粉碎而死;在钟爱的书页上
合上已所见太多的眼睛。

而那不属于他的时间
他的空间的,诗艺会为他描绘得
更为绚丽,歌儿会为他吟唱得更为甜美。

---

① 首节第三行"D'antiche legature un oro vario?"中的语序为倒序,出于押韵的需要。"D'antiche legature"/"古老装帧上的",不同于英文本中"age-old bindings"/"古老的封面"。

② 第二节第二行中的lapidario在英文中的对应翻译为:showcase(橱窗;优点的陈列;显示优点的东西等意),其实是某种程度的引申,而lapidario的原意是"刻碑文的石工;古碑文博物馆(相当于西安的'碑林')",这里当然是指那些仍在影响生者的有关死者的颂扬之词。

③ 第二节第三行"la sua opera compie…"("他……的事业得以完成"),而英文则是"he practices his … art"("他从事他……的艺术"),动词运用略有差异。

小回答

一首诗的旅行
——关于萨巴《自传》III 的翻译

　　诗人刘国鹏与周伟驰曾就萨巴组诗《自传》第 III 首在英、汉两种语言中的翻译和变形,进行过一场自发的探讨,试图由此深化对诗歌可译性问题的认识。两人从技术性角度,选择两种不同路径,尝试将该诗从意大利原文翻译为汉语,和由英文转译本翻译为汉语,并借此观察一首诗如何在不同的语言环境中旅行,从而抵达其可能的安身之所;以及在何种意义上,一个好的译文才能称得上对原诗生命的延续,并进而追问:忠实的翻译是否只是一个永远不可能实现的幻觉?

一　意大利原文、英文转译本和两种不同的汉语译本

Autobiographia

(Umberto Saba)

3

Mio padre è stato per me «l'assassino»,
fino ai vent'anni che l'ho conosciuto.
Allora ho visto ch'egli era un bambino,

e che il dono ch'io ho da lui l'ho avuto.

Aveva in volto il mio sguardo azzurrino,
un sorriso, in miseria, dolce e astuto.
Ando' sempre pel mondo pellegrino;
più d'una donna l'ha amato e pasciuto.

Egli era gaio e leggero; mia madre
tutti sentiva della vita i pesi.
Di mano ei egli sfuggi' come un pallone.

《 Non somigliare- ammoniva- a tuo padre. 》
Ed io più tardi in me stesso lo intesi:
Eran due razze in antica tenzone.

3

(刘国鹏译自意大利文本)

对我而言,父亲曾是个"凶手",
直到二十多年后,我与之相逢。
那时,我发现他还只是个孩子,
他馈赠于我的,我早已有之。

小回答

他脸上有着和我一样的淡蓝色目光,
一抹微笑,含着悲伤,甜蜜而狡黠。
他总是满世界游荡;
他钟爱迷恋的女人可不止一个。

他快乐而轻浮;母亲
却只感到生活全部的重负。
他像只皮球般从她的手里溜走。

"可别像你父亲",母亲告诫说。
长大之后,我才从内心深处发现:
他们是两个怀着旷世深仇的种族。

Autobiography

(Umberto Saba)

3

To me my father was the "murderer",
for the twenty years until I met him.
And then I saw that he was just a child,
and that what gift I have I got from him.

His face possessed the same blue gaze as mine,
and a smile sweet and cunning in its sorrow.

He was always roaming free about the world
and had known the love of many women.

He was light and cheerful, while my mother
felt the weight of all life's burdens.
He slipped from her grasp like a ball.

She would warn me: "Don't be like your father."
And later on, deep down, I understood:
The strife between their races was ancient.

3

（周伟驰自英文本转译）

于我,父亲不过是一个"杀人犯",
在二十年里,直到我见到他。
立时我明白了他只是一个小孩子,
也明白了我从他得到了什么遗传。

他的脸上有跟我一样的蓝色视线,
一抹微笑甜蜜而狡黠,笼罩着悲哀。
他总是在世上飘荡不定,
品尝过许多女人的爱情。

小回答

> 他轻松而又快活；而我的母亲
> 感受着一切生活负担的沉重。
> 他从她身边溜走宛如一只皮球。
>
> 她会警告我："不要像你父亲。"
> 后来我才深深地理解了：
> 他们种族之间的冲突，十分古老。

二 刘国鹏和周伟驰的第一次探讨

1. 刘国鹏针对意大利文本的翻译笔记，及其对周伟驰译诗的分析：

1) 第一行，意大利文"per me"放在句中，语气不如英文"To me"来得重，所以周伟驰按照英文翻译的"于我"，显得仍然气呼呼的，可在意大利文中，语气其实比较平缓，就是叙述一个事实。另外，这里的动词用了"essere"（是）的愈近过去时 era stato，而非"未完成过去时 era"，本该是二十年的一个持续过程，应该用 era，但作者用了 era stato，我觉得，在作者心里，这件事已经过去了，所以情绪来得不那么猛。

2) 第一节第 2、3、4 行，意大利文语序与英文语序同，只是，周伟驰的中文翻译将英文的 then 翻译成"立时"，虽然感觉很精神，却是意大利文和英文中没有的，或者说，即便有，程度上也不如中文强烈。

3）第二节第一行，英文比意文多了个 the same，少了个 azzurrino（azzurro/"蓝色"的小化，有比蓝色程度浅、可爱之意）。另外，我觉得还是将 sguardo 译成"目光"，比译成"视线"好，虽然它可以同时表达这两种意思，因为"目光"，有一种由内而外的属性，而"视线"，则更强调与外在物的联系。

4）第二节第二行，周译与英文语序同，但与意大利文语序出入较大，我所翻译的，严格按照意大利文的语序："一抹微笑，含着悲伤，甜蜜而狡黠。"所不同的是，我选择"含"，而非"笼罩"，是因为意大利文中的"in miseria"有一种悲伤的基调，另外，意文是 dolce e astuto/"甜蜜和狡黠"并置，放在最后。从节奏上看，意文比英文丰富，一句话分三段说，将人的表情和性格极其含蓄婉转地表达出来了。

5）第二节第三行，意文中用了"pellegrino"（朝圣）这个词，来修饰世界，有两个意思，一个是他游荡的执著和天性，以圣喻俗，暗含讽刺；另外，同下面一行联系起来看，也是对他好追逐女人的一种比拟：总是以朝圣者的心态，心潮澎湃地投入一个根本是虚无的放荡之中。

6）第二节第四行，意文并无"很多女人"这样的词眼出现，英文补充了原文，改变了原文的表达方式，并且加上了"had known"这样的动词，也是原文所没有的，加上后，语气变平了，原文中倒叙所产生的语气的跌宕感荡然无存。

7）第三节第二行，原文有印刷错误，della vita 印成了 delta vita（除非它是萨巴家乡的方言），诗人把"tutti i pesi"（全部重负）分成两半，分别置于句首和句尾，言其母亲生活之艰难，以及境况与

小回答

父亲相比之悬殊。

8）第三节第三行，原文仍有印刷错误，egli（他）印成了 ei gli。意文和英文表述有出入，句首的 Di mano，是"从手里……"的意思，极言母亲控制的心意之强和父亲逃脱之力，非常形象地表达了一种抗衡、争斗和母亲的失败，但又似乎很滑稽，让人生不起气来。

9）有了上面两人的角力，才有了顺理成章的第四节第一行，母亲对诗人的告诫。只是，意文将"ammoniva"（她告诫说）放到了句中，而我的译文遵照汉语语序，挪到了前面，但是，意文中劈头盖脸如霹雳般的语气，也无形中减弱了。

10）第四节最后一行，英文似有误译。原文"Eran due razze in antica tenzone"，Eran 为 Erano 的省略，是动词"essere"（是）的过去未完成时，表达过去一段时间内一直持续的动作或某种状态，Eran due razze，意思是"他们是两个种族"，什么种族呢？"in antica tenzone"/"陷入古老争斗"的两个种族，这里面既暗示男女之间永恒的对立、融合关系，又明指母亲和父亲之间长达半生的恩怨。可惜，英文中看不到这样的意思，而且容易给人造成误解，好像母亲和父亲各自所在的家族、种族有世仇，若如此，则诗意荡然无存，而为纯事实的叙述而已。

11）周伟驰的译文很跳脱，但情绪上不如原文沉缓抑郁。当然，这既与周伟驰身上固有的气质有关，也与英译传达的信息有关。

2. 周伟驰的回应：

1）英文中也用了过去时 was，但在中文中可以不必强调过去，因为萨巴在二十岁才见到父亲之前，一直受母亲影响将他视为

"杀人犯"("杀人犯"比"凶手"来得形象)。另(外),"于我"也是陈述一个状态,倒不必令人感到"气呼呼"。放在行中间也行:"父亲于我不过是一个'杀人犯',/在我二十年后见到他之前。"

2) Then 有"于是""那时""然后"之意,这里我用"立时"表示萨巴在见到父亲那一刻就嗅到了他与父亲的天性遗传上的一致。

另外,第一节的最后一句刘国鹏译的让人难以理解("他馈赠于我的,我早已有之"),其实英文非常明白:(and then I saw) that what gift I have I got from him,意即"我所有的天赋(性)都是从他那里得来的"。

3) Azzurrino 英文中也有相对应的词,表示天青色之意,本诗英译者将之译为普通的 blue,可能有节奏和语言平易上的考虑。Blue gaze "蓝色凝视/目光/视线"意思上都不差,我强调了"视线"。中文中"目光"比较磨损,不引人注意。

4) 这一句你译得很好,我遵照英文时未看左边意文的节奏和停顿。"一抹微笑,含着悲伤,甜蜜而狡黠。"原文和译文节奏感都拿捏得不错。

5) 这个说明很好。最好能把它在诗中翻译出来。

6) "可不止一个"那就是复数了么!"可不止一个女人他钟爱且迷恋"写得笨拙(原文似无动词),但很诚实。英文 had known 算是补了动词,中译为"品尝"较好。你的"不止一个"其实也算是补了动词(判断句)。

7) 这句英文也跨行,译得很好。

8) 这里英译用 slipped from 倒是比较像打球时"手"没抓住球、让它滑走的感觉,比较形象。

小回答

9）如按语序，可以译为："不要像"——她告诫我——"你的父亲"。

10）这里涉及对萨巴诗歌整体的理解，应该多看看萨巴的其他诗和诗观。这里的 due razze 确实是指两个古老敌对的种族，当然你可以理解为男女关系，但更应该指他的父亲为象征的天主教一方（欧洲一方）和他的母亲犹太人（教）一方。其实《自传》II 已经提到其少年时在隔都长大。在早期和晚期的许多诗中，萨巴都会缅怀其犹太祖先（如《三条街》），因为他身为犹太人的背景使他始终有"异在感"，身为犹太人所遭受的迫害使他的诗具有文明、宗教和个人的悲剧性，很早时的诗《一个夏夜的无眠》《山羊》（写于 1909—1910）就已透露出悲剧性，而这种悲剧他认为从他出生就已具备了，是他"与生俱来的伤口"。在他明确地遭受迫害期间（1938 年墨出台"种族法"使他被迫东躲西藏），更有过相关的诗篇。《自传》写于 1924 年作者 41 岁时，他将悲剧追溯到父母的不幸结合是必然的。

我不知道你读到的意大利文本是否经过意大利编者的改编，使得这种犹太与排犹（墨索里尼排犹是必然的，在墨上台前欧洲的空气就是排犹的）的紧张感有意无意地被削弱或消除掉了。但是在美国编者那里，由于"不在此山中"，反而更能看到真面目。实际上，我的文章就是以这种冲突（还要加上萨巴的家庭与个人性格冲突）为线索的。

11）这跟"跳脱"无关，我只是老实按照英文译出罢了。在中文的传达中，要注意不要译得太普通，像大部分中文译诗那样沉闷乏味（如冯至之外的其他人的歌德、里尔克译本，若读者以为原诗也那样沉闷就麻烦了),要让它在中文中也有神采。必要的话,可以让它比在原文中更有神,以与其在原文中的整体地位相衬。

三 刘国鹏和周伟驰的第二次探讨

1. 刘国鹏对第一次讨论中周伟驰的回复:

1)其实,这首诗我原本就翻译过。人们在各个选本中读到的《自传》一诗,也正是这首诗——《自传》组诗中的第3首。我原来对这句的翻译处理是:"我从他那里获得的天赋,我原本就有",我承认,这句比此次重译的"他馈赠于我的,我早已有之"在汉语中的表达要准确些。原因就是对 dono/gift 的译法问题,在意大利语或英文中,dono/gift 均指"馈赠、礼物、天赋",伟驰译为"其实也明白了我从他得到了什么遗传",是根据英文本的意译,以"遗传"来代替从父亲那里继承的"天赋"一词。但是,这里想要强调两点,其一,我翻译向来倾向于在尽可能明了晓畅的原则上贴近原诗的表达(如字面意,语序等);第二点,"其实也明白了我从他得到了什么遗传"在意思上并无大碍,但似乎不大能突出为何诗人使用如此拗口的表达法——"e che il dono ch'io ho da lui l'ho avuto"?用直白的话说,这句的大意是"我从他那里继承的,我早已有之",唯有如此曲折的表达,才能微妙地传达出诗人对父亲既拒绝又接受的内心情感:拒绝是因为自己尚在娘胎时,就被父亲抛弃,接受是指虽父子相隔二十载春秋,但那种血液中无法消弭的禀赋和遗传,仍深深地向诗人传达出二者生物和社会意义上的父子关系,因此,尽管他恨父亲,尽管此去经年,他仍然即刻嗅出了二者之间的

小回答

亲缘和相似性。

2)最后一节的最后一句,我以为是全诗的题眼,而我和伟驰在解读上有着不小的分歧。

我在网上搜索了一番意大利诗评家对该诗最后一句的分析,分析的大意有如下几点:

A)反映了父母关系的复杂性,这一复杂性源于二者有着相异的宗教背景:母亲是犹太人,而父亲则是天主教徒。诗人以第一人称的表述重现了这一共存于其内心两个灵魂之间的复杂性和纠结感。

B)母亲是犹太人,而父亲则是威尼斯人(犹太人更悲观,而威尼斯人更乐观);

C)对诗人来说,母亲担负着一种固执和惩罚者的权威角色,而父亲则扮演着背叛者、逃亡者和追求快乐原则的角色。

如上几个分析均有可信之处。综合看来,伟驰和本人的分析各有一定的道理。但是,我仍然认为,完全的宗教纷争在两个并非宗教保守者那里,不能成为、也不应成为最主要的争执点,在家庭生活中,出身、性格、命运是共同主导着夫妻生活的方向的。

3)对于最后一节,我曾经的翻译是:

"可别像你的父亲"——母亲训诫说。

长大之后我才晓得:
他们是两个怀着隔世深仇的种族。

我把自己前后两次的翻译做了一番调和,吸取了二者的优点,

修改后的翻译如下:

"可别像你父亲",母亲告诫说。
长大之后,我从内心深处发现:
他们是两个怀着旷世深仇的种族。

米沃什的神学之诗思

米沃什(Czeslaw Milosz,1911—2004)是一位长寿的诗人,活了 94 岁,获得过诺贝尔奖,真正算得上"圆善"——德福合一了。天主教徒与长寿的关系,曾有搞宗教的学者作过专门研究,大概跟定期的告解有关——它有助于纾缓现代人常有的焦虑。是啊,既然把一切忧愁痛苦都交给天主了,一个人怎能不心情舒泰呢?米沃什晚年一首小诗《礼物》,颇有陶渊明"悠然见南山"的逸趣,当是其身心惬洽的写照。

米沃什来自波兰(更准确点是立陶宛)这个传统的天主教国家。可是他跟天主教的关系如何,似乎未见专文写过。中国诗人译米沃什,大都对他的东欧经验感兴趣,这是情境相似引发的共鸣。可是翻译欧洲诗人,如果不了解他们背后的宗教传统,到底是隔靴搔痒,难有深契,只能看到一些政治、技艺类的形而下。这就好比一个外国翻译者如果只能翻译陶杜的字句或意象,却无法深入体会其中的道家和儒教精神。

米沃什是一个多层次和侧面的诗人兼思想家,空间上跨了东欧、西欧和美国,制度上跨了纳粹主义、社会主义和资本主义,时间上跨了整个"极端的年代",他本身就是一部活生生的 20 世纪西方史。他的诗多是直抒胸臆,行云流水,对内容的关注胜过了对语言的在乎(这也是他一贯坚持的,尽管他的诗各体完备),因此在技法上他或许不如辛波丝卡、赫伯特,但是在历史的沧桑感上,在文明视野的宽广上,在胸怀的博大上,却可说是略胜一筹了。

《第二空间》是米沃什晚年——不,应该说是"高年"——时期的诗集,是他去世那年出版的,写作时诗人已九十岁上下了。这无疑打破了叶芝、哈代、沃伦的纪录。

米沃什在诗里写了些什么呢?这跟一个高龄诗人面临的迫切的问题有关:他必然思考"生死"这个宗教核心问题,顺带牵出时间、生活的意义、写作的意义,乃至神学问题,所以我们不要奇怪,诗集大部分的诗都跟神学搅在一起,有一首就干脆以"关于神学的论文"作题了。

诗集分为五个部分。第一部分是28首短诗,哀叹老年已至,从前身边的同龄人和曾经爱慕过的美人都已消逝无踪,他们的事迹荡然无存,无人记忆,作者自己也垂垂老矣,身心不一(身体不听大脑指挥),唯有在回忆中度日,在记忆中穿梭。回顾一生,作者对于"自我"发生了疑问:镜中人到底是谁?一生的经历到底值不值得?自己到底是天使还是动物?上帝到底有没有,现代人不信上帝会导致何等后果?进化论的后果为何?人死之后到底有何归宿?《第二空间》这首标题诗,就点明了这整本诗集的主旨:

> 我们真的对那别一个空间失却了信心?
> 天堂和地狱,都永远地消逝了?
>
> 若无超凡的牧场,如何得到拯救?
> 被定罪的,到哪里找到合适的住所?

小回答

> 让我们哭泣罢,哀恸损失的浩大。
> 让我们用煤渣把脸擦脏,再蓬乱头发。
>
> 让我们哀求把它还给我们:
> 那第二空间。

用煤渣撒头发,这是《旧约》中犹太人表达哀恸绝望的方式。如《约伯记》第二章记载,约伯受上帝考验,浑身长满毒疮。他的三个朋友来看望他,"为他悲伤,安慰他。他们远远地举目观看,认不出他来,就放声大哭。各人撕裂外袍,把尘土向天扬起来,落在自己的头上"。

米沃什这是在哀叹现代西方人渐趋于有形无形的无神论,有形的无神论好理解,无形的无神论指什么?指对宗教问题根本不关心、不在乎,它比有形的更具杀伤力——起码后者还关心这个议题!在另一首短诗《如果没有上帝》里,米沃什更道出了他对于上帝的态度:

> 如果没有上帝,
> 人也不是什么事都可以做。
> 他仍旧是他兄弟的照顾者,
> 他不能让他的兄弟忧愁,
> 说并没有上帝。

我们知道,对于欧洲人来说,如陀思妥耶夫斯基所问,没有了上帝,人怎么办呢?人岂不是什么都可以做了?欧洲人没有宋明理学"天理"的概念,故有这样的问题提出。米沃什的态度看来跟孔子有点类似了:即使上帝不存在,你也不能说,否则你显得多么残忍啊!还是遵照传统的仪式吧!祭神如神在就好了。在《不适应》里他说:

> 我尊重宗教,因为在这个痛苦的地球上
> 它乃是一首送葬的、抚慰人心的歌。

对于进化论和现代科学,米沃什的态度跟上面这首短诗《如果没有上帝》一致。在《科学家们》一诗里,他写道:

> 查尔斯·达尔文
> 在公开他的——如其所说,恶魔式的理论时,
> 至少有良心的痛楚。
> 而他们呢?说到底,他们的观念是这样的:
> 把老鼠隔离在不同的笼子里。
> 把人类隔离开来,把他们自己的同类
> 当作遗传学的浪费一笔划掉,毒死他们。

在别的地方他也反对进化论,认为它把人拉低到动物的水平,而忘记了人的神性来源和道德来源(人是上帝的形象),对于现代大屠杀一类的事终究是有责任的。对于欧洲现代人来说,既然传统的以上帝为依托的世界观不复存在了,便以形形色色的人本主义和自然主义、科学主义世界观来取而代之,纳粹之种族主义、优生学就是一个典型例子,它最终导致了将人视为物,单纯从进化得失去看问题和处理问题,而使得欧洲伦理堕落,发生了二战中"屠犹"这类惨无人道的种族大灭绝。

小回答

我相信米沃什对待上帝和基督教的态度是一种现代欧洲人的矛盾、尴尬和犹豫的态度:一方面他们的大脑告诉他们,上帝难以证实存在;另一方面他们的意志告诉他们,不能没有上帝,没有上帝就什么都没有,只有虚无了。在这种情况下,他们就发展出了一种神圣的悖论,用庄子《齐物论》中的话说:"吊诡。"这在陀思妥耶夫斯基和克尔凯郭尔那里有突出表现,在米沃什这里也不例外。在《倾听》这首诗里,诗人说:

倾听我,主啊,因为我是一个罪人,这就是说除了祷告我什么也没有。

保护我远离江郎才尽和无能为力的日子。

当无论是燕子的飞行,还是花市上的牡丹花、水仙花和鸢尾花,都不再是你荣耀的象征。

当我将被嘲笑者包围,无力反驳他们的证据,记起你的任一个奇迹。

当我将在自己看来成为一个冒名顶替者和骗子,因我参加宗教仪式。

当我将指责你创立了死的遍在的规律。

当我最终准备向虚无低头,将尘世的生活称作一个恶魔的杂耍。

这就是一个眷恋着基督教传统的现代欧洲知识分子的心脑矛盾。它终归和纯粹的无神论人文主义者不同,也跟恪守信仰不作反思的基要派不同。这是一种"吊诡"的精神生活。

第二部分名为《塞维利奴斯神父》,是以一个自认为"没有信

仰"的神父的眼光来看终极关怀和基督教的问题。在他看来,

> 人们不过是节日里的牵线木偶,在虚无的边缘跳舞。
> 十字架上强加给人子的折磨
> 之所以发生,不过是为了让世界显出它的冷漠。

在他看来,西方人满世界地传教,甚至乘着太空船向外星球传教,但到头来,"他(耶稣)的肉体,横伸在耻辱柱上,/遭受着真实的折磨,关于这我们每天都试着忘记"。很多人上教堂只是出于形式,是表面功夫:"说真的,他们又信又不信。/他们去教堂,免得有人以为他们不信神。/神父讲道时他们想着朱利娅的奶头,想着一头大象,/想着黄油的价格,想着新几内亚。"作为神父,塞维利奴斯虽然穿着法袍,却并没有底气,

> 我的长袍,属于神父和告解者,
> 恰好用来包裹我的忐忑和恐惧。
> 我们是不一贯的人。
> 我嫉妒群众在世界里的安定。
>
> 我感到自己是一个孩子在教导成年人,
> 给出劝告像纸做的大坝对着狂暴的溪流。

作为天主教神父,神人之间的中介,他们的工作时时要遭到信众的怀疑(宗教改革派就取消了神父这一中介),饱受失业的威胁。对于神学中的难题,如三位一体、原罪,这位神父认为君士坦丁皇帝用权力干涉教义,使得后世的人代代都要受折磨,历史充满戏剧性的反讽。现代人再也不信地狱,但是来告解的人里面,如利

小回答

奥利亚,还是相信的(出于良心的公平潜意识?)。

我认为这首长诗中,最出色的要算这么一段:

> 假若所有这些都只是
> 人类关于自己的一场梦呢?
> 而我们基督徒
> 只是在一场梦里梦见了我们的梦?

诗人长期在加州工作和居住,对于东方哲学自不陌生(他编的世界诗选中选了大量的中国古诗),对于佛教、印度教乃至庄子的"庄周梦蝶"和"大圣梦"都不会陌生,它们所透现出的非实在论(佛教梦幻泡影喻不用说,以商羯罗为代表的不二论视世界为梦幻亦有传统)对于西方神哲学实在论构成了很大的冲击,引起诗人的反思。现代西方对于尘世之"变"的关注,使得西方哲学开始摆脱"永恒"理念世界而领略到"幻"的滋味,叔本华直接从印度哲学获益,尼采亦回到赫拉克利特"变"的哲学,这种潮流在诗人那里也有鲜明的体现,如受柏格森影响的马查多,对于东方哲学亦有所体会(见本书的《马查多的河流、大海和梦中梦》一文)。米沃什无疑对这种哲学有所意识。但他仍在摇摆之中,他的情感和意志仍旧使他感觉到需要一个实在论的上帝,以及实在论的天堂和地狱("第二空间"),来保证在 20 世纪西方备受摧残的人的价值、尊严和人类生活的意义。因此,他才会借塞维利奴斯神父之口说:

> 主啊,你的临在是如此真实,比任何论证更有分量。
> 在我颈上和我肩上,我感到你温暖的呼吸。
> 我想要忘记神学家们创造出来的精巧的宫殿。

>你不经营形而上学。

这里意志战胜了理性,虽然理性无法论证一个上帝,但是意志和情感体会到了并且极其需要一个上帝。这里"理智与情感"的冲突更加剧烈了。我们感到在陀思妥耶夫斯基《卡拉马佐夫兄弟》中的伊凡和阿廖沙的矛盾。

第三部分是一首近五百行的长诗《关于神学的论文》。作者思考了恶的来源问题、神正论问题、原罪问题、进化论、神迹问题等。作者自认为"一个信仰微弱的人"。"一天信,一天不信。"但是奇怪的是,他喜欢跟祷告的人们在一起,觉得温暖,"自然,我是一个怀疑主义者。但我跟他们一起唱,/于是克服了存在于/我的私人宗教和仪式宗教之间的矛盾"。这首诗是米沃什晚年写的最长的诗,是对他在宗教问题上的矛盾心态、心脑冲突及解决办法的一个尝试。

第四部分《学徒》是写他的一个很有名的堂兄奥斯卡·米沃什(Oscar Milosz,1877—1939),他生在波兰但在巴黎读完中学,后来成为一个诗人兼神秘主义哲学家,亦曾在一战后为争取立陶宛独立而出谋划策,并提出过"欧洲合众国"(United States of Europe)的构想。他曾经在二战发生十年之前(1929)就预见到德国人将在波兰和东普鲁士之间的走廊地带发动战争,他

>警告一场大战正骑在末日大劫的红马上
>迫近,一场大战将从格但斯克和格丁尼亚开始。

这里"红马"的形象来自《启示录》6:3—4,"揭开第二印的时候,我听见第二个活物说:'你来!'就另有一匹马出来,是红的,有

权柄给了那骑马的,可以从地上夺去太平,使人彼此相杀,又有一把大刀赐给他"。据米沃什的研究,奥斯卡之所以预见到德国将发动战争,是因为他认为德国人的民主只是肤浅的表面工夫(魏玛共和国),未深及精神,不是真正的民主。也许这背后奥斯卡有他的理路——比如,德国人做不到英美的民主制度也许跟他们的整体主义的世界观有关?或跟他们的民族主义精神太强大有关?——但是米沃什没有提及,这就有待将来的人们的研究了。

奥斯卡的一些思想(如神学异端思想,如世界有一个开端的想法,后者类似于今天的"大爆炸理论")和作品(如关于唐璜原型西班牙人米格尔·马纳拉的戏剧),对米沃什有很深的影响。米沃什年轻时钟爱瑞典神秘主义哲学家史维登堡,也与他有关。诗名《学徒》的意思来自于第 VIII 节中所说的"我不过是一个炼金术师父的学徒",暗示作者以堂兄奥斯卡为师父,也像他的堂兄一样,继承了欧洲历史上形形色色的神秘主义派别的精神。这首长诗连诗带注,达三十页,占了《第二空间》这本集子近三分之一的篇幅,不只较为详细地记叙了奥斯卡的生平活动、传奇故事、创作与创见,以及米沃什本人跟奥斯卡的精神上的交织,更难得的是通过叙述米沃什家族的历史,折射出更为广阔的立陶宛、波兰乃至近代欧洲的历史变迁,米沃什作为一位"从心所欲而不逾矩"的诗人和思想家,夹叙夹议,熔情感与理性于一炉,将历史沧桑感和个人命运糅合进同一景框(如第 II 章写作者跟威尼斯的关系,数行之内就提及在那里埋葬或待过的拜伦、布罗茨基、庞德、奥斯卡),起点就已迥异寻常诗人。

  我常常想到威尼斯,它回旋着就像一个音乐主题,

从我战前第一次到访,
在丽多岛海滩上看到
以德国女孩面孔出现的女神戴安娜,
直到上次,在我们埋葬了约瑟夫·布罗茨基之后,
在莫切尼哥酒店宴饮,那里
曾是拜伦爵士居停之地。
在圣马可广场上有咖啡店的坐椅。
那是孤独的漫游者奥斯卡·米沃什
在1909年面对宣判之地:
他看到了他一生的爱,艾米·冯·海涅-杰尔顿,
直到他死他都称呼她"我至爱的妻子",
她嫁给了男爵利奥·萨尔沃提·冯·艾辛克拉夫特·冯特·宾登堡
并于世纪后半叶死于维也纳。

一个普通的游客到威尼斯,见到的也许只是教堂、广场和房屋、贡多拉和海水,即使知道一些历史掌故,也只是空泛的"知识",并无切身的感受。而米沃什在这里写得多么具体、切身、简略、有力!布罗茨基是米沃什亲密的小辈诗友,英年早逝,奥斯卡是他的堂兄兼精神导师,爱情不幸,再远推至庞德、拜伦往事,威尼斯的历史突然加速度地变厚变重变沉,这是何等的个人沧桑、家族沧桑、诗歌沧桑和历史沧桑。如果要说出读米沃什诗的感受跟读别的诗人的诗的感受的不同,那也许就是通过这种历史的沧桑感透显出的"永恒"的视角!正如米沃什在这首诗的第V章所说,奥斯卡的"神圣之光变质为物质之光"的思想,或神秘闪光同时诞生

小回答

了时间、空间和物质的思想,使他的诗歌发生了改变:

   这多么巨大地改变了我的诗!它们是对时间的沉思
   自那一刻起,在时间的沉思背后,永恒开始泄露。

  正是这种"永恒"的视角,使"永恒"在时间、空间和物质的局限中得以隐约透露,使米沃什的诗具有一种非凡的高度和品质。

  由于奥斯卡跟神秘主义、神学有着紧密的关系,因此作者亦追步至神哲学思考——甚至关于三位一体的奥秘,思考天主教乃至基督教之衰落、世俗哲学之兴起与 20 世纪之血腥史之间的关联。作者关于自己的使命,乃在于通过诗歌创作反对时代的"腔调和风格",恢复"等级感",恢复"敬畏"的精神(见这首长诗的第 IX 章)。在这方面,他是视堂兄奥斯卡为自己的先驱的。正如米沃什在第 VIII 章的注记里所说:"我在高中时的宗教危机使我丧失了对波兰天主教的安全的信仰,让我走上了寻求之路。在这寻求之中,奥斯卡的指引虽不是排他的,也是相当重要的。"目前,关于奥斯卡本人的研究在学术界也已逐步展开,米沃什的这首长诗加注可以说树立了一个典范。

  第五部分为一首长诗《俄尔甫斯和优律狄克》,说的是古希腊神话中俄尔甫斯下地府救其亡妻优律狄克回到阳世,最终因回头望她而功败垂成的故事。从技法上来说,这首诗是这本诗集中最完整和最高超的(不乏戏剧独白),诗里熔现代与神话于一炉,比如说奥尔弗斯乘电梯下地府,周围有车灯刺眼,使读者怀疑这实际上是在写他们自己的灵性经历。

   站立在冥府入口处人行道的石板上

> 俄尔甫斯在一阵狂风里弓着背
> 这风撕扯着他的外衣,在阵阵雾气里翻滚,
> 摇晃着树的叶子。汽车的前灯
> 在不绝的雾涛里一时闪耀,一时黯淡。
>
> 他停在了玻璃门前,把不准
> 自己是否强大得足以通过那场终极试炼。
> ……
> 他推开门,发现走进了一座迷宫,
> 到处是长廊和电梯。铅色的光不是光而是大地的黑暗。
> 电子狗无声地掠过。
> 他下降了许多层。一百层。三百层。

　　这样的写法,哪里还是对希腊神话的复写呢?这完全已经是后现代版本的魔幻现实主义了。

　　可是,在诗里仍然不乏但丁《神曲》式的中世纪情景,它们使我们想起来,古今即为一体。

> 成群的幽灵围绕着他,
> 他辨认出了其中的一些面孔。
> 他感受到了血流的节奏。
> 他强烈地感受到了他的生命及其罪过
> 害怕碰到那些他伤害过的人。
> 但他们早已失去了记忆的能力
> 只是给予他漠然的一瞥。

小回答

最后两句,提醒着忘川的效力(用我们的话说,就是喝了孟婆汤了),也令人想到,这岂不就是从《神曲》中化来的吗?

冥后请赫尔墨斯带着优律狄克,跟在俄尔甫斯后面——条件是俄尔甫斯不得回头观望她是不是在后面,否则她就不在了(这又令人想起罗得之妻回望变成盐柱的故事,这两个故事,是否有同一个原型呢)。神话的叙述粗枝大叶,到米沃什这里就具体可感了。他让赫尔墨斯带着优律狄克,而且,这个神仙还穿着一双凉鞋!在一片漆黑中,俄尔甫斯能听到的声音就是:

> 这样他们就出发了。他在先,然后不远处,
> 是神的凉鞋拍地的声音,和她那被尸衣般的长袍
> 拘束的双脚发出的轻微的嗒嗒声。

照理说,俄尔甫斯听得到这声音,确信他们是在他的身后跟着的。可是:

> 他会停下来谛听。但马上
> 他们也会停下来,于是回声消逝了。
> 而当他走动,后面双重的脚步声也会重新响起。
> 有时似乎近一点,有时又似乎远一些。
> 在他的信念里冒出了一丝怀疑
> 纠结着他像冷冷的杂草。
> 他本不能哭,却为人类丧失了对
> 死者复活的盼望而哭,
> 因为现在他跟所有的有死者一样。
> 他的竖琴沉默了,他却仍在梦想,毫无防备。

>他清楚他必须有信仰,但他却不能有信仰。
>因此他才会坚持很长的时间,
>在半睡半醒之际点数着自己的脚步。

这样,经过米沃什的改写,俄尔甫斯下冥府救亡妻的希腊神话就变成了一个现代西方基督徒的"他清楚他必须有信仰,但他却不能有信仰"的挣扎版"天路历程"。在将希腊元素、基督教元素和当代元素结合起来这一点上,米沃什确实做得很到位。我能想到的另一个大家,就是以色列的阿米哈依了。

对米沃什每首诗的理解,除了就它自身、就它与诗集中其他诗的关系来看之外,还应将它放在诗人的整体创作中来把握。米沃什是一个著作等身的诗人和思想家,目前光是译为中文的,据笔者所知,就已有《拆散的笔记薄》(绿原译,漓江出版社,1989)、《切·米沃什诗选》(张曙光译,河北教育出版社,2002)、《米沃什词典》(西川、北塔译,三联书店,2004)、《诗的见证》《被禁锢的头脑》(广西师大出版社,黄灿然译)等。

米沃什《第二空间》中的一些内容,也跟他以往的著作形成交集。比如,他在《学徒》中提到他跟奥斯卡一样是共济会这一类秘传知识团体的继承人。他在《米沃什词典》第一条"阿布拉莫维奇"就谈及他少年时代成长的城市维尔诺(或称维尔纽斯)有共济会的传统、遗存和影响。在 *Beginning with my Streets*(Farrar Straus Giroux, New York, 1991)的第一章(跟书名一样)中,他以各种形式详细回忆和描述了少年时代的维尔诺,它的风土人情和历史。他在获诺奖后在哈佛大学的讲座稿《诗的见证》第二章"诗人与人

小回答

类大家庭"中,专门讨论了奥斯卡的诗歌观念,指出奥斯卡反对当时法国的"纯诗"观念。米沃什说,奥斯卡"瞧不起那种'把宗教、哲学、科学和政治从诗歌领域中排斥出去的诗'"(见法国《文学杂志》1987年10月号上的《历史、现实与诗人的探索——访谈录》,载于王家新、沈睿编选《二十世纪外国重要诗人如是说》,河南人民出版社,1992,第459页)。奥斯卡认为未来的诗歌应该是这样的:"新诗歌的形式最大的可能性,是《圣经》的形式,一种被强力灌输进韵文的广阔散文。"(黄灿然译《诗的见证》第45页)米沃什的诗歌形式就是这种"广阔散文"的一个充分实现。奥斯卡对"纯诗"及其"为艺术而艺术"观念的反对,深深地影响了米沃什,他的诗无不是直接或间接的历史经验,正如他所说:"一个波兰诗人无论住在哪里,其真正寓所是他国家的历史……因为他并不是通过空想去揭示人的条件,而是在某个时代、某个地域范围实现这一意图。"(《二十世纪外国重要诗人如是说》,第459页)就奥斯卡跟诗歌、宗教神秘主义和哲学等熔为一炉而言,跟早他一百年的布莱克一样,都是受史维登堡乃至新教改革后一直弥漫在欧洲的千禧年主义情绪感染,认为诗歌应该跟末世论相关联才有意义(黄灿然将千禧年主义译为"太平盛世论",减弱了这个词的新教末世论"彻底变革"的意味)。饶有意味的是,米沃什还将欧洲的这种末世论诗歌传统跟中国作了对比,认为也许在中国没有这种整体主义的诗歌写作,诗歌存在着另外的可能(第50—51页)。其实这种差异的背后是中国的诗歌创作是儒道释传统,末世论的维度是几乎没有的,因此我们的诗歌(特别是山水诗)呈现出另外一种完全不同的意境。

米沃什在《学徒》第 IX 章写道："我观察我时代的腔调和风格//为了在我母语的诗歌里反对它,//这意味着不许它丧失等级感//而等级意味着一个孩子所意味的://一种敬重,而不是一系列出现又消失的偶像。"这也令人想起他在诺贝尔文学奖"受奖演说"里所说的话:"我从他(奥斯卡)那里学到很多东西。他使我对新旧约的信仰有更深刻的认识,谆谆教导我在一切心灵事物中,包括属于艺术的一切事物,要有一个严格的、苦行主义的等级制度,他认为在这些事物中,如果把二等品等同于一等品,就是一种极大的罪过。"(绿原译《拆散的笔记薄》,第 229 页)如果说民主和平等在政治领域、经济领域是一种近代以来具有最大感召力的"应当",在心智领域(哲学、文学、艺术、诗歌)的后现代主义式的"民主"和"平等"的"狂欢"却正在堕落成为一种灾难,良莠不齐、鱼目混珠、美丑不分,在这个时代,如何在审美领域(如诗歌)把握住心中的严格尺度,而不为形形色色的意识形态、商业利益、名声、小圈子风气所腐蚀,实在不是一件容易的事。

2009 年 5 月我到香港出差编撰一本关于老庄哲学的读本,在九龙塘又一城的 Page One 书店买到两本波兰诗人的诗,一本是辛波丝卡的《奇迹集市》,一本就是米沃什的这本。我曾经有一本厚厚的米沃什诗集,后来送给一位朋友了。他晚年的这本薄薄的诗集倒是第一次看到。两位诗人的诗我都很喜欢,他们涉及的主题无所不包,的确有大诗人的宏阔气象。《奇迹集市》的前言,还是米沃什为辛波丝卡所写。

关于辛波丝卡的《奇迹集市》,我曾写过一篇文章《辛波丝卡

小回答

的六世界》,后来其中一部分发表在《世界文学》2011年第一期上。关于米沃什这本《第二空间》,2011年我应青年小说家、广州"副本"主事冯俊华之邀,译出一半有余,曾以《米沃什晚期诗十八首》为题印制。但因为"副本"做的是诗歌"小众"读物,虽然印制水平已不逊欧美,能够看到的人却始终有限。2013年花城出版社获得《第二空间》的中文版权,朱雁玲女士问我能否译出全部,我利用2014年春节时"热闹中的寂寞",译出了其余部分,主要是《学徒》,这本米沃什最后的诗集,终于可以全貌面对中文读者。需要说明的是,除了《学徒》是米沃什自己做注外,其余诗中以星号标出的注记多是译者所加,有不准确处还望读者指正。

这篇译者序原是《米沃什晚期诗十八首》的后记,其中一部分曾发表在广州《时代周报》第155期(2011年11月22日)。现在加上了一些内容,亦以全貌示人,算是对读者的一个指南,也算是我喜爱米沃什的一个结果。

2014年2月6日于北京西诗来斋

(Czeslaw Milosz, Second Space, trans. by the author and Robert Hass, HarperCollins Publishers, N.Y., 2004. 中译本为:周伟驰译《第二空间》,花城出版社,2014年。本文为该书译者前言。)

辛波丝卡的六世界

这篇文章的缘起

波兰女诗人辛波丝卡(Wislawa Szymborska, 1923—2012),她的诗有一本不厚的英译本,*Miracle Fair*,题目出自集子的同题诗,有人译为"奇迹市场",很容易让人以为是"菜市场"的"市场"。其实它是北方人"赶集"的"集",广东人"赶墟"的"墟"。十年前我在美国东部曾赶过一次"墟",除了各种农产品外,小吃、杂耍、大家畜、拖拉机、家传古董也应有尽有,人们打扮得漂漂亮亮,跟过节相似。可见这个 fair 跟普通的 market 还是大为不同,译为"集市"要比"市场"妥当。

《奇迹集市》的前言是米沃什写的,只有简短两页,但是很到位。他点出了辛波丝卡诗中的"我"是一个"节制的我",消除了一切的个人自白(大家想想"自白派"女诗人普拉斯吧),一切的个人特征(想想茨维塔耶娃吧),虽然与诗人的"个我"没什么关系,但无疑她又代表着每一个"我",在这里,"你""你们""我们"是同一个:同一个处境,同样该获得怜悯和同情。辛波丝卡的"我"获得了一种"抽象的普遍性"。米沃什还用不多的话勾勒了波兰现代

小回答

哲理诗的发展,将辛波丝卡视为其成熟果实:萦绕着前辈们的诗歌主题在她这里找到了恰当的技法——幽默与反讽。可见诗歌遵循着艺术的共同规律,"眼高"和"手低"必须两者结合:从高处着眼,从低处着手。

《奇迹集市》选诗六十首,平分为六辑,每辑十首。我因近有闲暇,翻阅较多,才发现这些诗十之七八都构思精巧,逻辑缜密,像被剔净之后的鱼骨,闪动着灵感大海的光泽。当我读到《与一块石头的谈话》,不禁感叹,以前怎么没有觉得这是位了不起的诗人?于是翻箱倒柜,又觅得两本辛波丝卡的诗集,一本是英译的《与一粒沙子一起观看》,一本是中译的《诗人与世界》(张振辉译)。再从网上搜得台湾陈黎、张芬龄部分中译,从图书馆借得《呼唤雪人》(林洪亮译),于是乎一个完整的辛波丝卡,便更清晰地呈现在我眼前。

说"更清晰",是因为我曾读过《与一粒沙子一起观看》,对诗人并不陌生。夹在书里的收据显示,此书 1996 年 12 月购于温哥华的 Chapters。辛波丝卡在《1937 年 5 月 16 日》里说,平凡的日子流逝得无影无踪,无从追忆。而这张收据则为我当时在温哥华求学的日子留下了一个温暖的"脚印"。我有随手涂鸦的习惯,读这本书边读边译,在空白处译出了五六首,有《与一粒沙子一起观看》《自杀者的房间》《乌托邦》《我们时代的孩子》《1937 年 5 月 16 日》。

隐喻写作

一国的思想,跟一个人的思想一样,因不同的存在境遇而有不同的问题意识,发展出不同的表达技巧。张君劢先生曾比较德国和英国哲学的不同,认为黑格尔等人之重整体,是因为面临着建构民族国家意识的紧迫问题,因此个人要为整体服务。而英国因为最早实行宪政,也有尊重差异的习惯,因此其哲学以个体发展为最终目标。一国哲学的发展,跟它们各自的历史处境、人民愿望、文化传统、政治制度都有关系。

如果将这种看法放大到现代诗歌,就能理解东欧诗歌的风格为何迥异于西欧和美国。东欧都是一些经济落后、政治专制的小国、弱国、穷国。在外,时刻有沦为强邻殖民地和附属国之虞,如何在弱肉强食的国际政治丛林里维持独立,保持自己的民族认同是其面临的紧迫问题;在内,如何建立一个自由、民主的制度,反对封建专制,亦是时代的使命。诗歌在这双重的使命中起到了重大的作用。诗人作为民族语言的维护者,以及民族解放先锋的双重角色,尚没有分离。如匈牙利诗人裴多菲,波兰诗人密支凯维奇。反观英国,弥尔顿可以说是具备诗人兼道德楷模合一身份的最后一人。弥尔顿之后,尽管雪莱宣称诗人是"不被承认的立法者",但听起来更像是诗人自己的一厢情愿。因为英帝国的强盛,对外它成为最大的殖民者和掠夺者,吉卜林一类的"帝国诗人"不具备道德性;对内,言论出版、结社创党自由在英国逐步制度化,政治以政治的程序得到解决,诗人们也无须因写作而受到政治迫害,同时即没有成为正义代言人的机会(宗教和传统道德的迫害是另一回事)。诗人向私人领域和个体命运的退却是必然的。

在1970年代,当福利国家英国沉溺于拉金的"小英格兰"、美国人热衷于"自白派"的时候,在东欧出现的是些什么诗人?是赫伯特、辛波丝卡、霍卢布、策兰这样的诗人,他们或是面对着无法摆脱的大屠杀创伤,或是无法摆脱审查制度的阴影,从而发展出跟西方关注个人生活不同的诗歌:它渗透了政治隐喻。

现代波兰命运坎坷。1795年它被强邻俄国、普鲁士、奥匈帝国东撕一块,西咬一块,国号消失,直到1918年才借着一战结束的良机复国。二战后刚摆脱纳粹的魔掌,又被拉进了苏联的阵营。1956年波匈事件使波兰知识界加速"解冻"。相比于苏联,波兰的斯大林体制不那么严密,文化传统和国民性格也较能容忍不同的意见。尽管如此,毕竟还是拷贝了一套苏式制度。因此,波兰诗人面临的问题跟苏联诗人相同,都要按钦定原理和技术标准创作。往往才能平庸但方向正确的人占据了文化机构的高位,官方垄断的发表机制导致了文字的平庸、腐败、虚伪。用捷克诗人霍卢布的话说,它们都是"编了码的愚蠢"。跟这种假大空的风格作斗争,"纯洁部族的语言",维护日常语言所蕴涵的正常的人类价值——清醒、得体、自尊,就成了有良知的诗人的责任。这种对伦理的强调,使东欧诗歌迥异于西方。

博尔赫斯说过:"审查制是隐喻之母。"历史上有形形色色的审查制,从布鲁诺、普希金到马克思都曾领教过它的严酷。想享尽天年又不甘说谎的人搞起"隐晦写作",将其慧见的匕首重重"编码",掩盖在鲜花丛下,只有细心的人才能发掘其"微言大义"。如果将东欧诗歌跟西方相比,就会发现它有非常强烈的政治"讽喻"色彩,它常常是寓言、黑色幽默、讽刺、玩笑、调侃、惊悚、双关语的集大成。黑色幽默可谓"审查制下的蛋"。这跟西方诗人在松弛状态下为艺术而艺术、为个人而诗歌的写法有很大差异。辛波丝卡在《我们时代的孩子》中感慨，20世纪一切都被政治化了，想摆脱都摆脱不了。连反对派的诗歌也是政治的诗歌。作为基督教神学的颠倒了的继承人，现代整体主义认为，一切都服从于一个理想（终末目标），因此一切事情都笼罩着一层上帝似的末世之光：一切都是政治的，一切都因为这个理想而获得其存在的意义。否则就要堕落到虚无主义那一边了。一些诗人也看到了这一点，因此他们也会着意于写一些"无意义的""胡说"的诗歌，像泥垢一样摆脱"整体"的皮肤。但即使这样的诗歌，放在整体里，也仍旧具有整体的政治意义：一切都被自动地赋予了意义。就跟在基督教的世界观里，一切事情的发生都因上帝的光照而被赋予了意义一样。

二战期间成长的波兰诗人，如瓦特（Aleksander Wat，1900—1967）、米沃什（1911—2004）、卡波维奇（Tymoteusz Karpowicz，1921—2005）、鲁热维奇（Tadeusz Rozewicz，1921— ）、赫伯特（Zbigniew Herbert，1924—1998），以及辛波丝卡，他们的诗里都有政治讽喻的色彩。而在波兰民主化后，这种因隐喻而隐晦的写作开始消退，年轻人的写作开始与西方趋同，更注重个人的生活。

由于诗人在波兰近代史上母语维护者和良知表达者的双重身份，他们享有的社会声誉高于小说家。有人观察到，在当代，如果法国每年出三百本小说，三十本诗歌，那么波兰肯定倒过来，每年出三百本诗歌，三十本小说。波兰人一贯认为诗歌高于散文（米沃什和辛波丝卡也这么认为），人们都喜欢读诗，写诗的也不少，毫不奇怪，正是这种浓厚的诗歌氛围使波兰成为布罗茨基所说的"世界诗歌的宝库"，涌现了一大批优秀的诗人。二战后，除了后来获得诺贝尔奖的米沃什和辛波丝卡外，像赫伯特、鲁热维奇，晚

小回答

一代的"新浪潮"代表扎伽耶夫斯基,都称得上是世界级的诗人。

诗歌隐士?

辛波丝卡曾写过一首妙趣横生的《隐居地》,写一个著名的"隐士"住在一个离高速路不远的可爱的桦树林里,有一座带花园的房子,经常接受人们的采访,与人们合影留念,照片登上报纸头版,连一些老太太和很潮的年轻人也像朝圣一般来朝见他。而隐居处可能的真正的隐士则无人关注(英文把这个真隐士的名译为 Spot,含有"太阳黑子"的意思,在"隐士"在前院接待来访者的时候,他正躺在长椅下,假装自己是只狼。他就好像是"隐士"这个光彩照人的"太阳"的"黑子"。两个中译本都未能传达出这层意思)。

辛波丝卡看来是想要做个真正的隐士。她在克拉科夫深居简出,绝少接受采访暴露自己的生活细节。她认为只有明星出于广告的需要才热衷于到处抛头露面,对于诗人,最大的欣慰就是人们安静地读她的诗。诗人不高兴我们窥探她的个人生活,我们也难以从她的诗里得到她个人生活的信息。诚如米沃什所说,辛波丝卡的诗即使谈到"我的姐姐",那也是每一个你、我、他都会有的"姐姐"。有人把辛波丝卡的诗称作"小型论文",抽象,拒绝透露作者本人的信息。偶尔一两点蛛丝马迹,也不过是《在一颗小星星底下》所说"我为视新欢如初恋而向旧爱道歉"。至于同一首诗里所说"为小回答而向大问题道歉",的确可以表白她不像赫伯特那样"对大问题作了大回答",但像她这样的诗人也不少,所以这仍是一个抽象而普遍的我。

除了知道女诗人结过两次婚、没有孩子、爱抽烟外,我们能知道的也就是她在《履历表》里嘲讽过的一些公式化的信息了:辛波丝卡1923年生于波兰西部小镇布宁,8岁时随父母搬到南方古都、大城市克拉科夫(类似我国南京),中学时赶上纳粹入侵,她从地下学校获得毕业证书。1945到1948年在本地的雅盖沃大学读波兰语言文学和社会学。1945年在《波兰日报》发表处女作《寻找词语》,认识了诗歌编辑符沃德克,后者的藏书帮那时才读过两三本诗集的女诗人打开了一个世界。二人于1948年结婚,但好景不长,1954年就离了婚。她的第二任丈夫菲利波维奇(Kornel Filipowicz, 1913—1990)是著名的小说家。辛波丝卡的几首诗是以他为背景的。1952年辛波丝卡出版《我们为此而活》,里面有《列宁》《欢呼建设社会主义城市》这样的响应政府号召之作,也有《马戏团动物》这样到晚年仍为她自己珍爱的作品。此后辛波丝卡加入了波兰统一工人党。1953—1981年担任克拉科夫《文学生活》编委。1954年,"解冻"文学也在波兰吹起春风,辛波丝卡在这年出版了《向自己提问》。诗里仍有《入党》这样的政治诗,但也出现了《钥匙》《爱侣》这样的优秀的爱情诗。1956年波匈事件后,知识界的多元化思考加强,自然也影响到辛波丝卡。1957年的《呼唤雪人》开始超出现实政治而向哲理诗发展,嘲讽和幽默成为她的诗歌亮色。这本诗集被视为她的过渡作品。其中《布鲁盖尔的猴子》《亚特兰蒂斯》《再一次》都称得上精品。1962年的《盐》确立了她的地位,她擅长的主题集中出现:历史、爱的不确实性、人在宇宙中的位置、过去与未来的开放性。1967年《一百种乐趣》、

小回答

1972年《任何情况》、1976年《大数目》,使她与鲁热维奇、赫伯特一起,被称为波兰三大诗人。其中《大数目》在一周内卖了一万本,不能不说是一个"大数目"。值得一提的是,1966年她因为不满统一工人党开除"修正主义"哲学家科拉柯夫斯基(《马克思主义主流》的作者)而退了党。这使她在杂志社被降职一等。她成了一名普通的书评撰稿人,但也练成了一种本事:在一页的篇幅里一气呵成地写完一篇书评。她还喜欢上了在明信片上创作拼贴画,随画赋诗,寄给亲朋好友。1985年《桥上的人们》、1993年《结束与开始》中,其创作力依然旺盛,但对衰老、死亡、战争、爱情的思考更深,更具历史感。从《盐》之后,辛波丝卡的每一本诗集中的几乎每一首诗都可圈可点,而且都力求创新。辛波丝卡善于在诗中运用独白(《饮酒》《卡珊德拉的独白》《罗得的妻子》)、对白(《拜占庭镶嵌画》《和一块石头谈话》)谈话(《巴别塔》《葬礼》)、角色戏拟(《滑稽戏》)、悖论式的讽刺(《隐居地》《圣母怜子图》),也善于构思故事情节(《火车站》《自杀者的房间》《乌托邦》)和论证步骤(《与一粒沙子一起观看》《桥上的人们》),诗中所涉及的题材跟她的书评一样,天上地下,动植星球,从镇静剂到菜谱,从自然科学到形而上学,胃口奇佳,样样都入得诗。辛波丝卡法文很好,曾翻译过缪塞和波德莱尔,以及一些法国巴洛克诗人的诗。因为这个缘故,她曾去过巴黎几次。

  辛波丝卡认为理想的诗应该:用词精省、尊重世界的多元性和复杂性、逻辑严密、注重节奏和形式。她对自己的诗要求很严。五十余年的创作中,她正式认可的诗才252首,算下来"平均年产量"只有五首诗,何况这些诗都篇幅不长。虽然如此,她的诗却是写一首成一首,首首都结构巧妙、用词精当、幽默风趣、观点出奇、耐人寻味,每一首都宛如一座建筑物,远观结构严整,比例恰当,近看布置精巧,连壁画和窗画也都值得细细观摩。正因如此,她之获得诺贝尔奖,几乎没有人提出异议。

仅凭 252 首诗就成为本国大诗人,这样的例子不多,但也有。陶渊明留下来的诗才一百多首,但跻身于中国古代最伟大的三四个诗人的行列。现代诗人中,艾略特、卡瓦菲斯、马查多的诗也都不多,但也是跟弗罗斯特、庞德、奥登、哈代、叶芝并列的大诗人。可见,诗歌遵循着跟商业相反的伦理规范。在诗这里,质是第一位的,量是第二位的。质好量多诚然好,质好量少也不赖。最怕质次量又多,浪费纸张、才情和生命。

辛波斯卡拒绝人们把她的诗称作"哲理诗",这初看起来没有道理,因为它们太像披着"意象"的羊皮来进行雄辩的哲学狼了。从严密性和完整性这类"理性"的指标来说,辛波斯卡的每一首诗都有着高度的逻辑结构,像剔净了的鱼骨一般匀称、轻盈、完整,闪着盐的光泽,没有任何冗余,保留着鱼在游泳时的那幅运动姿势。这样的诗,即使放在以"理性"自雄的男诗人的行列,也会令大多数人甘拜下风。

哲理诗有着先天的名为"抽象"的"原罪":一旦读者获得了作者要传达的某个观念,阅读就会中止。这个缺陷在 20 世纪这个"评论的世纪"尤其被放大了:如果读者能够读懂它们所要传达的观念,还要评论家们干什么呢?我们不是看到绝大部分的评论家围绕着一些晦涩的诗人,在他们的字里行间和人生轨迹、时代背景中寻找"微言大义",挖掘出甚至诗人们自己做梦也想不到的潜意识、下意识和反意识吗？可是反过来想：难道晦涩的诗人不也一样要传达他的或明或暗的观念吗？从终极的角度说，难道史蒂文斯这样的美学诗人，不也是哲理诗人吗？《最高虚构笔记》感受和思考的，不也是终极问题吗？

所幸，哲理诗人意识到他们的这个缺陷，因此常常会以别的长处来加以弥补，以使自己的文字富有魅力。他们顺手拈来幽默、玩笑、讽刺、词语游戏，随时披上寓言、对白、独白这样的戏装，在一大堆的形象和花朵的遮掩中，突然亮出一把寒光闪闪的匕首，直击目标。

无疑，辛波斯卡深谙个中奥秘，但她添上了时代的历史感。如果说哲学使人深刻，那历史则是使人厚重。有时两者是分开的。比如，卡瓦菲斯的诗可分为三类：历史的、哲学的、色情的，显然，深刻和厚重的联系不是必然的。但是辛波斯卡把它们联系起来了，使自己的诗呈现出一种可称之为"历史哲学"的景象。种种诗歌的分类都是人为的，套用她的诗"和一粒沙一同看世界"所说，诗歌既不知道是诗歌，也不知道自己原来有这么多类别。哲理、历史、抒情，原来可以是同一个东西。

反浪漫蒂克的爱情观

如何编排一个诗人的诗？一般按时间顺序，也有按主题的。《与一粒沙子一起观看》按时间顺序选了 100 首，两个中译本也是如此各自选了 200 首左右。《奇迹集市》则按主题分类，分为六辑，每一辑按时间先后选 10 首，因此总共是 60 首。我对主题分类法很喜欢,能直观地看到辛波丝卡题材的广阔,对每一主题处理手法的同异,以及随时代和年龄而来的成熟。

  第一辑是关于爱情的。辛波丝卡把她的爱情留给了广阔的大千世界,因此爱情诗在她的诗歌总量中才占了十分之一。虽然和很多终生陷在两性关系中拔不出来的女诗人相比堪称"奇少",但她这些"爱情诗"个个风姿绰约,各具气质。或如《饮酒》那般空灵飘忽,顾盼生姿;或如《我跟他太近了》那般有着"左手摸右手"的妻子似的埋怨。在《一个男人的家当》这首献给菲利波维奇的诗里,作者只是列举了男人舍不得扔的那些锤子锯子、胶水碎布、破铜烂铁,就把这个男人的家居形象写活了。《感谢信》写的是异性之间的友谊,它不是爱情但胜似爱情。爱情因为具有独占性和排他性,常常弄得不是"大爱"就是"大恨",双方都很疲惫,而友谊则是轻松愉快。这首诗非常耐读,不妨全引:

  我欠那些
  我不爱的人很多。

  欣慰于接受
  有人更爱他们。
  高兴于我不是
  他们羊群的狼。

  与他们和平相处,
  自由自在——
  而这爱情既不能给予

小回答

也不能夺去。

我不会等候他们
从窗前到门边。
耐心得几乎像
一个日晷，
我理解
爱情永远不会理解的。
我原谅
爱情永远不会原谅的。

从见面到写信
只过去了几天或几周，
而不是一万年。

同他们旅行总是一帆风顺，
音乐听了，
教堂逛了，
风景看了。

当七条河七座山
隔在我们中间，
那也是在地图上找得着的
七条河七座山。

如果我能生活在一个三维空间
一个有着真正的移动的地平线的
既不抒情也不矫饰的空间,
那功劳也归于他们。

他们甚至不知道
他们空空的手里握着多少东西。

"我不欠他们任何东西",
关于这个开放的问题,
爱情会这么回答。

  对于那种动不动就寻死觅活、歇斯底里的"浪漫主义"的爱,辛波丝卡在好几首诗里发出过温和的讽刺,如《家庭影集》。在《金婚》里,辛波丝卡则对金婚所导致的两个人变成一个人,丧失独立性和个性表示怀疑。不过,辛波丝卡并非反对爱情。也许由于性格和经历的原因,她喜欢的爱情是那种看起来平淡,但实际上深远的爱,令人想到《傲慢与偏见》《理智与情感》的作者奥斯丁。菲利波维奇去世后,辛波丝卡写过《空屋子里的猫》和《告别风景一种》。前者通过描写主人去世后留在空房子里的猫的生活来写人,后者写"我"独自在从前两人一起散步的地方,不禁有些伤感,但是又意识到不能过分主观,以为"天地与我同愁",世界还是跟原来一样。如果将这首诗与缪塞、拜伦这类浪漫主义诗人的"多愁善感"做一个对比,不难看出其"相映成趣"之处。选入这一辑

小回答

里的《一见钟情》,已成辛波丝卡的名篇,与其说它写的是爱情,不如说它写的是人与人在"偶然"或"机遇"的复杂的纠葛。所以,当著名导演基耶斯洛夫斯基在华沙街头看到这首诗时,立刻就发现跟他拍的"红蓝白三部曲"中的《红》所要表现的意思相似。

总的来看,辛波丝卡的爱情诗不是那种"投入型"的,而是那种"距离型"的,有些像是一个"过来人"对热恋中的男女投去的冷静的一瞥,有些则像是爱人去世后对爱情"逆向增值"式的回忆,显得淡远。

乌托邦里的色情想象

第二辑是关于政治的。爱情诗少,意味着诗人摆脱了传统意义上的"女诗人"的形象,有时间和精力处理其他广阔的题材。

写大屠杀和集中营的诗歌如《再一次》《雅斯沃的饥饿集中营》,构思巧妙,不直写,而是侧写。《我们时代的孩子》指出20世纪人们的生活全方位地政治化了,因而产生异化的现象。《酷刑》则写虽然时代在变化,但是酷刑从来没变,只是花样翻新罢了,里面对"肉体"有着新颖的看法:灵魂可以自由地漫游,但是肉体无地可逃。《现实要求》写在古往今来的战场上,一代一代的人们依旧要生活,开展新的生活。

《一些人》的开篇很精彩,像一部动画片:

> 一些人逃离另一些人
> 在某个国家在太阳
> 和一些云朵下。

他们把一些东西抛在了身后，
播了种的土地、一些鸡和一些狗，
一些镜子，火苗正对着它们看着自己。

在他们的背上是水罐和包裹，
越是轻，就越是一天比一天地重。

这里"火苗正对着它们（镜子）看着自己"是神来之笔，它侧显出家园被焚烧的惨相。"越是轻，就越是一天比一天重"，传达出好几层意思："越是轻"，意味着在逃亡路上不得不抛弃越来越多的行李，最后可能一无所有。"越是重"则意味着尽管包裹越来越轻，但身体却感觉越来越重，侧显出身体的饥饿和疲惫，一天不如一天。同时，这个"重"也包含了心情的沉重和绝望。从这里我们可以领会辛波丝卡高超的语言艺术：用最简洁、最形象的语言传达最丰富、最微妙的意味。这类技艺在辛波丝卡诗中比比皆是，看上来像是随手拈来，实际上却如她在《在一颗小星星底下》所说，是用艰苦的劳作才换来的"举重若轻"。

对于"国家"和"民族"这些近代以来被西方人奉为天经地义的意识形态教条，作者也进行了反思和讽刺。在《诗篇》里，作者写道，云朵、沙子、卵石自由地移动而无须海关盖印，蚂蚁在边境警卫的脚下自由来去，水蜡树将树枝从界河这边伸到那边，章鱼在不同国家的海域伸出爪子而不算走私，只有人类社会才分"你的""我的""你们的""我们的"，"人为地"筑起国别的、种族的、文化的高墙。

小回答

在《结束和开始》中，诗人写道，每次战争后，幸存下来的人们不得不清理战争留下的垃圾：灰烬、弹簧、破衣烂衫，不得不修整房屋，重建城市，"这些工作不上镜，/而且经年累月。/所有的照相机都赶赴/另一场战争"。尽管旧战场上时不时仍可以挖出生锈的弹壳，但随着时间的推移，"那些知道/这里发生过什么事情的人/必将让位给那些/所知甚少的人。/所知更少的人。/最后几乎一无所知的人"。最后一节，诗人描述了这样一幅美好、浪漫而实际上很荒谬的场景："在那掩没了/前因和后果的草丛里，/必会有人仰卧/嘴里含着一片草叶/凝望着云朵。"战场如此，国家也如此，哪一个有故事的国家不是像化石层一样有着"层垒的历史"？但"记忆"常常敌不过"遗忘"，后人又不断地重蹈前人的覆辙。

这类政治诗还有很多没有被选入这个集子。如《声音》，作者模拟罗马征服者面对他们所要征服的潮水般的小民族时表现出的优越感："这些讨厌的小民族，厚如苍蝇"，"小民族心胸狭窄，/一波波厚脑壳包围了我们。/可谴责的习俗。落后的法律。/不灵验的神明"。在写法上，作者让说话者（一个将军）报告在不断涌现的少数民族，用了几十个拉丁族名，给读者的感觉就好像电脑游戏中随着征服者驰马跃进，而看到地平线上不断冒出新的人群，具有高清电影和高保真音响的强烈效果。再如《死者来信》，对于设计社会方案的启蒙思想家进行了辛辣的讽刺："他们糟糕的品味、拿破仑、蒸汽、电，/他们给可治愈的病开出的致命的药方，/他们愚蠢的圣约翰启示录，/他们仿造的卢梭版的地上天堂"，"死者预言的一切都被证明完全不同，/或一点点不同，也就是说，完全不同"。这和赫伯特在《神话学》里所讽刺的那些被人们视为"神"的人相似。在古代需要血祭的神逐渐消失之后,"在共和国时代,有许多神,带着他们的妻子、孩子、嘎吱作响的床、无害地爆炸着的霹雳"。

在《乌托邦》里,辛波丝卡对现代以来理性乐观主义所设计的完美社会作了讽刺。全诗如下:

> 一座一切都清清楚楚的岛。

> 坚实的大地在你脚下。

> 唯一的道路是那些畅通无阻的道路。

> 灌木被证据的重量压弯。

> "有效猜想树"长在那儿
> 它的枝叶从来不会纠缠不清。

> "理解力树",笔直挺拔,令人眩目,
> 在被称为"原来如此"的泉边绽发新绿。

> 树林越密,视野就越广:
> "显然如此谷"。

> 如果有怀疑冒出,风就立刻把它们吹走。

小回答

  回声不召而至
  急于解释世界一切的秘密。

  在右边是一个"意义"藏身的洞穴。

  在左边是"深深相信湖"。
  真理冲出湖底浮到水面。

  山谷上矗立着一座"不可动摇的信心"塔。
  从塔顶可以一览无余"万物的本质"。

  尽管魅力超凡,岛上却无人居住,
  散落在海滩上的黯淡的足印
  无一例外地朝向大海。

  仿佛在这里你能做的一切就是离开
  然后永不回头地,投入大海深处。

  投入深不可测的生活。

  古代从柏拉图到基督教都有改造人类社会的理想,近代出现了《乌托邦》《太阳城》《基督城》这三部"正面乌托邦"著作,都想按某些原则打造出完美的人类社会(航海民族习惯于以某个"乌托岛"作为典范)。启蒙运动时人文主义和科学主义结合,人们乐观地以为能够掌握人类社会发展的规律,并依此规律来建设完美社会。现代政治处境和科技进步使得这些世俗宗教的蓝图有了落实的机会,但最后"乌托岛"的人们还是以脚投了票,证实了"反面乌托邦"三部曲《1984 年》《美丽新世界》《我们》中的预言。辛波丝卡的诗始终关注"偶然""不确定",是因为她看到,是它们,而不是"必然""确定"的"规律",才吻合真实的人性。

在《希特勒的第一张照片》里,诗人说希特勒一岁时"跟所有家庭相册里的孩子一模一样",而他的家乡小镇也"是个受人尊敬的小城",镇上的景象忙碌而温馨。最后两行充满了讽刺意味:"历史课老师正摆弄他的衣领,/接着便在练习本上瞌睡。"仿佛是历史老师的一时疏忽,让希特勒出其不意地钻到历史舞台似的。1980 年代波兰气氛紧张,人们"只谈风月,不谈正事",色情文学泛滥。辛波丝卡写了《对色情作品问题的意见》,模拟支持审查者的口吻,表达对比色情作品更"淫荡"和"放纵"的自由思想的恐惧,从反面描绘了思想者的自由生活,是一首非常巧妙的讽刺诗。

从有我到无我,从无情到有情

第三辑是关于天地万物的,涉及动植物、石头、沙子、天空、云朵、水等等。《鸟儿返回》写一群候鸟因为早回旧地而被冻死,作者对鸟儿身体的美有着精细的描绘和赞叹,她称它们为"由真正的蛋白质造成的天使","径直从《雅歌》飞出的长着腺体的风筝"。它们"一个组织与一个组织相连,成为一个时空统一体,就像古典戏剧"。在《俯瞰》里,一只死在土路上的甲虫,"三双小腿整整齐齐地叠在肚子上。/取代死亡的混乱的——是整洁和秩序。/此番

小回答

景象引起的恐惧是温和的,/范围严格地限于本地,从毛线稷到绿薄荷。/悲伤不会扩散。天色青青"。相比于人类看待自己的死亡,人类看待一只小甲虫的死亡,显然是忽略和轻视的:"'重要'被认为只是适用于我们人类,/适用于我们的生、我们的死,/那死也享有一种强加的权利。"

《与一粒沙子一起观看》是"以物观物"的典范,作者要求我们在观看世界时,不要以一己的主观替世界染上色彩,而进入"纯粹物质"的世界。这和史蒂文斯的"雪人"有异曲同工之妙,也和我国道禅空灵境界或王国维"无我之境"相通:让世界自如地呈现。

在《和一块石头谈话》里,诗人想要进入石头内部参观,但石头拒绝诗人进入。石头拒绝的理由是:"你缺乏参与的感官。/你的感官不能用来作参与的感官。/甚至视觉,即使可以敏锐到无所不见,/但若缺少了参与的感官,也毫无用处。/你进不来。你只是有这个感官的气味,/只有它的种子,想象。"这里"无所不见",在原文中,是用的 omnividence(全视),它跟 omnipotence(全能), omniscience(全知)一样,在中世纪都是用来描述上帝的属性的,只不过后来渐渐被弃用而成为一个"词界恐龙"。辛波丝卡在这里使用这个化石级的词显然是要强调,在石头看来,即使你像上帝一样全视,但若不能亲身参与,也是无法进入。虽然一些评论家认为这首诗说的是"参与"的重要性(这是石头的托辞),但我们也可以从另外的角度来理解它,它还有多种阐释的可能性。比如,最后石头说它根本就"没有门",也可能是指某些制度和偏见根本就无法容纳外人的进入,保持着一种石头般的顽固封闭。

进化进程中的人类日常生活

第四辑是关于进化和人类真实生活的。波兰原是天主教国家,人民十之八九都信天主教。苏化以后,无神论教育占了主流,辛波丝卡这代人恐怕已多是现代主义者,因此她对进化论情有独钟也不奇怪(当然,天主教现代派如德日进对进化论完全接受,当代宗教哲学家普兰丁格也认为进化论与有神论结合更融洽,而跟自然主义结合则会导致矛盾)。辛波丝卡许多诗谈到了进化,形成她诗歌主题的特色之一。例如《失物招领处的话》,简直就是一部微型的地球生命进化史:生命从海洋爬上陆地,经过一系列演化,最终进化成为人。《事件的另一个版本》中,诗人提到植物和动物的探险精神:"我们看一看地球。/那里已经有一些冒险者存在。/一种柔弱的植物/正攀紧在一块岩石上/它轻率地相信/风不会把它连根拔走。//一只小小的动物/正从它的洞穴里爬出/凭着令我们吃惊的努力和期望。//我们发现自己过分谨慎,/小心眼,滑稽可笑。"《洞穴》写的是原始人居住的洞穴,虽然现在里面什么也没有,是"虚无",但凭着作者的想象,把这个"虚无"写得有声有色。作者诚然是写"虚无"的高手!

关于人的生活的常态,作者在一系列诗里有所揭示。《大数字》里,作者说:"在这个地球上生活着四十亿人,/但我的想象力还是和过去一样:/难以应付大数目。它仍旧只被个数触动。/它掠过黑暗就像手电筒的光束,/只照见了偶然碰到的几张脸,/而毫无察觉地经过其余的人,/未想到,也未同情他们。""我通过反对

小回答

来挑选，因为别无他法，/但我所反对的，数目上更多，/更密，更冒昧，胜过以往。"《无需题目》中，诗人写她在一个平常的晴天早晨坐在河边树下，看着周围的一切，想到对于时间中的每一个时刻，也许它们是均质的，人们所谓的"重大事件"（革命、阴谋、刺杀、战役等）也许并不比此时诗人所享受的时刻、所见的鹅卵石、蝴蝶、蚂蚁之类更重大。诗的结尾是："面对此景总是让我不敢确定/重要的事/比不重要的事更加重要。"这令我想起当初北岛的诗句，"在没有英雄的时代，我想做一个人"。来自南斯拉夫裔的美国诗人西米克曾写过一首诗《我对史诗英雄章节的厌烦》，说他对杀人如麻的英雄感到厌烦，其意思相当于中文的"一将功成万骨枯"。最近看电视里播出的新版《三国》，我也常会感叹，为什么我们几千年的历史，给今人留下最深印象的会是这些三国英雄？那个时代真的比别的时代精彩吗？那个时代的人真的比别的时代的人更有个性吗？如果让你选择，你是愿意"乱世当英雄"，还是在一个黯淡的时代当一个平常人？有人统计，公元156年（东汉桓帝永寿二年）全国人口是五千万，但经过汉末大乱和三国混战，到公元280年西晋统一全国，人口只有一千六百万。难怪曹操《蒿里行》要说："白骨露于野，千里无鸡鸣。生民百遗一，念之断人肠。"很可能，在辛波丝卡看来，英雄是人类进化史上的异常现象而不是正常现象。

赫拉克利特的河流，以及河里的鱼

在第五辑，编者似乎不是根据题材而是根据文体把辛波丝卡的"哲理诗"编在了一起,处理的是形上问题。《亚特兰蒂斯》描述传说中的"大西洲",作者的口吻并不肯定,因此出现了诸多"或许""也许"这样的表示犹豫的词,这和《与一粒沙子一起观看》相似。《一首赞美诗》是描写数字"零"(表示"开始"或虚无)的,欧洲人对于"零"一直兴趣盎然,因为上帝是从无中创造了世界。《在我这儿空虚也空掉了它自己》从一个恋爱中的女人的眼睛看她以前的空虚的日子,与今天的日子作一个对比。题目中的"空虚空掉了它自己"来自海德格尔《何为形而上学?》一文中的 Nichts nichtet。《和一个孩子的谈话》里面通过孩子之口谈到了一个颇有哲学意味的问题:当我们不看一张桌子时,这张桌子还会是一张桌子吗?当我们背对着椅子时,椅子仍旧是一把椅子,而不会变成别的什么吗?晚间的柜子还是白天时的柜子吗?当一本童话书被打开时,里面的公主还会坐在座位上吗?孩子们的世界是一个充满想象和各种可能性的世界,而这在老师看来是荒谬的。诗中提到的问题有些类似于"月亮在我们不看它时还存在吗?"这样的本体论和认识论哪个优先的问题。美国哲学家马修斯曾写过一本《哲学与孩童》,里面提到哲学问题是人类永远会产生的问题,孩子们总是能够提出深刻的哲学问题。我国著名法学家吴经熊在其自传《超越东西方》中也提到,他在小的时候,有一天晚上睡觉前突然产生了这样的疑问:他白天游戏的院子,晚上在他睡觉时是否还在呢?于是他跑到院子里去看,院子还在。但是他一回到卧室,就看不到院子了,院子在不在就又成了一个问题。于是他只好反复地在院子和卧室之间跑动,以确定院子还是在的。

这一类诗中还有《圆周率》,把这个无穷无尽的无穷大数目写

小回答

得妙趣横生。《奇迹集市》一诗则表明了辛波丝卡对世界的一以贯之的"惊奇"态度(这也是她的诗歌世界的一个主要品质：对我们习以为常的世界投以惊奇的一瞥)，可以说无形中呼应了亚里士多德的"哲学始于惊奇"。现代哲学虽然被形形色色眼花缭乱的技术活计湮没了，但仍时不时会有人对宇宙的存在本身感到困惑和迷惑不解(如维特根斯坦、英国宗教哲学家斯温伯恩)。令我们惊奇的当然有世界是如此这般的细节，但最大的惊奇是竟然有世界。辛波丝卡的《奇迹集市》列举了各种各样我们因为太熟悉以至"熟视无睹"的奇迹：如狗在静夜里吠，云遮住月亮，树枝倒映水面、风暴、母牛、果树种子与果园、日出日落、人的五指(不是四指和六指)……在诗人看来，"只要向周围看一看"，就能发现这么一个奇迹："世界无处不在。"(the world is everywhere)这首诗的最后一节提到"一个额外的奇迹"，它"就跟一切都是额外的一样"，这个奇迹就是："不可思想的/是可思想的。"想想，关于那不可言说的上帝、关于那"道可道，非常道"，人们又说了多少话啊！关于这个充满了奇迹的、本来难以认识和言说的世界，人们又说了多少话啊！

《在一颗小星星底下》也被编者编到第五辑，但它和别的几首接近"哲学"的诗似乎有些不同，更接近宗教中的"忏悔"，但又充满了反讽。这首诗罕见地披露了作者生活的一点蛛丝马迹："我为把新欢当成初恋而向旧爱道歉。""我要为小回答而向大问题道歉。"最后两句则道出了诗人诗歌的秘密："言语啊，不要怪罪我，我借用了沉重的词语，/然后用劳作把它们变得轻盈。"举重若轻，这正是辛波丝卡诗的特色和魅力之所在。

在这组哲理诗中,《在赫拉克利特的河流里》特别风趣。赫拉克利特说,人不能两次踏进同一条河流。但变与不变关系如何,现象与本体关系如何,从希腊哲学家一直讨论到现在,也未有定论。我们来看诗人是如何调侃和利用这条著名的"赫拉克利特的河流"的。

> 在赫拉克利特的河流里
> 一条鱼正在捕鱼,
> 一条鱼用一条尖利的鱼把一条鱼四分五裂,
> 一条鱼造了一条鱼,一条鱼住在一条鱼里面,
> 一条鱼在包围中逃离一条鱼。
>
> 在赫拉克利特的河流里
> 一条鱼爱上了一条鱼,
> 你的双眼——它说——闪亮如天空里的鱼,
> 我想要和你一起游到公海去,
> 啊鱼群里最美丽的鱼。
>
> 在赫拉克利特的河流里
> 一条鱼发明了凌驾于一切鱼之上的鱼,
> 一条鱼跪在这条鱼面前,一条鱼向这条鱼唱歌,
> 请求这条鱼让它游得轻松一些。
>
> 在赫拉克利特的河流里
> 我,孤独的鱼,我,离群的鱼

小回答

> （比如，不同于木头鱼和石头鱼）
> 在某时某刻发现自己正在描写小鱼
> 鱼鳞急促地闪着银光，
> 仿佛黑暗在尴尬中眨着眼睛。

这条"赫拉克利特的河流"可以象征世界，也可以象征人间，它充满了杀戮、阴谋、逃亡，当然也有爱情（"恋鱼"们希望逃到一个和平的地方：公海，common sea）。里面还出现了一条"凌驾于一切鱼之上的鱼"，好像皇帝，更像上帝（因为它得到别的鱼的祈求）。而"我"这条作为"鱼作家"的鱼，捕捉到的是被我描写的一条小鱼的银光，充满悖论的是，这闪光"仿佛黑暗在尴尬中眨着眼睛"。联系作者在《写作的愉悦》中所说，写作者有权利虚构一个美好的世界，在那里不出现暴力和凶残，这几句诗就可能是说，尽管赫拉克利特的河流充满凶险，很"黑暗"，但诗人和作家仍能够构造出一个想象的美好世界，建构一些"闪光"的价值，使黑暗也不得不"在尴尬中眨着眼睛"。

遗憾的是，这首诗的两个中译本都未能准确地译出诗人的幽默与悖论。从文字上说，林译较准确，但译者把"赫拉克利特的河流"译为"赫拉克利特河"，误将"赫拉克利特"当作地名。第一节最后一行译为"一条鱼从一条被包围的鱼那里逃脱"不通，因为一条鱼既已被包围，别的鱼就无须逃脱它。第三节译为"一条鱼构想出高于一切鱼类的鱼，/一条鱼向一条鱼跪拜，/一条鱼向一条鱼唱歌，/一条鱼向一条鱼祈求"，全错，因为每行后面的那条鱼都是指那条"凌驾于一切鱼的鱼"，是特指，不能再用"一条鱼"来泛指。英文中非常准确，不是 a fish，而是 the fish。最后一节最后三行，林译为"我在单独的瞬间描写小鱼,/就像银光闪闪的鱼鳞那样短促,/也许是黑暗在羞怯中闪烁?"比较模糊,给人感觉是在说"我""短促","我"像"黑暗在羞怯中闪烁"。而 Joanna Trzeciak 英译为:(I, the sole fish) at certain moments find myself writing small fish/in scales so briefly silver,/that it may be the darkness winking in embarrassment。这里第二句可以理解为是在修饰 small fish,也可以理解为是指"我"。如果是后者,则银光闪闪的鱼鳞是"我"的,"我"就像黑暗所发出的尴尬的眨眼似的。如此理解勉强也说得通,但仍会令人疑惑。如果理解为前者,则"我"所写出的鱼是那么闪亮(虽然短暂),就好像是河流本身的黑暗(它充满杀戮)在尴尬地眨眼似的(尴尬是因为黑暗本来是不会闪亮、不会眨眼的,但我的笔能补造化,使不可能的成为可能,使不可思想的成为可思想的,正如《写作的愉悦》和《奇迹集市》所说)。这样理解是很顺的。另一个英译(来自网络,译者不详)可以印证这一点:(I) write, at isolated moments, a tiny fish or two/whose glittering scales, so fleeting,/may only be the dark's embarrassed wink。这里 whose 这个词很明确地指出了是我写出的小鱼的鱼鳞在闪亮(但遗憾的是,我看到网上有人将其中译为:"[我]写信给一两条小鱼,/它们的炫丽是那样的短暂,/也许仅仅是黑暗困惑的眨眼。"这里将"我写鱼"译为"我给小鱼写信"是完全错误的)。

一般认为,从原文直译而非转译更好,但对此应作具体分析,不能一概而论。诗歌作为一门"以少胜多""言有尽而意无穷"的语言艺术,理解时常常会有歧义。译诗之难,就更难于上青天。国内学英语的人那么多,但能译好一首诗的也不多,学小语种的人那

小回答

么少,能译好一首诗的估计更少。上面我们看了《在赫拉克利特的河流里》的林译本,现在来看张译本。首先张译将题目译为"在赫拉克利特的一条河中"就出了问题,仿佛赫拉克利特还有别的河似的。除了没有察觉上面所说的 a fish 和 the fish 的区别(这个区别在两个英译本都很明显),译者还喜欢替诗人增词删句,如将"游到公海去"擅自改为"游到最美丽的海滩上去"(是为了殉情吗?),如将"让它游得轻松一些"译为"游得慢一些"(为了方便自己被别的鱼吃掉?),最后一节译为:"在赫拉克利特的河中,/只有我这条鱼,我是一条很特别的鱼,/(虽然这些树都是鱼变的,/这些石头都是鱼变的),/可我每时每刻都在给它们画像。/银色的鱼鳞在我的笔下,/为什么一瞬间就变得那么细小?"中文读者读到这里,不仅会不知所云,还会很奇怪:诺贝尔奖诗人写的诗就这么逻辑混乱、前言不搭后语?

张译本还有不少问题。张译《恐龙骨架》说:"思想的芦苇中有我们的道德标准,/芦苇上高悬着闪烁的星空。"这样的句子令人"丈二和尚摸不着头脑"。英译倒很顺畅:the starry sky above the thinking reed/and moral law within it,意即:"会思想的芦苇,上有灿烂星空/道德律令在它之中。"显然诗人将帕斯卡尔"人是会思想的芦苇"和康德"灿烂星空在我头顶,道德律令在我心中"作了一个形象化的糅合。张译有时粗心大意得连题目都译错。比如那首著名的《赞美我的姐姐》(或妹妹)被译为《赞两姊妹》,《对自己坏感觉的赞美》被译为《在评价自己时颂扬恶》。照理说,张译出在林译之后,错误应该少些。林译基本上能准确地传达诗人的意旨,用字较为精省,不像张译那样冗长。张译很勤奋地作了不少脚注,有利于读者理解诗作,但时有拖泥带水之笔,理解有误。出现这些问题,我想除了语言上的原因外,可能还跟译者与诗人气质不合有关。当一个沉闷严肃的译者去译一个爱开玩笑、喜欢讽刺的诗人时,就会出现这种喜剧性的翻译效果。

你站在桥上经风雨,她站在画前看你

第六辑诗是关于缪斯的,涉及电影(《离开电影院后》)、音乐(《花腔》)、健美(《男子健美比赛》)、美术、诗歌(《写作的愉悦》、《赞美我的姐姐》、《诗歌朗诵会》)、文学(《托马斯曼》、《一位大人物的房子》)等。

《鲁本斯的女人》就是写画家鲁本斯(1577—1640)的巴洛克风格的女人体的,充满了温和的讽刺。诗中肥胖的裸女如"轰隆隆的木桶",空中的云朵也如"小猪似的","就连天空也是松弛地曲着,/富于曲线的天使,富于曲线的神灵——/蓄胡子的太阳神跨着大汗淋漓的坐骑/驶进了冒着蒸汽的卧室"。作为对比,她们那些"皮包骨的姐妹"却被17世纪的巴洛克风格"流放"了。"皮包骨"属于另外的时代,比如20世纪。

《桥上的人们》也是写画的,典型的辛波丝卡风格。诗中亦描亦议,颇有哲学论文的味道,但又非常形象。讨论的主题是时间。开头就说:"奇怪的星球,它上面奇怪的人们。/他们屈从于时间,但不想把它承认。/他们有他们表达抵抗的方式。/比如画出这样的画",接下去就描述日本画家歌川广重(1797—1858)的画中情景。

小回答

　　歌川广重的《骤雨中的箸桥》曾有一些西方画家（如梵·高）仿作。辛波丝卡是从一个参观大英博物馆的朋友寄给她的明信片上看到这幅画的。诗人看到，阵雨落下，桥上的人们加快步伐。但问题是，这一刻凝固在了画中，什么都没有继续变化：云、雨、小船还像刚才那样，"桥上的人们奔跑／一如他们刚才那样"。作者跳了出来，以评论员的口吻说："很难不在这里做一番评论：／这根本就不是一幅天真的画。／时间在这里被迫停下，／它的法则不再被听从。／它对事件的进程失去了影响，／它受到了轻忽和侮辱。""要感谢一位叛徒，／某一位歌川广重／（顺便说说，这个存在者／早已仙逝，这也合乎情理），／时间绊了一跤，被摔倒了。"

　　至此，这也许只是一个跟济慈《希腊古瓮颂》差不多的主题：时间中的事件和生命，在某一刻被艺术家捕捉到，凝固成形，变成了永恒。济慈写道："树下的美少年呵，你无法中断／你的歌，那树木也落不了叶子；卤莽的恋人，你永远、永远吻不上，／虽然够接近了——但不必心酸；她不会老，虽然你不能如愿以偿，／你将永远爱下去，她也永远秀丽！／呵，幸福的树木！你的枝叶／不会剥落，从不曾离开春天；幸福的吹笛人也不会停歇，／他的歌曲永远是那么新鲜……"（查良铮译）这种"凝固的永恒"，岂不也是歌德笔下的浮士德所喊出的："请停下吧，这太美了！"但我们知道，一旦他喊出这句，他就输给了魔鬼靡非斯特。

　　虽然人们对歌川广重这幅画评价极高，但"对某些人来说，甚至这还不够。／他们听到了雨的啪嗒声，／感到了脖子和肩膀上雨点的沁凉，／他们看着桥和桥上的人们／仿佛看到了自己在那儿，／在那永无终止的奔跑中／沿着没有尽头的路，一直走向永恒／并且他们有胆相信/事情真是如此"。

在《博物馆》里,辛波丝卡看到一些古代遗物,它们曾经的主人都早已消失得无影无踪了。而诗人也感到,她自己身上穿的衣服,也在跟她"打仗","它决意要在我逝去之后继续活着!"所以,"知其不可为而为之"是人的宿命,人处于一种充满反讽的生存处境之中:一方面他不甘屈从于时间,想用艺术等方式来抵抗时间,另一方面又意识到,不能不在时间中生活,这里才是他们真正愿意和喜欢的生活方式,他们愿意在这时间的迁流之中冒风险走向永恒,这是一种活生生的永恒,而不是那种死的永恒。在这里我们看到,这跟辛波丝卡在《乌托邦》等诗中表达过的关于人的主题接上了头。

(本文曾以"希姆博尔斯卡的六世界"一名发表于《世界文学》2011年第1期)

Wislawa Szymborska, *View with a Grain of Sand*, trans by Stanislaw Baranczak and Clare Cavanagh, Harcourt Brace & Company, 1995.

Wislawa Szymborska, *Miracle Fair*, trans by Joanna Trzeciak, W. W. Norton & Company, 2001.

希姆博尔斯卡:《呼唤雪人》,林洪亮译,漓江出版社,2000年。

希姆博尔斯卡:《诗人与世界:维斯瓦娃·希姆博尔斯卡诗文选》,张振辉译,中央编译出版社,2003年。

小回答

附:《赫拉克利特的河流》的几个译本

在赫拉克利特河里

（林洪亮译）

在赫拉克利特河里，
一条鱼捕到另一条鱼，
一条鱼用尖鱼去切碎另一条鱼，
一条鱼在造一条鱼，
一条鱼住在一条鱼里面，
一条鱼从一条被包围的鱼那里逃脱。

在赫拉克利特河里，
一条鱼爱上一条鱼，
你的眼睛——他说——像天上的鱼炯炯有光，
我愿与你一起游向共同的海洋，
啊，你这鱼群中的姝丽。

在赫拉克利特河里，
一条鱼构想出高于一切鱼类的鱼，
一条鱼向一条鱼跪拜，
一条鱼向一条鱼唱歌，
一条鱼向一条鱼祈求，
为了游得更轻松。

在赫拉克利特河里,
我是一条单独的鱼,一条独特的鱼,
(但却不是木头鱼、石头鱼)。
我在单独的瞬间描写小鱼,
就像银光闪闪的鱼鳞那样短促,
也许是黑暗在羞怯中闪烁?
(选自《呼唤雪人》,漓江出版社,2000年,第128—129页。)

在赫拉克利特的一条河中

(张振辉译)

在赫拉克利特的一条河中,
有条鱼抓住了另一条鱼,
它用尖利的鱼嘴把那条鱼撕成了碎片。
它还要造一条活鱼,它栖居在另一条鱼的腹中。
它从鱼的包围中逃跑。

在赫拉克利特的一条河中,
有条鱼爱恋着另一条鱼。
你的眼睛——它对那条鱼说——
就像一群鱼在天空中闪烁,
我要和你一同游向大海,

小回答

　　游到最美丽的海滩上去。

　　在赫拉克利特的一条河中,
　　有条鱼造出了一条最高贵的鱼,
　　它跪在这一条鱼面前,向它歌唱,
　　它请它游得慢一点。

　　在赫拉克利特的河中,
　　只有我这条鱼,我是一条很特别的鱼,
　　(虽然这些树都是鱼变的,
　　这些石头都是鱼变的),
　　可我每时每刻都在给它们画像。
　　银色的鱼鳞在我的笔下,
　　为什么一瞬间就变得那么细小?

　　　　　　　　(选自《诗人与世界》,中央编译出版社,
　　　　　　　　　2003年,第84—85页)

在赫拉克利特的河流里

　　　(傅正明译,来自网络)

在赫拉克利特的河流里
一条鱼抓住一条鱼,
一条鱼切碎肚里有几条鱼的鱼,
一条鱼造一条鱼,一条鱼在一条鱼里面,

辛波丝卡的六世界

一条鱼从一条被包围的鱼那里溜脱了。

在赫拉克利特的河流里
一条鱼爱慕一条鱼,
你的眼睛——它说——像天上的鱼闪亮,
我愿跟你游向我们共同的大海,
你这鱼群中的尤物。

在赫拉克利特的河流里
一条鱼找到了高于一切鱼类的鱼,
一条鱼向一条鱼屈膝,一条鱼向一条鱼唱情歌,
一条鱼向一条鱼祈祷,为了减轻游泳的痛苦。

在赫拉克利特的河流里
我是一条孤独的鱼,一条喜好孤独的鱼
(至少不是一条木头鱼石头鱼)
几次写在银山的小鱼,那么短,
也许它就是困惑地闪光的黑暗?

IN HERACLITUS' RIVER

(来自网络,译者不详)

In Heraclitus' river
a fish is busy fishing,

小回答

        a fish guts a fish with a sharp fish,
        a fish builds a fish, a fish lives in a fish,
        a fish escapes from a fish under siege.

        In Heraclitus' river
        a fish loves a fish,
        your eyes, it says, glow like the fishes in the sky,
        I would swim at your side to the sea we will share,
        oh fairest of the shoal.

        In Heraclitus' river
        a fish has imagined the fish of all fish,
        a fish kneels to the fish, a fish sings to the fish,
        a fish begs the fish to ease its fishy lot.

        In Heraclitus' river
        I, the solitary fish, a fish apart
        (apart at least from the tree fish and the stone fish),
        write, at isolated moments, a tiny fish or two
        whose glittering scales, so fleeting,
        may only be the dark's embarrassed wink.

在赫拉克利特的河流里

    (来自网络,译者不详)

在赫拉克利特的河流里

一条鱼匆忙的捕鱼,

一条鱼用一条锋利的鱼切碎一条鱼,

一条鱼造一条鱼,一条鱼生活在一条鱼里面,

一条鱼从一条被包围的鱼那里溜脱。

在赫拉克利特的河流里

一条鱼爱慕一条鱼,

你的眼睛——它说——像天上的鱼一般闪亮,

我愿伴你游向我们共同的大海,

你这鱼群中的尤物。

在赫拉克利特的河流里

一条鱼憧憬了一条纯粹的鱼,

一条鱼向这条鱼屈膝,一条鱼为这条鱼歌唱,

一条鱼向这条鱼祈祷,为了减轻自己的鱼味。

在赫拉克利特的河流里

我,这条孤独的鱼,一条与众不同的鱼

(至少不同于木头鱼和石头鱼)

在孤独的时候,写信给一两条小鱼,

它们的炫丽是那样的短暂,

也许仅仅是黑暗困惑的眨眼。

当代中国基督教诗歌及其思想史脉络

一 基督教新诗的涌现

当代基督徒诗人的涌现

最近一些年,新诗界有一个值得关注的现象,就是出现了一批身兼基督徒和诗人双重身份的写作者。① 应当说,这在我国新诗史上是一个新的现象。以往中国基督徒创作的诗更近于歌,是为了适用于教会内的咏唱,其作者主要不是以诗人名世(如金陵神学院的汪维藩教授),而且多为集体创作(如新中国成立前耶稣家庭自编的诗咏)。有鲜明个体特征的诗创作,现代中国最伟大的神学家赵紫宸先生算得上一个,但是他所写的是旧体诗词,与新诗没有关系。虽然现代文学家们与基督教有不少的瓜葛——这已成

---

① 施玮主编《琴与炉》(第一辑)(中国广播电视出版社,2008年)收入26位诗人的诗,作者似应都是基督徒。这26位诗人是:施玮、北村、樊松坪、鲁西西、齐宏伟、空夏、易翔、杨俊宇、谭延桐、于贞志、新生命、姜庆乙、匙河、雁子、王怡、楚耳、海上花下、雪女、仲彦、东郑溪波、梦月、徐徐、陈巨飞、黄莹、殷龙龙、刘光耀。被遗漏在这本诗集之外的基督徒诗人还有很多,比如阿吾、李建春(天主教)、李浩、黎衡、沙光、黄礼孩。经常选登原创基督教诗歌的网站有"信仰之门":http://www.godoor.com/xinyang/。

为近年来的一个研究热点①——但就新诗来说,除了冰心②早期的一些小诗,陈梦家③零星的诗作外,不容易找得出烙有"基督教"字样的诗。一些新诗人会经由西方诗人的影响而用上"神"、"罪"的字样(如穆旦④、海子⑤),带上基督教色彩,但其跟基督教的精神联系到底有多深,则尚需要探讨。

---

① 如马佳:《十字架下的徘徊:基督宗教文化和中国现代文学》,学林出版社,1995年;杨剑龙:《旷野的呼声:中国现代作家与基督教文化》,上海教育出版社,1998年;王列耀:《基督教与中国现代文学》,暨南大学出版社,1998年;王本朝:《20世纪中国文学与基督教文化》,安徽教育出版社,2000年;刘勇:《中国现代作家的宗教文化情结》,北京师范大学出版社,2003年;刘丽霞:《中国基督教文学的历史存在:文化新批评》,社科文献出版社,2006年;齐宏伟:《文学苦难精神资源:百年中国文学与基督教生存观》,江西人民出版社,2008年;丛新强:《基督教文化与当代中国文学》,山东文艺出版社,2009年。这些研究涉及冰心、许地山、老舍、苏雪林、张秀亚、周信华、林语堂、曹禺、石评梅及当代的北村等基督徒作家,以及采用了基督教象征、形象、元素从而与基督教文化有关的作家如鲁迅、周作人、巴金、庐隐、张资平、郭沫若、沈从文、萧乾及当代的史铁生、余华、刘震云、老鬼等人,论者的立场、治学态度与水平各异,立论有严谨的,也有不乏牵强的。据笔者所知,目前在大陆及港台都有一批博士生在做更深入的个案研究(如林语堂)。当代作家和诗人与基督教的关系虽有零星涉及,但似尚无专门研究。

② 冰心是刘小枫《拯救与逍遥》一书中最为推崇的中国作家,因为她代表了基督的爱与救赎的精神,正好与鲁迅之"虚无主义"相反。当然,鲁迅是否是虚无主义是值得讨论的。

③ 可参《梦家诗集》,中华书局,2007年。

④ 一些研究者认为,对穆旦诗歌与基督教关系的注意始于王佐良在《一个中国诗人》一文中所说:"穆旦对于中国新诗写作的最大贡献,照我看,还是在他的创造了一个上帝。"见高秀芹、徐立钱《穆旦:苦难与忧思铸就的诗魂》,文津出版社,2007年,第93页。已有数篇论文讨论该主题,突出者有〔韩〕吴允淑:《穆旦诗歌中的基督教话语》,《道风基督教文化评论》总12期,2000年。

⑤ 海子在山海关自杀时随身带着的四本书里就有《圣经》。随着"海子热"的出现,海子与基督教的关系也成了一个讨论的热点,不少传记里都会提到。但关于海子的诗里有多少基督教影响,海子对基督教的体认有多深,仍是一个值得探讨的问题。可参王本朝:《海子与基督教文化》,《20世纪中国文学与基督教文化》,安徽教育出版社,2000年;何桂平:《一种世界,两种美丽:论基督教影响下的闻一多和海子》,《东京文学》2008年第9期。

小回答

而当代基督徒诗人与以往的不同在于,他们首先以诗人名世,一些人是在成为诗人之后才成为基督徒的,他们的作品是在诗坛发表,面对普通读者,而不是教会,他们的诗歌的特质(区别于普通诗人的)主要跟基督教信仰有关。我国古代诗歌所着重的"诗言志"、"文以载道"在被现代诗人们抛弃多年之后,现在开始在一个"外来"宗教的诗人们身上得到体现。历史确实具有反讽性。

对几个概念的限定

为了避免使用在学术界引起混乱和争议的"文化基督徒"[①]这样的命名,在这里有必要对几个概念进行限定。

"基督教"这里是广义的,包括天主教、新教、东正教及其他宗派。基督教的主题、思想以诗歌的形式体现出来,即可视为"基督教诗歌"。除了《圣经》中的诗歌,以及教会中的诗咏(hymn)外,著名的像希腊教父纳西盎(Gregory of Nazianzus, 329—389)、大马士革的约翰(John of Damascus, 676—749)、弗朗西斯(Francis of Assisi, 1181—1226)、但丁(Dante Alighieri, 1265—1321)、约翰堂恩(John Donne, 1572—1631)、弥尔顿(John Milton, 1608—1674)、布莱克(William Blake, 1757—1827)、霍普金斯(Gerard M. Hopkins, 1844—1889)、米斯特拉尔(Gabriela Mistral, 1889—1957)等

---

① 这个含混的概念引起了许多争议,见香港道风汉语基督教文化研究所编:《文化基督徒现象与论争》(1997年),杨熙楠编:《汉语神学刍议》(汉语基督教文化研究所,2000年)中所收文章。直至今天,尚可看到有学者在讨论这类概念,如黄保罗:《汉语学术神学:作为学科体系的基督教研究》,宗教文化出版社,2008年;温伟耀:《生命的转化与超拔》,宗教文化出版社,2009年。

人的诗作,都可称为典型的"基督教诗歌"。由于基督教是西方文化的根源之一,基督教思想对诗人们的影响往往是根深蒂固、深入到潜意识层面的(就像儒释道对于中国古代诗人的潜在影响一样),所以即使近代世俗化以来,一些现代诗人吸纳了更多的人文主义和科学主义精神,但其诗中也带有浓厚的基督教气质、精神、色彩,或采用了大量的基督教主题、母题、元素、形象、象征,如歌德、艾略特、奥登、里尔克、米沃什等人,尽管已不能用"纯粹"的标准来要求他们的宗教性,但是当我们把他们和印度、中国、日本、阿拉伯诗人相比时,就能看出他们作品中的基督教特性。在这个宗教和文化比较的意义上,也可以把他们的作品算在广义的"基督教诗歌"一类中。

西方诗人天然地就在基督教文化氛围中,并且大多数天生地(如天主教、路德宗)就具有基督徒身份,或能够比较自然地就成为基督徒(新教、东正教),因此虽然许多西方诗人的诗可以算作基督教诗歌,但是他们自己并不强调作者的基督徒身份,而是强调作者彼此之间的差异和特性,及对于正统教义的偏离和改写,如在弥尔顿与基督教关系的研究方面就有不少讨论。[1] 现代化和世俗化以来,在基督教教义与写作之间有了更多的中间环节(如人文主义的加强),宗教身份也呈现出日益复杂的局面,因此一般讨论中并不着重谈论作者的宗教身份,而是就其与基督教思想关系加以讨论。

---

[1] 王佐良在其《怀燕卜生先生》一文中记录了燕卜生晚年著《弥尔顿的上帝》一书,跟著名的基督教作家刘易斯(C. S. Lewis)就弥尔顿上帝观是否离经叛道展开争论。见王佐良:《心智文采:王佐良随笔》,北京大学出版社,2007年,第62页。

小回答

在中国语境中的基督教诗歌与西方有所不同。基督教在中国属于"外来宗教",一向处于宗教和文化边缘,信徒的宗教身份的取得,有更多文化的、宗教的和社会的阻碍(其在中国的位置,令人想起佛教徒在西方的位置)。在本就世俗化和正在急促地现代化的中国社会,他们更要受到从传统人文主义蜕变来的无神论的偏见。考虑到语境的不同,我在这里对这篇文章中使用的几个概念先做一个界定,免得引起误解。

我用"基督徒诗人"或"基督教诗人"指具有"诗人"和"基督徒"双重身份者。这就是说,他们的诗称得上是诗,具备一般诗的特征和质量,同时他们归属于某一种或某一个教会,为教会所承认。因此排除了很多的虽然采用了基督教元素但没有正式宗教身份的诗人。无疑这大大地限定了他们的人数。

我用"基督教诗歌"指基督徒诗人写的具有基督教精神气质的诗歌,它们或者体现了基督教的世界观,或者体现了抒写者的基督教情怀。虽然教会内的咏诗也可以归到它里面,但我这里几乎无例外是指面对社会的、纯文人的基督徒的诗歌。无疑这也大大地限定了这类诗歌的数量。但这有个好处,就是能够比较纯粹地看出这类诗歌的精神特质。作为诗歌类型"宗教诗歌"中的一类,它们有值得大家关注的存在理由。

我用"有基督性的诗歌"指一般诗人写的带有基督教世界观元素的诗歌,它强调的是基督教思想的痕迹而不是写作者的信仰身份。像穆旦、海子涉及基督教或有某些基督教影响的诗都可以归入这一类。当代诗人中,据我有限的阅读所知,不少诗人在诗中运用到了基督教的元素,或对基督教有所着笔、提及、参照(如桑克、蓝蓝、杨键等人),这可以作为学界将来进一步的研究主题。

一个"基督徒诗人"也可能写世俗的诗歌,体现了世俗的世界观,因此他所写的诗不一定都是"基督教诗歌"。而一个非基督徒(没有教会归属者或信仰不完全者)则可能采纳基督教的世界观或体现其精神,或采用其元素、象征、典故,写出"有基督性的诗歌"。

本文所谈的研究对象严格局限在"基督徒诗人"所写的"基督教诗歌"上,即身为基督徒的诗人所写的体现了基督教世界观和精神情怀的诗歌上。我这里所说的"诗歌"就是"新诗",因此,"基督教新诗"实即"基督教诗歌",只是更强调其为"新诗""白话诗",以区别于旧体诗词。

基督教新诗的空间初步敞开

如上所说,基督教本与文学有着亲缘关系。①《圣经》本身的文学性就很强,叙事、抒情、比喻皆妙。从内容到形式,中世纪以降,西方诗人莫不从基督教获益。"诗人之王"但丁以当时的基督教世界观,以完美的形式写出了《神曲》。近代以来的弥尔顿、歌德等大诗人,虽对《圣经》内容多少有所改编和偏离,但都是从基督教母体上生长出来的枝叶。现代诗人如荷尔德林、里尔克、艾略特、奥登等,亦都是深受基督教影响的,虽然在程度上各有不同。看不到西方现代诗与基督教精神的密切关系,尤其西方人文主义

---

① 可参朱维之:《基督教与文学》,上海书店,1992年。单就小说家言,托尔斯泰、陀思妥耶夫斯基即足为代表。

小回答

在思维模式上与基督教的相似性(尽管其具体的内容可能有所不同),很容易造成我们在了解西方现代诗时只注重一些皮毛,而对其历史的和宗教的深度有所忽略。

基督教诗歌在汉语中历史不长,尚难说有典范可学。这跟儒释道在历史中已树立各自的典范诗人不同。儒家诗人杜甫[①]、佛教诗人王维、道家诗人陶渊明[②]、道教诗人李白[③],以及可谓"三教合一"的白居易、苏东坡等,就旧体诗来说,已达到巅峰,不可超越了。至于儒释道在新诗中的发展可能性,由于现代以来三教的历史遭遇,一直处于式微之中,除个别的诗人如废名以禅入新诗外,尚难见到标志性的人物(有趣的是,上世纪60年代一些美国诗人如加耐德写起了禅诗。这跟中美双方的现代文化语境有关)。

也正因为基督教新诗在汉语中是一个新的信仰和语言现象,带着全新的因素,因此尚有着宽阔的发展空间,正可成为诗人们施展才能的绝好场域。

[①] 一般认为杜甫体现了儒家思想,郭沫若则认为杜甫亦有道教和佛教的影响,晚年尤其受佛教影响,见郭沫若《李白与杜甫》(人民文学出版社,1971年)"杜甫的宗教信仰"一章。郭著虽受当时意识形态影响,但所举实例为事实。很大程度上郭著是针对冯至的。冯至认为杜甫是人民诗人,见其《杜甫传》(人民文学出版社,1952年),主要章节亦可见《冯至学术论著自选集》(北京师范学院出版社,1992年)。

[②] 关于陶渊明思想的倾向素有争议,见龚斌《陶渊明传论》(华东师范大学出版社,2001年)第五章"陶渊明的哲学思想"。我比较赞同陈寅恪"外儒而内道"的说法。陶渊明研究较好的著作有李长之:《陶渊明传论》,天津人民出版社,2007年;周振甫:《陶渊明和他的诗赋》,江苏教育出版社,2006年。

[③] 李长之:《道教徒的诗人李白及其痛苦》,天津人民出版社,2007年。李白虽与陶渊明一样嗜酒,但二人之不同在于李白求仙炼丹重符箓,情绪起伏,有浓厚的道教色彩,而陶渊明差不多是直契老庄之哲学。

二 基督徒诗人的一般主题

正如维特根斯坦用"鸭兔图"表明的,虽然不同文化和宗教语境中的人们面对着同一个"世界",他们却把它"看作"(see as)了不同的东西,有不同的感受。在世界"观"各异的诗人们那里,他们"感受"出来的"世界"也有鲜明的不同。比如陶渊明之任真自然,与王维之讲求空妙的佛教意味终究不同,但丁之严谨的审判与苏非派诗人之神秘体证又有所不同。

与别的宗教诗人相比,基督徒诗人对世界的感受方式和观看方式,跟"罪""赎""爱"脱不了关系,正如佛教诗人跟"苦""无明""空""慈悲"脱不了关系一样。如下概念对基督教诗歌是关键词:原罪、恶、自由意志、堕落、赎罪、拯救、公义、圣灵、爱(邻人和上帝)、喜乐、恩典……

在现当代中国,由于世界观生态的巨大变迁,尤其1949年后经由教育的一致化而导致的世界观的趋同,使能体现出宗教世界观的诗歌呈现出萎缩状态。新时期以来,随着宗教信仰自由政策的落实和文化观念上的宽容,宗教性的诗歌逐步重新出现,在其中,基督教诗歌的出现是一个重要的现象。不仅海子这样的诗人采纳了一些基督教元素(一些人认为海子诗不乏圣灵的感动,另一些人则说他有旧约式的暴烈),一些诗人干脆归入基督教,并写出了相当优秀的基督教诗歌。这些基督徒诗人的基督教诗歌涉及基督教世界观的各个方面,其中比较突出的,我认为有下面几点。

小回答

有限事物不可倚靠

基督教因为是排他的一神论,只有上帝才能作为终极关切的对象,而世间万物都是上帝所创造,虽然美好,但是均有其时空上的限度,其价值也是有限的,不能当作偶像来倚靠。人终有一死,年岁有限,智者和愚人,在死亡面前也没有什么不同,则人生的意义何在?对此《圣经》论述很多,典型的是《传道书》所说:"虚空的虚空,虚空的虚空,凡事都是虚空。"人在日头之下的喜乐福祉是虚空,房舍田园是虚空,智慧是虚空,劳碌所得是虚空,多子多寿亦是虚空;只有敬畏上帝才能使人得安慰,认识到是上帝赋予人一切才算真智慧。① 正如孔子认识到人生的短暂,发出"逝者如斯夫"的感叹,但仍坚持"朝闻道,昔死可矣"。

当代基督教诗歌,对于事物的短暂性和虚空性,多有揭发。而短暂性在基督教里正好是与永恒对立的,揭示短暂性,也就突出了永恒性:

> 这些看得见的,不能承受那看不见的。
> 房屋,树,城池,虽然经过了千年,又换了新样式,
> 却是终有一天要朽坏。
> 现在我吃的食物,我喝的液汁,

---

① 孙毅:《圣经导读》,中国人民大学出版社,2005年,第115—123页。《传道书》和《约伯记》一样,被称作"希伯来的怀疑主义",见游斌《希伯来圣经的文本、历史与思想世界》,宗教文化出版社,2007年,第516—519页。对于后世的解释者来说,怀疑所向当指尘世对象,而最终导向敬畏上帝,所谓"先破后立"也。

连同我这身体,它又吃又喝,

这些都属于看得见的,所以终有一天要朽坏。

——鲁西西《这些看得见的》

对于诗人来说,他(她)们最喜欢的三样东西也并不像他(她)们自己想象的那么重要:

我最爱吃青春,爱情,和诗歌。

我就是靠吃这些东西长大的。

我每天吃,不管身边有没有陪伴。

我每天吃,但还是老了,孤独,胃口败坏了。

但是今天,当我把这一切都挪开,

把吃进内里的全部淘出来,

这些我极度喜爱的东西,

我看我从此不吃,能不能活下去。

我活过来了,居然活得很好。

我活得很好就像我从来没有吃过它们。

——鲁西西《失而复得》

在这点上,诗人异曲同工地达到了陶渊明的境界:诗只是得道之心的一个自然流露和副产品,不值得当作终极依靠。在对待死亡的态度上,也同理:

花开的时候是这样,花枯的时候是那样。

它的喜乐不过转眼之间,

在风中的荣耀,却是一生之久。

花开的时候并不作声,是喜爱它的人们在旁边自己说。

小回答

> 该谢的时候就谢了,不惧怕,也不挽留。
>
> ——鲁西西《死亡也是一件小事情》

这里的意象及思想可能来自《马太福音》6章耶稣关于飞鸟和花朵的比喻。耶稣说:"你想:野地里的百合花怎么长起来;它也不劳苦,也不纺线;然而我告诉你们:就是所罗门极荣华的时候,他所穿戴的还不如这花一朵呢!你们这小信的人哪!野地里的草今天还在,明天就丢在炉里,神还给它这样的妆饰,何况你们呢!所以,不要忧虑说:'吃什么?喝什么?穿什么?'这都是外邦人所求的。你们需用的这一切东西,你们的天父是知道的。你们要先求他的国和他的义,这些东西都要加给你们了。所以,不要为明天忧虑,因为明天自有明天的忧虑;一天的难处一天当就够了。"(6:28—34)

这种对枯荣、生死坦然对待而泯灭焦虑的态度,跟陶渊明"纵浪大化中,不喜亦不惧"有异曲同工之妙(当然,他们是否真能克服死亡焦虑,仍是成问题的。起码在陶诗里,仍有焦虑的流露,要不然他不会写那么多饮酒诗了)。但其思想基础是不同的。一个是道家哲学的委任顺化观,一个是基督教神学的一切在神观。

与上帝同在的感觉

基督徒与非信徒的最大区别就是基督徒有基督,与基督同在,与上帝同在,或不如说,"上帝与我同在"(按教理,最终是上帝主动)。历代基督徒诗人,无论古今中外,都免不了要写他的"与上帝同在"的心境。而这个上帝,因为是三个位格,一个实体,所以表现出来各有侧重。有的更加是创世的上帝,有的更像是圣灵,有的则是基督的形象。

更侧重于圣灵的,多与喜悦、狂喜、喜乐有关。"圣灵"原有"风"的含义,大秦景教流行碑曾译为"圣灵风",风力时大时小,或是狂风,震撼人心,或如春风,缓缓吹来。风力所及,心便呈现狂喜、平静、和平等不同的状态。圣灵与圣父、圣子的区别之处,在于他能内居于人心,感动人的心志,陶冶人的性情,使人成圣而成为"圣灵的殿"。

圣灵感动下,有强烈的喜悦:

> 喜悦漫过我的双肩,我的双肩就动了一下。
>
> 喜悦漫过我的颈项,我的腰,它们像两姐妹
> 将相向的目标变为舞步。
>
> 喜悦漫过我的手臂,它们动得如此轻盈。
> 喜悦漫我的腿,我的膝,我这里有伤啊,但
> 是现在被医治。
>
> 喜悦漫过我的脚尖,脚背,脚后跟,它们克制
> 着,不蹦,也不跳,只是微微亲近了一下左边,
> 又亲近了一下右边。
>
> 这时,喜悦又回过头来,从头到脚,
> 喜悦像霓虹灯,把我变成蓝色,紫色,朱红色。
>
> ——鲁西西《喜悦》

小回答

　　这首诗因其诗艺上的成就,而值得我们关注,它把"喜悦"这个不乏抽象的情绪,充实为肉体的实实在在的感觉。可能练过气功的人会有这种感觉("气"与"风"类似),但在这首诗里,它是圣灵在运行,带来了喜悦以及得到治疗的感觉(腿和膝上的伤令人想起耶稣治过的瘸子)。最后一行用了一个现代词汇"霓虹灯",使诗带有了现代的感觉,将圣灵带来的变幻、飘摇、更新、活力呈现了出来。

　　在表达"上帝与我同在"感受的诗歌中,有一类更侧重于(被钉十字架的)基督与我同在。如北村这首诗先是写道:

> 他比在上面时更清瘦
> 更接近我心的模样
> 他像是在让我明白
> 憔悴,苦楚,汗如雨下
> 甚至内心的波动
>
> 所有苦难都和这一次有关
> 需要一次真正的泅渡
> 我走过他的脊背时
> 听到了他的声音
>
> 他不沉重也不凄凉
> 只是痛苦
> 寂静中我突然心碎
> 看见他满脸下滴的黄金。

最后一节写道:

> 我伸手抚摸他的容颜
> 像大千世界
> 只剩下了我们两个
> 彼此忘记了自己的日子
>
> ——北村《他和我》

应当说,这接近于基督教的核心秘密:当一个基督徒在苦难中感受到有基督与他一同受苦,他也就和基督一齐战胜苦难与罪恶,得到安慰,有了复活的盼望。

看来北村对于基督的痛苦有极其深刻的体会。在《泪水》一诗中,他写了耶稣在被捕前在客西马尼园的祷告(事见《马太福音》26:36—46,《马可福音》14:32—42,《路加福音》22:39—46,它是基督被父抛弃而虚己的前奏),表达了与基督一同受苦的感觉。诗中的"我"可以是指不认耶稣的门徒(如彼得),因此这首诗具有戏拟性,当然也可以是指诗人,象征一切不认者。总之"我"终于对耶稣"感同身受"了,尽管在理智上尚不能彻底明白。这也可视为信仰在先,理智在后,以信仰寻求理解的进路。

诗前面是这样的:

> 你心里极其痛苦,你说
> 你们就不能警醒片时吗
> 我要到花园去祷告
> 我看你远去,我不明白

小回答

> 你心里极其难过
> 我见你汗如雨下
> 你说,赦免他们吧
> 可是我仍不明白
>
> 我突然感到恐惧
> 又感到悲伤
> 望着你的脸
> 我不禁失声痛哭。

最后一段是:

> 我泪如泉涌,极其难过
> 不过我还是不明白
> 但只要我肯流泪,终有一天
> 这泪水要叫我明白一切
>
> ——北村《泪水》

也有对上帝的三位格不作区分,总体上感受一个上帝的。下面这首诗接近于教堂内一般的吟咏诗:

> 我哭了,泪就流到了你的心里。
> 我欢呼,你就在我背后微笑。
> 我走在死荫的幽谷,走在安歇的水边,
> 到处是你深深的脚印,
> 于是我的心平安了。
>
> ——易翔《你与我同在》

对圣爱的体会

对于基督徒来说,光有与上帝同在的感觉是不够的,还要有对待生活的上帝似的态度和行为,这就是由"爱神"而"爱人"。作为上帝的"形象",基督徒有"效仿基督"的责任,在世上做光做盐,率先在世上活出上帝的形象。

> 花香使我不再羞愧
> 它告诉我要把爱传出去
> 向着四面八方
> ——杨俊宇《海啸》

> 我看到各种各样的人走在地上,
> 有的行善事,有的行恶事。
>
> 我流着各种各样的泪水,
> 父啊,我多想像太阳那样活着,
> 我想像太阳那样,爱东边的人,也爱西边的人。
> ——鲁西西《像太阳那样活着》

这首诗的主要形象出自耶稣所说:"要爱你们的仇敌,为那逼迫你们的祷告。这样,就可以作你们天父的儿子。因为他叫日头照好人,也照歹人;降雨给义人,也给不义的人。"(马太福音 5:44—45)上帝的爱是无所偏待的圣爱(agape),就如老子所说,"天地不仁,以万物为刍狗;圣人不仁,以百姓为刍狗"(老子第五章),

小回答

天地和圣人的爱也一样是没有偏爱地施与的爱。跟基督教"效仿基督"一样,道家也要"人法地,地法天,天法道,道法自然",实现个人德性和社会理想。

以超越的眼光来理解生活世界

基督教是一个要求虔诚的宗教,要求信徒信仰专一,知行合一,将信仰渗透到生活的方方面面,因此,相对于"弥散性的宗教"(儒释道三教)的折中与实用主义传统,基督教的严格导致了其诗人的抒写有更强的世界观上的连贯性。他们几乎必然地要用基督教眼光来看待、描写自己生活中的事件,按基督教的神学来理解它们的位置和意义。这也是为什么我说儒教"文以载道"的传统在中国可能以一种吊诡的方式在基督教诗歌中得到发扬的一个原因。

走遍了地极,都没有看到有你的家。
但我在心里说:走遍了地极,
你的帐幕却随着我。
你用海洗我的脚,用光亮为我束腰。
你行在我前面,后面,上面,里面。
我从前与世人同住,不知道帮助从你而来,
我从前以泪当饮水,
我弹琴,但也不知道给谁听。
——鲁西西《走遍了地极》

是啊,我曾经像地上的这些短枝,

> 我曾经像地上的这些短枝,没有什么用处了。
> 太阳光每天从上面经过,也不多停留。
> 偶尔有新空气住在上面,但也不长久。
> 若不是鸟儿要建造房屋,
> 若不是马上被筑巢的日子看到,
> 一生都丢弃在地上,真的没什么用处了。
>
> ——鲁西西《曾经》

这是一种回溯式的眼光,它使以前看起来无意义的生活有了一条意义的线索。第二首可能来自《圣经》所说:"匠人所弃的石头,已作了房角的头块石头。"见《诗篇》118:22;《马太福音》21:42。这是典型的基督徒的思维方式,奥古斯丁《忏悔录》中在回顾他以往的生活时,无论多小的事(如偷梨),都认为与上帝有关,是上帝在通过各种方式引领他走向上帝。

下面则是对同一事件的"双重视角",相当于同时持有对待半杯水的乐观主义("还有半杯水")和悲观主义("只剩下半杯水了"),也跟道家对于事情(如福与祸)的辩证的双重态度相似:

> 夜极为深了,我独坐窗前,
> 看到月亮被一大片乌云遮住了。
> 乌云不仅密集,还加增,
> 而月亮的光好似那么一点点。
> 因为站在地上,我以为乌云来,是阻挡月光的。
> 我甚至以为,乌云将月亮抢夺了。

小回答

> 站在天上的人却不这样看。
>
> ——鲁西西《视野》

凡宗教都有超越的一面，要求我们超脱普通的视角，而在事情发生后或发生时，同时采取一种"立体的"观点来理解它，赋予它另一维意义，也许是更完整的意义。在自然主义的生活态度中，我们不会认为事事都有关联，而承认偶然性，并且承认偶然性所带来的乐趣，但在基督教的世界观中，由于有一个宏观的整体，因此，一切大事小事都会被这个整体赋予位置和意义。当然，在思想史上，自托马斯·阿奎那死后，基督教已难得有能平衡各种对立的哲学和科学的庞大思想体系了，各学科、各种世界观逐渐赢得了独立的地位，到了当代，基督教世界观日益破碎，甚至出现了"礼拜天基督徒"或"基督教不出教堂"的现象，回到世俗生活中还是按世俗方式想问题办事情。反映在诗歌写作上，已很难出现但丁那样完全按基督教世界观写诗的诗人了。一般所谓基督教诗人只是局部的基督教诗人了。

但作为一种观看世界的方式，如上所说，基督教诗人们仍会相当自然地用双重视角看待自己的生活。比如关于孩子，一个诗人在致尚在腹中的孩子的诗里写出了基督教对待孩子的伦理：把儿子当兄弟，因为同在上帝面前：

> 我按手在你的母腹
>
> 孩子走在葡萄园的路上
>
> 孩子歇在香柏树下
>
> 孩子在你腹中

你在酷暑中

想起以后的日子就嬉笑

……

圣灵降临的一瞬啊

我们的泪由咸转甜

我们的罪比雪更白

我们的孩子

成为我们的弟兄

——王怡《按手》

另一个诗人则想到孩子出生地中体现出的神意：

我们一家都生在河边

爸爸的那条河叫长江

妈妈的那条河叫黄河

哥哥的那条河叫珠江

你的那条河就叫怀卡托

求神带领你

就像带领摩西

求神带领我们一家

就像带领每一条河流

孩子,有一天你会明白

我们一家为什么都生在河边

——阿吾《我们一家都生在河边——为吾儿摩西百日而作》

基督教世界观涉及一切事物,其神学是极其丰富的,其诗歌在西方的表现也是姿态万千,难以穷尽。以上所举的几个方面仅只是我读到的我国当代十分有限的一些诗歌时的突出印象,不能说代表基督教诗歌的全貌。

两首改写自《圣经》的长诗

《圣经》故事是基督教诗人免不了要抒写的。正如"四书五经"在一千多年的科举考试中几乎每一句都曾经作为试题,每一句都为举子们重视一样,《圣经》在西方的文人雅士那里得到了频繁的引用,尤其《创世记》《诗篇》《福音书》,几乎每一段经文都有相应的诗歌、绘画作品。在当代中国基督徒诗人这里,《圣经》中的一些故事成为他们诗歌的主题。如《汲水的撒玛利亚女人》(匙河)、《神迹的喻示》(施玮)里写了耶稣的一系列神迹,如在迦拿的婚礼上变水为酒,五饼二鱼,在海面上行走,治好瞎子、瘸子,让死者复活等,但这些诗在诗艺上尚有待精致化。

在近年来对于《圣经》故事的诗歌叙述中,有两首长诗是很优秀的,不能不提。一首是李建春近400行的长诗《圣诞之旅》,一首是鲁西西500多行的诗剧《何西阿书》。

《何西阿书》是《圣经》先知书之一,以何西阿与淫妇歌蔑的关系来影射上帝耶和华与以色列的关系。耶和华在出埃及的事件中,与以色列建立了圣约的关系(上帝带领以色列出埃及,以色列唯独崇拜上帝,不拜偶像),但以色列人在进入迦南之地后,却信奉当地的淫祠,随从迦南的异教崇拜(丰产崇拜,以巴力与其女伴的性交为象征,其神庙中有庙妓),从而破坏了他们与耶和华之间的婚姻般的立约关系。为此耶和华决定惩罚以色列这个淫妇。

"我必用荆棘堵塞她的道,筑墙挡住她,使她找不着路。她必追随所爱的,却追不上;她必寻找他们,却寻不见。……因此,到了收割的日子,出酒的时候,我必将我的五谷、新酒收回,也必将她应当遮体的羊毛和麻夺回来……如今我必在她所爱的眼前显露她的丑态,必无人能救她脱离我的手……"(2:6—10)但在惩罚以色列后,耶和华出于其坚贞的圣爱本质(恨之切是因为爱之深),宽恕了以色列,恢复了与其的婚姻关系。因此,这里有一个犹太—基督教免不了的"圣约的爱——爱的破坏——爱的复归"的三段论,它与"创世——堕落——拯救"的神学主题一致①(书中有一些细节,如耶和华教何西阿再去娶一个淫妇,但这些都在诗剧中略去了)。

诗剧《何西阿书》中,何西阿娶了淫妇歌蔑,但歌蔑仍无法适应新生活,因何西阿外出而按捺不住寂寞,红杏出墙投靠四个商人(也许是旧情人),与他们作乐。但商人无情,在她怀孕后便将她抛弃,追逐新欢去了。何西阿见到歌蔑后,让她明白"她投靠的,竟是背弃",回到了婚姻当中。

诗中用了《圣经》的语言和意象(如葡萄、蓝宝石、灯芯、芦苇、狮子、蛇、粪土),以及片断的神学影射,如:

> 马上就要死去的花朵,
> 它们年年返青的奥秘,
> 是因它们有永不改变的丈夫。
> 它们若不在枯干的时候,

---

① 游斌:《希伯来圣经的文本、历史与思想世界》,宗教文化出版社,2007年,第267—274页。

小回答

> 专心等候,将根埋在地下,
> 若不仰赖丈夫的扶持,
> 它们早就灰心,丧胆了。

这里是以"永远的丈夫"喻上帝,也暗指何西阿对歌蔑是可倚靠的。但神学仅是这个诗剧的舞台背景,实际上,如果撇开这个背景,让一个不知道《圣经》的读者来看,故事也依然完整,俨然一个从良女子"情感反复史"的世俗版。

诗句活泼,时有妙文,如:

> 许许多多女人从他门前经过,人人都挺着胸脯,个个都貌若游鱼,何西阿一个也没爱上。

写歌蔑婚后不甘寂寞的心情:

> 我真是一个寂寞的人,
> 风也不来敲我的门,
> 我的门闩在门栓里寂然无声。
> 我的美在后院的葡萄叶丛里荒废,
> 我的头发在头上枯干。
> 等待总是麻烦的。
> 等待总是麻烦的。

在歌篾和四个商人的对唱里,对于肉欲带来的迷糊、撕碎、慌乱有很好的描写。即使何西何必不可少的规劝和教导,也不是僵化的。整首诗在轻灵活泼的行句间展示迷失、不安与回归,对于歌蔑的心理活动的微妙处把握得比较细致。商人、歌蔑和何西阿在语言的表达上各有不同的轻重和色彩,或肉体的焦渴、或情欲的迷乱,或贤人的道德感,令人不禁想起史蒂文斯(Wallace Stevens)在其《彼得昆士弹琴》(Peter Quince at the Clavier)一诗中的手笔。《圣经后典》记载,美女苏珊娜在花园里洗浴,两个长老偷窥她洗澡,动了淫念,威逼利诱要她就范,但她不为所屈,二长老诬陷她偷奸,最后先知以理明判,还了苏珊娜清白,二长老被处死。① 史蒂文斯在诗中第二、三节里,依情节的展开而施以不同的节奏,加以不同的乐器意象,对声色多有暗示,使这首诗成为他技艺高超的代表作之一。

李建春的《圣诞之旅》写的是耶稣诞生前后的事迹(《路加福音》1:26—38,2:1—21 记载了童贞女马利亚被天使告知要未婚生子耶稣,后来耶稣在伯利恒出生后被放在马槽里的事。《马太福音》1:18—25 记载了马利亚从圣灵生子,天使告知其丈夫约瑟事情的原委,但未有马槽一事的记载)。马利亚怀了身孕,因当时政府要做户籍登记,各人回到原籍登记,因此约瑟也带着妻子马利亚从拿撒勒上伯利恒,"他们在那里的时候,马利亚的产期到了,就生了头胎的儿子,用布包起来,放在马槽里,因为客店里没有地方"(路加福音 2:6—7)。情节是很简单的:约瑟带怀孕的妻子马利亚从北部加利利海的拿撒勒(纳匝肋)往南走,到耶路撒冷旁边他的老家伯利恒(白冷)登记,马利亚在伯利恒生了耶稣,因旅店人满了,只好把耶稣放在马槽里。看来没有多少发挥的余地。

在《圣诞之旅》里,按福音书的故事情节,木匠约瑟已经知道

---

① 张久宣译:《圣经后典·苏珊娜传》,商务印书馆,1987 年,第 303—308 页。

小回答

马利亚怀上的这个孩子是救主(马太福音1:21),马利亚自己也知道这个孩子是上帝之子(路加福音1:30—35)。因此诗中以约瑟("我")的口吻对"你"(胎中的耶稣)的对白和对"她"(马利亚)的描述,也就具有了一种戏剧性,或暗含了对话对象的独白诗的特征(想想白朗宁和弗罗斯特的独白诗)。

诗在细节上作了一些补充,如约瑟把拿撒勒微薄的财产分给了别人(其实只是外出登记),在伯利恒街道上想到少年时代(其实他可能只是祖籍在此),木匠工具(如墨斗很有中国特色),这些都无可厚非。诗以约瑟对作为救主的耶稣说话的口吻写出,带有宗教诗特有的因虔敬而来的庄重的语调,在节奏的控制上,与内容恰相吻合,相当到位。如果换了世俗的题材,则很难有这种虔敬和庄重,也就难以达到这种语调效果。且看前面第几节:

> 我已早早地收拾好谋生的工具,回到
> 她在纳匝勒的火炉边;给锯片松了弦,
> 把墨线晾干,旋回墨盒,小心地放好,
> 不担心斧头或凿子会生锈,任其自然。

> 所以我辞谢了最后一个主顾,一直
> 送到门外,我的心默默地抖颤,
> 或许下一个春季又开始平凡的真理,
> 但此前,我要一心奔赴神秘的喜宴。

> 他就在我身边,安静地卧在母亲怀里,
> 可爱的小人儿,为了跟上你,我从这一家

到那一家来回地忙碌,使出全身力气,
如今,你已大到要我默默地坐下,

默默地看,一切劳作都嫌太慢;
因为你已快了,所以我要静下来守候,
白天缄口不语,夜晚总在你面前,
警醒地听,热切地唤,为听你吩咐。

从第一节开始,每行大致定为六个音步,如:我已/早早地/收拾好/谋生的/工具,/回到//她在/纳匝勒的/火炉边;/给锯片/松了/弦,//把墨线/晾干,/旋回/墨盒,/小心地/放好,//不担心/斧头/或凿子/会生锈,/任其自然。相对于三音步或四音步,六音步节奏缓慢而庄重,加上每一行中间有两至三个停顿(逗号),在节奏感上与约瑟结束了木工活、将其视线转移到尚在母腹中的耶稣身上,并且思想凝重配合。可以比较蒲伯(Alexander Pope)的一些五音节的英雄体双行诗的节奏及其停顿。

押韵格式为 ABAB,加强了每一节形式上的整体感。难能可贵的是,全诗 340 行,几乎都押韵,但有时出于内容的需要,也不勉强,在韵式的处理上是比较自然的。

长诗与短诗在技术上的难度不同。短诗可以有感而发,一挥而就,浑然天成,长诗却必须讲究谋篇布局,将叙事和抒情、讲理结合起来,除了爆发力外,还要有长久的忍耐力。长短诗的区别正如一百米赛跑与马拉松的区别。新诗九十年,在抒情短诗上有许多成果,但在叙事性的长诗上,除了冯至、孙毓棠、袁水拍、海子等少数诗人外,成绩尚不可观。我个人认为,这两首宗教题材的诗《圣

小回答

诞之旅》和《何西阿书》可以列入优秀长诗的行列。①

有的评论者认为《圣诞之旅》这样的诗形式完美,但用在了宗教题材上很可惜。其实他们还不理解宗教诗的特质,宗教诗的题材是与其形式紧密地结合在一起的,比如这首诗,其所写对象(基督一家)要求作者在写作时有相应的虔敬、严肃和警醒(这样的诗歌品质在当代可说已绝无仅有了),在诗歌形式上要求有相应的音步、意象和情绪。而这是一般的世俗题材不具备的。比如一个诗人写酒吧、夜店等世俗题材时,很难想象他会用一种庄重的、缓慢的六音步诗去抒写,用一种虔敬的心态去对待。

挑战与问题

与任何信仰写作一样,作为一种载基督之道、缘基督之情的诗歌,基督教诗歌的写作也有它应当注意的地方。

表达自然化的问题

一个是,如果一个基督教诗人在生活上尚没有"基督化",尚没有将教理和恩典内化,而成为一个自然而然的东西,从而自然地在写作上表现出来,那么就容易出现"主题先行"的问题,这是一种"硬写",既不能打动人,也不能打动自己。我们看陶渊明和杜甫,诗如其人,他们的生活本就是任真自然,或有醇儒之心,下起笔来"道"便自然流露,不假强求。我相信在这点上基督教也有它自

---

① 以上引用的诗,鲁西西的出自《鲁西西诗歌选》(光明日报出版社,2004年),李建春的出自其自印集《个人的乐府》(2006年),阿吾的出自《基督教思想评论》第八辑(上海人民出版社,2008年),其余诗人的诗出自施玮主编《琴与炉》第一辑(中国广播电视出版社,2008年)。

身的传统,从旧约先知以来就有的一个传统,那就是恩典和圣灵的力量,这也是一种内化。① 我想对于接受了恩典的诗人,他们所写的就是他们的存在和生活,因此确实不存在主题先行的问题。

诗歌形式的问题

还有一个问题,就是要注意吸收魏晋南北朝时"玄言诗"和佛教偈子式的诗歌的教训。这些诗一般缺乏诗味,而更重教理,因此读起来干巴巴的。写这类诗的人一般是玄学家和佛学家,这也情有可原,他们只是用这种语言形式来传达其教理而已,但也有不少诗人卷入其中,那就使得其诗歌面目可憎了。陶渊明摆脱了玄学诗的干涩,在于他以其活泼真实的生命入诗,有着丰富的感性,这样更能达道。在我读到的一些基督教诗作中,有些诗人可能急于阐述教理,而走上了玄言诗的老路,让人觉得是在以分行的形式、牵强的意象来宣示教理,令人感到可惜。如果不能被人承认为"诗",未达到诗的水准,那么也就谈不上基督教诗歌了。

现代化的问题

西方基督教诗歌由于其心智的现代化转型,不再完全拘束于两千多年前的《圣经》意象,而实现了意境和技巧的现代化,这在由约翰·唐恩、霍普金斯、艾略特组成的一个长长的名单里可以看出。在同样以《圣经》作为诗歌来源之一的以色列诗人耶胡达·

---

① 布罗茨基在其"诺贝尔受奖演说"中说:"我们知道,存在着三种认识方式:分析的方式、直觉的方式和圣经中先知们所采用的领悟的方式。诗歌与其他文学形式的区别就在于,它能同时利用这所有三种方式(首先倾向于第二和第三种方式)……"布罗茨基认识得很清楚,在西方有一个源远流长的先知(往往也是诗人)受"默示"、得"灵感"的传统。布罗茨基:《文明的孩子》,刘文飞、唐烈英译,中央编译出版社,1999年,第44页。

小回答

阿米哈依那里,也能鲜明地看到这一点。阿米哈依将旧约意象与中东现代生活紧密结合,达到了传统与现代的融合,值得中国基督徒诗人借鉴。

中国基督教新诗由于处于发轫期,大多尚处于学习《圣经》语式的阶段,因此其作品常给人"古雅"的感觉不足为奇。但他们终究是21世纪处于急速现代化过程中的中国基督教诗人,如何在当代语境中利用鲜活的语言传达鲜活的体验,是摆在他们面前的一个挑战(如米沃什改写神学和神话如俄尔甫斯故事的做法便值得借鉴)。

创造性的问题

基督教的原理大致已被给定,诗人们还能否创新,有所作为?基督教诗歌是否是一种没有探险和发现的"安全写作"?我想基督教只是提供了一种基本的看世界的态度、方式和角度,它不能代替个人在具体时空中的具体遭遇和感悟,因此,诗人的创作由于其独特遭遇而能丰富和发展基督教本身,而其背后的基督教精神则给予了其诗作一种深度,而对于诗歌本身有所丰富,是一种双重的丰富。比如对于佛教之义理,王维、白居易、李商隐、苏东坡都能根据自己的生活而有所悟,并在作品中表现出来,从而对于佛教和诗歌两者都有所创造,而且他们的面目并不因为都采用了佛教的观世界法而趋于雷同,而是各有特色。基督教诗歌也是同理。尤其现代文化毕竟已不是中世纪,基督教世界观也在不断的调整变化之中,吸收现代文化的一些精华,有益于基督教诗歌的创造。反而一味重视"实验""探索""创造"的说法,是一种现代文学现象,而且是一种没有根的现代现象(古人如果要创造,一定会回溯到本源而反对时代潮流,返本而开新),没有价值依托,只着重形式和词语革命,也不能走得多远。超现实主义的布勒东之流又写出了什么呢?而且所谓"安全性",是站在现代主义的怀疑论立场上,它本身已是一种潮流和"安全"(无须经过挣扎和斗争而获得怀疑的权利),最后往往失去其怀疑的初衷,而走向为怀疑而怀疑,把怀疑当作信仰。

新诗本身的历史不长,还不够一百年,无论在类型、主题、技法,还是所载之道的选择上,都有非常广阔的"开疆拓土"的空间。一个有才华的诗人只要能够坚持下去,不随波逐流,把自己的个性自然流露出来,把自己的修养写出来,就能够自成一格。对于基督教诗人来说,他肩负着"道"与"言"的双重使命,也可以作出双重的贡献。

佛教自东汉入华,用了几百年才逐渐占据了中国文人心灵的一角[1],在王维、白居易、苏东坡这些诗人那里成为他们"治心"(以儒治世、以道治身、以佛治心)的指南。基督教入华虽然早在唐朝,但跟现代诗人真正关系密切的时期大致应从200年前新教入华算起(因为新教从欧美的近代经验出发,以各民族的日常语言来翻译《圣经》),即使考虑到全球化加速和信息革命,基督教世界观要在中国人心灵中"内化",像佛教世界观那样成为中国人心灵

---

[1] 佛教在中国文化中站稳脚跟可说是在南北朝时。除汤用彤先生的《汉魏两晋南北朝佛教史》外,另可参许理和著,李四龙、裴勇译:《佛教征服中国》,江苏人民出版社,2003年,尤其第四章讲到慧远的部分。慧远与陶渊明有交往,陶渊明虽"外儒内道",但对于佛教的基本教理也是了解的,并在其《形影神赠答诗》有所思辨。与陶渊明同时代的谢灵运(385—433)则深受佛教的影响。

小回答

的"习性"（habit），恐怕也还需要一段很长的时间。因此当代刚刚兴起的基督教诗创作，也许还只是一个开端，尽管一些诗人作品的成熟放在两百年中国现代化过程中来看，也是很惊人的一个现象。

二　世界观生态的现代变迁与基督教诗歌

西方"三分天下"的世界观生态

在古代，由于地理的分隔及交通的不便，各个地方的人们形成了相对稳定和独特的文化（其中宗教占了主导的地位）。希腊、印度、中东、中国形成了各自的文明体系。在每个文明体系内部，都有一个或几个占主流的世界观，它们之间有一种生态平衡般的张力，如中国有儒、释、道之间的平衡，西方则有基督教、人文主义、科学主义之间的平衡，它们相克又相生，成为一个整体。随着近代西方殖民主义和帝国主义东渐，其所固有的世界观也在近代民族主义语境中与中国传统的儒释道世界观发生冲突、激荡和磨合，导致中国人的世界观生态出现了巨大的变化。

西方思想渊源可说是"三分天下"：[1]一、由希腊自然主义演变而成的科学主义，用科学的眼光来解释一切自然及社会、人文事

---

[1]　这是一个公认的说法。如罗素在上世纪20年代初写《中国问题》时说："西欧和美国有着同样的精神生活，其渊源有三：（1）希腊文化；（2）犹太宗教和伦理；（3）现代工业主义，而工业主义本身又是现代科学的产物。我们可用柏拉图、《旧约全书》和伽利略代表这三种文化渊源，这三者直到今天都停留在各自分离的状态中。"见《罗素自选文集》，商务印书馆，2006年，第170页。

物。随着现代科学的巨大进展,尤其20世纪下半叶以来宇宙学、天文学的最新进展,使宇宙的来龙去脉获得了以往神话、神学、哲学无法获得的一些答案,使它们都变成一种"玄想"。自然科学有其适用范围,但科学"主义"将自然科学的方法扩张到人文社会领域,就多有不合理之处,如社会生物学以"自私的基因"解释一些社会生物的"利他行为"就是南辕北辙。二、人文主义,由希腊"人是万物的尺度",经笛卡尔"我思"和康德"哥白尼革命"确定人类主体价值,到尼采以个体我来观看世界,推翻基督教"上帝"而以自我重估一切价值,并摧毁了启蒙主义对于"人"的弘扬,导致现代虚无主义。实践上,法俄大革命堪称启蒙主义的现实化,而当代后现代之无价值标准是其结果之一。三、基督教,以神的眼光来看待世界,世界万物在神的计划里各有其位置,人的行为、伦理与社会实践,在神圣的创造中自有其意义。为迎接近代科学的挑战,适应现代文化,基督教神学在近代也一直处于变化之中,出现了基要派、福音派和自由派三种倾向。

宗教改革运动消除了教会中心主义,个人获得解释经典的权利,知识界逐渐转向人文主义和个人主义,其后思想界逐渐偏离传统的三一论而发展出独一神论(monotheism)(牛顿)、自然神论(启蒙主义者)、泛神论(斯宾诺莎)、不可知论(休谟)、无神论(费尔巴哈、马克思),最终是要重估一切价值的现代虚无主义(尼采的本义是要反他认为遮蔽了人的真实存在的柏拉图及其基督教版的"虚无主义",但他本身又引发了更深广的虚无主义),威胁到包括基督教和近代形而上学哲学本身的一切价值体系。但基督教即便在今日也依据政教分离原则,在西方民间占有支配地位(美国尤其明显)。

小回答

在当代西方思想界,尚是科学主义、人文主义和基督教三分天下,有一个平衡的思想生态,一个充满张力的思想空间。三方彼此辩难,促使对方深刻反思自己,同时提高了公众对自然和社会现象和问题的兴趣。如当代英美基督教哲学的代表人物普兰丁格就呼吁基督教哲学家力挺基督教价值在文化中的地位,并全面地对人文主义和科学主义(如以威尔逊为代表的社会生物学)提出反驳,为基督教辩护。[①]

普兰丁格曾数次来华,2009年6月刚来北大参加过"科学·哲学·信仰"的会议,发表论文"科学与宗教:冲突究竟何在?"一步步论证当代进化论与有神论信仰并非不相容,反倒是自然主义(不信有神,但自然主义本身已起到准宗教的作用)与进化不相容。该次会议亦邀请了哈佛、剑桥等英美最优秀的物理、天文学家来畅谈其宗教信仰与其科学研究为何不相排斥反而是兼容的。[②]按照我们长期接受的沿自法国启蒙主义和苏俄唯物主义教育,宗教与科学是冲突的,科学的发展必然导致宗教的消亡。但其实宗教与科学的关系是一种"剪不断,理还乱"的关系,不是可以遽下结论的。否则科学最先进的欧美早就应该是无神论世界了,但欧美绝大多数人还是有神论者(欧洲体制教会的衰落不代表有神论信仰的衰落),据1997年的调查,美国科学家中39%的人仍相信

[①] Alvin Plantinga, "The Augustinian Christian Philosophy", in: *The Augustinian Tradition*, ed. by Gareth B. Mathews, University of California Press, Berkeley, 1999. 亦见"Advice to Christian Philosophers", http://www.faithandphilosophy.com/article_advice.php,搜索日期为2009/6/6。

[②] 见该次会议论文集《科学·哲学·信仰》,会议时间为6月16—19日。2008年10月亦曾有数位自然科学方面的诺贝尔奖获得者在北大讲课,就物理学、天文学等与宗教(有神论)的关系作过探讨。

位格神的存在。"科学与宗教的对话"是当今西方学界的一个热门话题,90年代出现的相关文献是50年代的三倍,达到每年200多本著作。这可能是因为科学与宗教之间还有一种互相促进、互相激发和支持的关系,它们和人文主义一起形成了一个较为良性的思想生态。① 不仅基督教与另两方发生对话和辩驳,人文主义和科学主义之间也有冲突与对话,在孔德眼里,哲学跟神学一样也是一种过时了的东西,而柏格森则高举自由意志的大旗,对科学主义进行了反击。斯诺《两种文化》所说的人文学者和科学家的隔阂加深,这种分裂恐怕到了今天尤甚。人人持守着自己那个专业领域,以为最高真理,贵己而贱它,此是而彼非,画地为牢。但他们之间的对话、辩驳和交锋,倒也维护并磨尖了理性,使西方思想界始终保持了一种张力中的活力。相形之下,借助政治化意识形态打压被视为"落后迷信"的宗教及其他思想异端,只能导致心灵的闭塞与理性的荒漠化,出现精神生活的死寂。

中国近现代世界观生态大变局

如果将中西思想生态史作一个对比,用城市发展来打比方,则

---

① 伊安·巴伯(Ian Barbour):《当科学遇到宗教》(*When Science Meets Religion: Enemies, Strangers, or Partners?*)苏贤贵译,三联书店,2009年,"导论"。按巴伯的看法,关于科学与宗教关系,有四种观点:冲突、无关、对话、整合。关于这个主题的译著另有:安德鲁·迪克森·怀特《基督教世界科学与神学论战史》,广西师范大学出版社,2006年;R.霍伊卡《宗教与现代科学的兴起》,四川人民出版社,1991年;伊安·巴伯《科学与宗教》,四川人民出版社,1993年;罗伯特·金·默顿《十七世纪英格兰的科学技术与社会》(商务印书馆,2000年)则涉及历史上清教伦理与科学兴起的关系。

小回答

西方在五百年的现代化过程中,新思潮和新思想范式是以"新街区"、"新城区"的方式衔接、镶嵌在老城区中间和周围的,各种思想都基本能和平相处,得到保留,而中国在一百六十年"压缩式的""被现代化"中,则出现了"拆除老城建新城"、"不破不立"的现象。各种思想都倾向于以"原教旨"的"革命"面目出现,不能容纳也不能见容于其他思想。思想生态遭到了严重破坏。

明清天主教由于"礼仪之争"(涉及皇权与教权之争)而丧失在华发展的黄金期。晚清时,基督教骑在炮弹上飞来,被人们视为洋教,发展缓慢。就知识阶层的反基督教运动来说,晚清主要是从维护儒教正统出发的,其理据是儒教义理,甲午战争尤其是义和团事件后,大规模留学运动兴起,新知识分子或在欧美或经日本[①]接触到西方现代人文社会科学,其眼界已与晚清康有为一辈经过传

[①] 我们大抵可以将日本明治六年(1873)由森有礼、律田真道、福泽谕吉、西周、中村正直、加藤弘之、箕作秋坪、西村茂树、杉亨二等人所组成的"明六社"及《明六杂志》视为中国五四一代及《新青年》的"预像"。就是说,日本的"西潮"要比中国早了约四十多年。关于日本现代思想与学术的兴起,以及日本"洋学派"、"国学派"(神道教)、"汉学派"(以及佛教)的竞争,可参严绍璗《日本中国学史》第一卷,江西人民出版社,1991年,以及李庆《日本汉学史》第一卷第一编,上海外语教育出版社,2002年。总体来说,日本现代化从一开始就注重西学中文化与制度的层面,而不是如中国洋务派那样只知学习制船造炮技术。日本"洋学派"对儒家的全面批判,可从福泽谕吉的《劝学篇》(1872)和《文明论概略》(1875)见到一斑,早了陈独秀、胡适、鲁迅四十年。奇怪的是,由于天皇制未倒,以及在教育中对传统的重视,儒学、佛教传统在日本一直没有断绝。而在中国,保守派的顽固换来的是革命派的激进,最终对自家传统在观念和制度上的全面铲除,从辛亥革命到新文化运动再到"文革",可以视为一个完整的轨迹。对比两国基督教的发展状况也能看出其文化后果。日本由于传统思想得以保留,以皇权压制了基督教,迄今基督教在其人口中比例才约2.5%。

教士之手接触"西学"①不同,其反基督教的理据逐渐转为"科学"。② 1905 年废除科举和 1911 年清帝逊位,标志着统治中国两千年的儒家道统政统学统的断绝。与上一辈知识结构大为不同的新一代知识分子开始成长,五四正是这一代世界观在历史情境中的爆发。③ 非宗教思想、无神论由欧美传来,新知识分子视西方基督教和本土宗教为迷信,这在"非基"运动和"科玄论战"中表现明显。④ 新知识分子在引进西方思想时只重现代思潮,以"科学"主

---

① 如晚清维新知识分子接受西学因个人经历不同而很不同,除严复、容闳、何启等极少数人曾外,大多不谙外文,他们多经由传教士的译著来了解西学。参见汪荣祖:《论晚清变法思想之渊源与发展》第三节,《晚清变法思想论丛》,新星出版社,2008 年,第 72—82 页。新教自由派传教士"以学辅教",一般持宗教科学非冲突论。参见丁韪良:《花甲忆记》,广西师范大学出版社,2004 年;王文兵:《丁韪良与中国》外语教学与研究出版社,2009 年;李提摩太:《亲历晚清四十五年》,天津人民出版社,2005 年。由于儒教其时尚居统治地位,自由派的进路一般是"孔子加耶稣",以"补儒"来"超儒",对于佛道和民间宗教,则是以科学破除之。当然具体到个人有些不同,如李提摩太对于佛教的态度是温和的。

② 列文森观察到,"在 17 世纪,中国人是把基督教作为一种非中国传统的东西加以反对的。但到了 20 世纪,特别是第一次世界大战后,中国人反对基督教的主要原因,是由于它的非现代性。在前一时期,基督教因为不是儒教而受到批评,这种批评是中国文明所特有的。在后一阶段,基督教因为不是科学而遭到抨击,这种抨击来自于西方文明"。见约瑟夫·列文森:《儒教中国及其现代命运》,广西师范大学出版社,2009 年,第 103 页。与此相应的是,新儒家和佛教复兴者为儒家和佛教的辩护理由也是"理性"、"科学"和"民主"。

③ 关于五四一代思想断裂的知识社会学研究较多,最新的可参杨琥:《五四新思潮倡导力量的形成与聚合途径初探——以〈甲寅〉、〈新青年〉撰稿人为中心的考察》,载《开放的文化观念及其他:纪念新文化运动九十周年》,北京图书馆出版社,2009 年。

④ 杨天宏:《基督教与民国知识分子:1922—1927 年中国非基督教运动研究》,人民出版社,2005 年,第二、三章。少年中国学会与法国无神论思想的传入引人注意。罗素这位著名的反基督教分子 1920—1921 年在华的演讲,也为中国知识分子的争论出了力。关于科学主义在现代中国的传播,见郭颖颐《中国现代思想中的唯科学主义(1900—1950)》,江苏人民出版社,1990 年,他将唯科学主义分为唯物论的和实证论的两种。

小回答

义这把双刃剑既切除了基督教,也切除了自家传统(打倒孔家店,非基,非宗教),他们虽然自身没有多少科学素养(当时反而教会大学及其学者科学素养深),但在激越的民族主义和革命情绪中,"唯科学主义"占据了话语霸权,导致随后几十年思想双重的生态失衡。① 唯科学主义和人文主义在失去了天敌的环境中生存,有些反常地发展,变成了一种信仰,而不容反思和批评,这与生物界的生态失衡相似。在许多事情上本来儒释道是可以与基督教互相支援的,比如它们都注重人和自然的超越价值,不会受唯科学主义的裹挟而肆意妄为。尽管如此,1949 年前在普通民众层面,中国本土的宗教和基督教仍然相生相克,尚维护着一个宗教生态的平衡。

1949 年后,作为信仰和教条的唯物论和作为反科学的"唯科学主义"通过国民教育成为中国人压倒性的世界观。三十年的无神论教育和反传统教育,不仅基督教,所有其他宗教和世界观都遭到边缘化,几代人对于本国传统文化和西方文化都缺乏全面深入的了解。如果不了解这个思想和教育背景,我们便很难理解为何今天中国呈现出如此的精神风貌,而诗歌写作竟然是后现代、肉体主义横行,这即使在后现代的发源地西方,也没有如此兴盛。因为在西方,这种新兴的小思潮始终要受到其他思想的制约和制衡,不会一下子就放大成为很多人的思想和生活实践。

---

① 颜炳罡教授在其一本小书《心归何处:儒家与基督教在近代中国》(山东人民出版社,2005 年)中,从新儒家的角度对中国近代史上儒耶关系作了一个宏观的解读,认为近代史上由于新教入华想取儒家地位而代之,结果导致两败俱伤,最后被马克思主义取代。他倾向于将西方视为一个整体,而其实西方基督教当时在其本土已遭受了人文主义和科学主义的双重夹击(如罗素和赫胥黎)。1920 年代非基运动前,法国启蒙主义式的无神论便已传到中国,在后来的科玄论战中,法式无神论是重镇之一。

新时期基督教的发展

当代诗人归入基督教的原因,有宗教上的一般原因,也有基督教的特别原因。

宗教上的一般原因是,在一个正常的社会里,人们总会有多元的宗教上的、灵性上的需要,改革开放后社会渐趋于正常,无神论教育虽在继续,社会陷入信仰真空,于是各种宗教的信徒都在增多,诗人们自不例外,因此出现有佛教的、道教的、基督教倾向的诗人,这都只不过是在恢复社会平常的状态而已。

基督教的特别原因则有很多。如果与晚明和晚清的传教环境相比,当代基督教已没有了以前最大的几个传教障碍:儒教作为制度早已彻底消失了,士大夫为卫道而攻击基督教的行动没有了;释道和民间宗教被当作封建迷信扫除了;引起"礼仪之争"的传统礼仪普遍不被遵守了(而且基督教对此已作了调整),因此本土宗教的制衡淡化或消失了;同时,国家独立后,基督教早已"三自",洗掉了洋教色彩,成了国人自己的一个宗教(吊诡的是,一些人信教反而是冲着洋味去的);国家早已屹立于世界民族之林,向着大国崛起,谈不上有什么帝国主义和殖民主义威胁(反倒是西方兴起了中国"威胁"论,视孔子学院为文化渗透了)。同时,与晚清民初儒教消亡给思想自由和混乱留下了极大空间一样,改革开放结束了"文革"极"左"的意识形态,扫除了儒释道的源于启蒙主义的政党信仰破灭了,因为人们认识到,无神论在"文革"中反而造就了对人民大救星的狂热崇拜。

面对同样的环境,各个宗教反应的模式不同,积极主动地迎接

小回答

挑战的模式发展得快,消极被动的就发展得慢。在外部环境上,中国这三十年赶上了"全球化",其时各大宗教都在利用交通、交流和资讯的空前便利加速传播,如佛教、伊斯兰教在欧美也传播得很快。基督教本来就是世界最大宗教,目前在第三世界的信徒人数业已超过欧美,已摆脱"西方宗教"的绰号,而成为一个"南方宗教"。① 其在中国传播得快也是自然的,尤其是新教。这跟它在传统的建制之外,以小群、熟人间方式传播的灵活性有关。

新时期以来的基督教文化热里,一些"文化基督徒"和基督教研究者②侧重于介绍和翻译基督教文化经典,可以说是在补课,是在做正常社会本应该做的事,以便于我们平衡地、宏观地了解西方的思想源流。"第三次鸦片战争"(指1980年代关于马克思"宗教是人民的鸦片"的不同解释)、韦伯热、基督教热,使人们认识到西方文化的深层动因。基督徒诗人们应当从此中得益良多,一些人就是在这个基督教文化热的小环境中成长起来的。

新的挑战

但传统障碍不复存在,并不等于没有新的挑战。这些挑战中,一个仍是来自西方内部,即世俗化。在西方,五百年现代化进程也是一个世俗化的过程(它与科学、人文主义也密切相关),欧洲基

---

① 可参 Philip Jenkins, *The Next Christendom: The Coming of Global Christiainity*, 2002年。另可参彼得伯格等著,李骏康译:《世界的非世俗化:复兴的宗教及全球政治》,上海古籍出版社,2005年。

② 如刘小枫、何光沪、卓新平、许志伟、杨慧林等人做了大量的翻译、著述、主编丛书的工作。1988年刘小枫《拯救与逍遥》一书对学界有很大的影响。

督教衰落得很厉害,在英国这样的国家基督教在文化层面已开始边缘化(一些传教士甚至喊出再福音化英国的口号),在美国据说已分为"红""蓝"两个美国。小布什执政八年,严重透支了福音派的信誉。至于在思想界,基督教影响犹存(即使反基督教的思想也往往在思维模式上与基督教一致,且西方基督教看待非西方世界总免不了根深蒂固的基督教文明中心主义),且在与其他思想流派进行搏斗,如在宗教哲学和一系列伦理价值上的搏斗。甚至在一些最新的科学研究如宇宙学中,人们发现神学并不像以往认为的那么荒谬。① 但在神哲学和宗教哲学领域,百年来经由实证主义、存在主义、实在论和非实在论一系列思想运动,传统的神学世界观屡经破坏,显然问题重重,需要出现新的神学类型迎接挑战。

一个挑战是其他宗教的复兴,如佛教和伊斯兰教。台湾的基督教一直人数不多,这跟佛教和民间宗教强大很有关系。

还有一个跟民族主义有关。古代中国有"天下"观念而无"民族"观念,近代西方民族国家侵略中国,遂激发出中国人的民族主义(nationalism),以作应对。这在将来也仍旧会构成一个挑战。

为何基督教在西方世界,在与现代人文主义、科学主义的竞争中相对衰落,却反而在南方世界兴起?除了宗教传播方面的原因外,这里面是不是跟南方世界本身科学主义和人文主义不够发达、而基督教对传统宗教作了"创造性转换"有关?(科学主义与科学不同,它与基督教冲突。)它跟将来中国基督教能否大跨度发展,

---

① 最新的比如天文学家罗伯特·加斯特罗的《上帝与天文学》,宁夏人民出版社,2008年。

小回答

以及会发展出何种类型的基督教密切相关。

基督教提供了一个完整的世界观

现代社会是一个越来越祛魅的社会,现代人的生活也越来越碎片化,各领域自行其是,失去了其存在的深度和整体性。而基督教和其他宗教一样,为人们提供了一个赋予世界和生活意义的价值观体系。现代诗在外面被边缘化的同时,里面也越来越碎片化和无意义化,以内在的混乱来抗拒外在的混乱,显然不是出路。

基督教在犹太教基础上发展而出,吸收了希腊哲学的有益因素,后来又对伊斯兰有影响,在西方自有其特长。与东方宗教相比,基督教神学在深度上涌现过奥古斯丁、阿奎那、巴特这样的思想家,其在从罪苦、存在、自由到心灵哲学问题上的探讨丝毫不亚于印度教(商羯罗)、佛教(中观、唯识宗等);在广度上基督教涉及从创世到治世到治心的一切主题(而东方宗教多为境界型宗教,一般回避了创世的问题,这一方面减少了它们与现代科学的冲突,另一方面也削减了其提问的广度,现代科学为何从基督教世界发源,与创世问题一直纠缠着基督教世界的头脑有关。很难设想一个对创世问题不感兴趣的文化会探索世界来源)[1];从厚度上和丰富度上说,基督

---

[1] 基督教因其创世及末世论,一定会关心宇宙及人类的整个演化问题,而整合自然科学知识。它曾将托勒玫天文学和亚里士多德物理学吸收进其宇宙观,由此导致与近代科学的冲突。但这冲突引发人们对这些问题的强烈关注,带来强劲的求知动力、兴趣和热情,却是无疑的。作为反照,(冯友兰说)中国传统的儒释道只关心人的道德修养,不需要科学,可以在一定程度上解释为什么现代科学没有在中国而在基督教文明中出现(当然,科学在基督教文明中出现,除了动力、热情外,尚需要一些思想预设,如上帝所造的世界是有规律的且是可认识的,以及数学工具、实验手段、社会支持等)。与此类似,当佛陀的一个弟子问他宇宙有边还是无边时,佛祖说他只关心人的解脱,因此这个问题没有意义("无记")。

教对于神性、人性、时间和空间、历史,都有着深厚的价值观,不是一般的世俗的思潮所能比拟的。

基督教对于反讽、悖论的注意,本身亦带有现代哲学和诗歌的特征。如旧约中上帝对约拿的幽默处置,对约伯提问的回答,神学中关于上帝的显与隐的矛盾的讨论,所有这一切都为诗人们提供了类似于想象但又超乎于想象的深广的多维空间。就作为一种信念体系而论,基督教并不比唯科学主义、怀疑主义更值得怀疑。

新诗的产生与价值虚无

中国新诗出现的前后有几件事值得注意,与其品质有密切关系。一是1905年废除科举和1911年帝制形式上瓦解,儒家经典不再成为中国文化的"经",道政学三统俱灭①,此后知识界竞相引入川流不息的西方近现代思潮,而对其学术之源泉缺乏深入了解,在对中国传统的解释上,亦重构出先秦诸子,思想进入空前自由、多元的时代。二是在白话文运动之前,世俗文学中早已出现白话文或近似白话文,如《红楼梦》,新教传教士从西方人的传教经验及现代民族语言观出发,以白话文(官话)翻译中文《圣经》②,它们

---

① 西方基督教则因政教分立和分离的传统,而在民间保留了实力,不因政局变动而灭,而成为一般人民的稳定的价值系统。尽管偶有例外(如法国大革命之"灭教"),但总体来说,西方基督教在现代世界维持了其从组织到思想的独立性。相形之下,"新儒家"就只是失去体制依托的思想遗老,1949年后更在海外"花果飘零"了。

② 近来有些基督教学者强调《圣经》翻译对于白话文运动的贡献,但有时过于夸张和片面。其实以白话文、官话写作的,在当时除了话本小说外,远不止于《圣经》中译本,甚至宋明理学(如朱熹、王阳明)中的语录体都是用白话写作,十分贴近生活,已非传统意义上的文言体。五四前梁启超之"新文体"即已风靡一时。五四后的文学史写作中独标古代世俗文学、大众文学,一个重要原因就是它们用了生活语言,而与旧体诗词不同。

小回答

或间接或直接地会影响到白话文运动。三是白话文运动的提倡者也正是传统的怀疑者和推翻者,如胡适①、陈独秀②、鲁迅③等人,他们出生于旧时代,熟悉经学但反经学,多有留学海外的经历,学习新西学但反旧西学(学的都是当时西方流行的叔本华、尼采④、实证主义那一套,它们本身都是反对基督教的),导致新诗一开始便与反中西传统价值相连。⑤

---

① 胡适1917年1月在《新青年》(2卷5期)上发表"文学改良刍议"说,新文学须言之有物,"吾所谓'物',非古人所谓'文以载道'之说也。吾所谓'物',约有二事。一为情感,二为思想"。胡适后来写的《白话文学史》可以说是从历史叙述上对传统雅文学史的颠覆。

② 陈独秀1917年2月在《新青年》上发表"文学革命论"对胡适"文学改良刍议"表示声援,他在说了今日欧洲能有今天之成就乃因为宗教、政治、首先、文艺各方面都发生了革命后,谈到中国也要有文学革命,"吾人今日所不满于昌黎(指韩愈)者二事:一曰,文犹师古……二曰,误于'文以载道'之谬见。文学本非为载道而设,而自昌黎以讫曾国藩所谓载道之文,不过抄袭孔、孟以来极肤浅极空泛之门面语而已。余尝谓唐、宋八家文之所谓'文以载道',直与八股家之所谓'代圣贤立言',同一鼻孔出气"。陈文最后所列出的他所爱的楷模,全是卢梭、雨果、歌德、康德、达尔文、王尔德这些西方现代文学家和哲学家。

③ 鲁迅1918年5月在《新青年》(4卷5期)发表《狂人日记》,在其笔下中国五千年历史成了一部"吃人史"。1927年鲁迅在《野草·复仇(其二)》论及耶稣被钉十字架,将耶稣视为"人子"。

④ 一个有趣的佐证是,传教士李提摩太说蔡元培"在德国完成了学业,吸收了尼采的错误理念,认为军国主义是最正确的理论。1914年,这位政府官员(指蔡元培)在上海做讲座,宣称对人民来说,宗教是最不需要的东西",《亲历晚清四十五年》,天津人民出版社,2005年,第339页。蔡元培"以美育代宗教说"众所周知,尽管美育缺乏宗教的力量而且事实上也没能取代宗教。

⑤ 当时年轻一辈的新思潮可分为倾向马克思主义的激进派,如陈独秀、李大钊,倾向英美哲学(可列入科学主义名下的杜威实用主义、罗素实证主义)的温和派,如胡适,倾向美国新人文主义的梅光迪、吴宓(其师白璧德实属人文主义,以人文代宗教,而与传统基督教有异)。无论激进还是温和、保守(三者间还有激烈论战),都属西方"新学",而非基督教。此与康有为、李提摩太时代已有很大不同。关于学衡派的最近较好的研究,见张源:《从"人文主义"到"保守主义":〈学衡〉中的白璧德》,三联书店,2009年。

所以五四运动从一开始就是"反经"和"无经"之运动,而跟明清之际基督教东来时融合儒耶经典、以科学辅传教完全不同。五四的"失经"是双重的:胡适、鲁迅那一代知识分子,学到的是现代西方思潮(启蒙主义以来的),它本身已是反对基督教之经的产物,所以他们对基督教持现代主义的态度;他们既已从现代西方思潮学到了一副怀疑传统的眼光,则用来针对自己的传统时,便是疑古、反古,对儒释道持批判的态度。于是由西学学统中的古今之变,经留学运动而产生"以西解中""汉话胡说",从而导致中国学统中的古今之变。说中西问题为古今问题,既对也不对。因为就西方来说,确有古今之变,但就中国来说,则既有中西之争,又有双重的古今之变,是一个"奇难杂症"。相形之下,西方单有古今之变,其变化要单纯得多。

作为从旧学中反叛出来的"新文化运动"的集中表现,新诗从一开始就最能体现其内容上的"解放"和形式上的"白话文"化,其内容和形式的结合是内在的:内容上,以自然情感①和新来的西学②(西学也是现代主义的西学,不是旧西学)反叛旧礼教,反叛孔

---

① 可以想象,传统诗歌中"诗缘情"一派得到了重视和发掘。在当代,既已几无"言志派",则只剩下一些描述生活情感、小情绪乃至下意识了。1980 年代初"三个崛起"针对假大空的革命浪漫主义和革命现实主义提出了对于作为人的真实存在的日常生活的关注,但在后来的演化中逐渐丧失了对于"理想"(道)本身的坚持,而经由日常生活派和口语诗,一路发展至今天的后现代式混世主义,是其逻辑必然。

② 比如,还在新文化运动兴起之前,王国维就已译介、提倡康德、席勒等人的"游戏说",强调文学的非功利性和审美愉悦,而一反"文以载道"的中西旧传统(康德、席勒本人属于现代西方人文主义,因此他们的思想中也有矛盾之处,如席勒一方面反对传统的文以载道,另一方面实际上又承认文学的培养新人的作用,即认为文学应有社会功能),开现代中国美学史上的"以审美代宗教"说之先河。

小回答

孟及其他旧传统,抛弃以往之"经"和"道",斥之为虚妄;形式上,以下里巴人的白话文反叛千百年来的文言文和诗词曲。《女神》和《蕙的风》能风靡一时,正因其与新文化运动精神合拍。新诗从一开始就是反叛传统的产物。但能否在"破"的基础上"立"出一代"新人",则尚是个疑问。

既已失经,则从胡适开始,新诗的精神气质便多是儒家之外的、转译的现代思潮,浪漫主义(郭沫若、汪静之、徐志摩)、象征主义(李金发)、唯美主义(邵洵美)、现实主义(艾青),现代诗人几乎都成了外国诗人或诗潮在中国的代理(如冯至、卞之琳、穆旦背后都有里尔克、歌德、艾略特、奥登等人的影子),每一个潮流都只能各领风骚三五年,价值观漂移不定,随政治环境而转变(这从1949前后几乎所有诗人诗风转变就可看到)。[1]

在语言上,传统诗律既已抛弃,对国外诗律又学习不够(如波德莱尔等现代派的诗诗律严谨),新格律虽有新月派作过一些尝试,但从总体看,汉语新诗是自由体的世界。这导致在形式上,新诗总体上与散文趋同,而于新律不太关心。许多诗去掉了分行便与散文无异。

胡适一代尚处于新旧交替时代,他们本人的旧学根底深厚,又大多在西方留学过,因此对于中西古今传统尚有亲身的理解,但数代之后,经过国家教育持续而全面的革命,至1970年代末成长起

---

[1] 诗歌界只是整个中国知识界失经的一个例子而已。作为新儒家的代表人物,牟宗三对于五四以后哲学上的游谈无根、对中西均不了解的现象有极为严厉的批评,其在《时代与感受》、《五十自述》等著作中多有谈及,对北大、清华、中央大学哲学系引进西潮的哲学家(如胡适等人)对于西方哲学了解之肤浅,批评得尤多尤深。

来的一代人,已全然"不中不西",既没有传承中国传统,又没有学到西方传统,只有一个革命传统。① 这导致了在"文革"中年轻人(如"今天"诗群)只要能读到几本转译的内参书,写几首仿作,就足以傲视同辈,高出同侪,那一两代诗人实为百年间我国学术功底、思想视野最贫乏的一代,但这不是他们的问题,是时代的问题。

由此可以理解为何改革开放初期人们会"如饥似渴"地学习一切,出现了"狂热"的"文化热",因为那时实在是太贫乏了,也可以理解为何一时出现了与五四后相似的思想盛况:②旧经既毁,新经难定;信仰真空,诸神出场;百家齐鸣,思想多元;轮番上阵,各领风骚;精神虚无,在所免难;普世宗教,适应社会;偶像粉丝,小众团体。

反映在新诗上,诚如一些学者所注意到的,就是新时期新诗出现了在思想与形式上跟五四后新诗演变的"对应性特征"。③ 封闭社会走向开放,国门敞开,视野大开,原定于一尊的写作套式被突破,出现了探索不同写法的空间。这主要与两次思想运动的历史情境、诗歌写作的环境相似有关。新时期诗人在学习西方古今写法的同时,也能够探索民国诗史,重温白话诗运动以来前辈们已有的成就以资借鉴。

---

① 其"文"所载之"道"可以毛泽东《在延安文艺座谈会上的讲话》(1942)作为标志。

② 关于"五四一代"与"四五一代"这两代人之间的异同,可参刘小枫《"四五"一代的知识社会学思考札记》,见《这一代人的怕和爱》,三联书店,1996年。

③ 张桃洲:《中国新诗的对应性特征》,《现代汉语的诗性空间》,北京大学出版社,2005年。张文考察的是上世纪40年代与90年代一些诗人在心境、写法上的相似性。其实放宽了看,20世纪二三十年代与80年代之情感性写作、模仿式创新写作也未尝不相似,此与两个时代的历史情境之相似有关。

小回答

但如上所说,一个很大的不同是,五四一代吸收西方现代思潮时,尚有旧学底子①,但新时期诗人则几乎是对"家学"一无所知或隔膜很深的情况下(部分是受了五四以来批古疑古的影响),跟全球化汹涌而来的西方世俗文化"接轨"的。古典教养在西方也已衰残,但尚在宗教生活和大学建制中得以部分保留,在中国则可以说奄奄一息了。由此可以理解,为何大部分当代中国诗人与现代中国诗人相比,虽在技法上有所长进(因为这是容易学的),但在精神气质上难得超越。剥掉词语游戏和一些小感觉外几乎剩不下什么(当然,这不排除个别诗人达到了相当高的综合水平而超越了前辈,这有赖于个体的努力)。

诗人归入基督教的思想上的可能原因

作为一个亚文化"小众",诗人对于各种思潮、价值观、倾向有着先天的敏感,实验形形色色生活方式的都有。一些诗人有感于时下诗坛的混乱,而寻找信仰并找到基督教,在动荡不安的怀疑、虚无之海里找到方向和舵盘。其内在的原因可能是:

一、基督教为其个人生活提供了指针和意义,为其行为提供了伦理支撑,为其心灵带来了喜乐和平安,为其社会生活带来了健康的交往形式,为其对于公义和爱的诉求带来了力量和倚靠,而这是

---

① 如陈独秀(1879—1942)、鲁迅(1881—1936)、胡适(1891—1962)青少年时都尚在传统读书法的笼罩下。1905年科举制废除后成长起来的知识分子,对于"旧学"的修养可以说是一代不如一代。卞之琳(1910—2000)小时因个人的原因学过私塾,到穆旦(1918—1977),就如王佐良所说,对于中国古典彻底地无知了。

别的世界观系统难以为他们提供的。①

二、与此相关,基督教为他们的写作提供了意义,为他们的写作行为本身赋予了意义,为他们作品的内容和形式的完整性提供了基础,从而避免了碎片化的无意义写作和无厘头的意义稀薄写作。西方基督教诗人的杰作,无论在结构的复杂,气度的宏伟,视野的开阔,思想的深邃,还是在技法的熟练上,无疑都为他们提供了典范和标准,而不为当前零碎化的诗潮所迷惑。

三、对于一个诗人来说,最为重要的是观看世界的角度应当具有独特性,而基督教在汉语诗歌中恰恰能够提供以往中国诗歌欠缺的超越的角度,从而在普通的词与物之上加添了一层光辉,这使得其诗具有区别于普通诗人的特质。如果说普通诗人的观物角度是二维的,那么宗教诗人则是三维的,基督教尤其如此。无论在对社会、个人还对心灵、事物的看法上,基督教信仰都使诗人获得了一种距离,一种立场,一种"观点",而看到别人难以看到的存在的侧面。我想也许对于一些诗人来说,是这一点使他们对基督教着了迷。

当然,在实际的生活和写作中,诗人都是难以被一种世界观归类的。他们虽然多因性格的原因(性之近)而在思想上倾向于某一种宗教,但生活的实际总会使他们有超出观念之处。比如陶渊明、杜甫就很难说是纯粹的道家诗人或纯粹的儒家诗人,而是各种

---

① 如诗人鲁西西在《你是我的诗歌》一文中描述了她皈依基督教前后的生活与写作的变化。见:http://www.zgyspp.com/Article/ShowArticle.asp?ArticleID=7183, 2009年6月7日搜索。再如李建春《一个诗人对天主教信仰的体会》,见:http://www.poemlife.com/Wenku/wenku.asp?vNewsId=682,2009年7月16日搜索。

小回答

因素都有,这只能是说存在先于本质,人性高于教性,生活是长青的而理论是灰色的。① 他们通过突破教条而丰富了教理。

基督教诗歌的远景

尽管基督教文学在现当代中国已有了一点积累,但我们很难夸大它的成就。作为文学,人们会用一般文学的标准来要求它。作为基督教的,它又必须向但丁、陀思妥耶夫斯基这样的最伟大的作家看齐,不能沦为一般的文学。以此理想来衡量,中国尚没有出现基督教杰作。

但这不表明中国基督教文学(包括诗歌)就没有意义。其最大的意义,就是基督教世界观在思想上丰富了中国人的心智(mind),在情感上丰富了中国人的心灵(heart),使他们的人性更为全面和深广。一个宗教能经千年而不坠,必定有它人性上的原因。正如佛教进入中国后,提供了新的汉语词汇及其背后观看世界、理解人生、解决问题的方式,产生了许多伟大的作品(除禅诗外,像《西游记》、《红楼梦》这样的小说都与佛教有深层联系),这

---

① 袁行霈在其《陶渊明的哲学思考》一文中说得好:"他(陶渊明)既熟谙老、庄、孔子,又不限于重复老、庄、孔子的思想;他既未违背魏晋时期思想界的主流,又不随波逐流;他有来自个人生活实践的独特的思考,独特的视点、方式和结论。这才是陶渊明之所以为陶渊明的地方。"在考察了陶渊明诗中"自然"、"真"、"天"等几个关键词后,袁认为陶的自然哲学给了他的诗:(1)一种异乎寻常的慧眼,能从普通事物中看到别人看不到的理趣和真谛,情、景、事、理浑然一体;(2)给了他一种超然悠然的心境,他的诗"仿佛一团火包在冷隽的语言里,自有一种悠然的力度和透彻的力量";(3)使他把写诗本身看淡了,全无刻意经营之匠心,写诗只为"自娱",纯发乎天然。见氏著《陶渊明研究》,北京大学出版社,第1—25页。近年来从存在主义等西学角度研究陶渊明的亦不乏其人,如哲学家张世英《天人之际》(人民出版社,1995年)中专辟了一章"海德格尔的形而上学与陶渊明的诗"。

些作品熏陶和深化了我们的人性。在西方业已产生诸多伟大思想家和文学家的基督教，在中国也更可能在文化和文学上结出硕果。

基督教在中国快速发展，人数可能已有一亿[①]，在人口中的比例在7—8%之间。照目前政治、文化、经济、宗教生态等各方面的特定环境，基督教可能还有很大的发展空间。可以看到，无论是10%还是20%，基督教都将成为社会生活中的一支重要力量，对未来中国文化的发展将产生不可估量的影响。随着基督徒人数的增多，从事哲学、神学、文学、诗歌、艺术创作的基督徒也日益增多，他们会带来一种怎样的气质和动力？在诗歌上，会呈现出怎样的区别于时风的精神风骨？我们现在可能还只是看到了一个小小的开端，未来的时间自会展现它无限的可能性。

（发表于《新诗评论》2009年第2辑，总第十辑）

[①] 众所周知，中国基督徒的人数统计一直是笔糊涂账，各方估计相差很大。于建嵘《为基督教家庭教会脱敏：2008年12月11日在北京的演讲》（http://www.dxcxa.cn/information/%D1%DD%BD%B2.html）根据各种数据和做过的一些调查地点基督徒所占人口比例估计，基督教（新教）总人数约有六七千万。如果我们加上天主教及一些小教派，则广义的中国基督教徒现在可能接近一亿，占总人口（以13亿计）比例约在7—8%左右。

用典与新诗的历史纵深问题
——维庸和聂绀弩

一

这两年读过的诗集也算不少,唯有维庸和聂绀弩是我的最爱。维庸虽然久闻其名,但一直缺乏中译,而杨德友先生的译笔,真算得上出类拔萃。以前只读过杨先生译的神学与哲学著作,印象不是特别深刻,未料到他本是学文学出身,所译维庸竟能深深地吸引我。这次为写维庸,我把这本译诗集随身携带,竟至于从北京到香港,又到广东再到河北,"兜率天"了一圈。我未见过杨先生其人,但从译笔之洒脱谐谑来看,当是与维庸有同等的才华。译者定要与原著"同频""共振",才情仿佛,宛如棋逢对手,经一番美妙的"邂逅"方能产生佳作,确是的论。非郭宏安不能译加缪的《局外人》,非戴望舒不能译亚默和洛尔迦,可惜这种"相遇"那么稀少,真跟死去活来的爱情一样稀罕神秘。

维庸诗的好处一言难喻,我想到的只能道出一二,大抵是情绪的复杂性,或"纠结性"。后来法国文学和哲学的那种人性乃至粗野放荡,从拉伯雷的肉身狂欢到萨特的那种恶心,都似乎在这个法国文学的一世祖那里初具规模了。评论家、诗歌史家和思想史家，大都着眼于维庸的其他妙笔，比如他对中世纪"死"的终结，就是将神学中天堂地狱的想象对于"死"的缓冲阀拔除，而一头撞到"死"的怀里，跟"死"面面相觑，一了百了——"但是，去年的白雪如今安在？"上帝的终结意味着人的开始，维庸竟终于举了文艺复兴的人文大旗了。其实，倒不如说他跟孔夫子的方法论相近，不知人安知神，未知生安知死，他尚未否认神的存在，只不过是将兴趣放在人的一端罢了。他尚未否定集体生活的方便，只不过是屈从于个性的落拓不羁罢了。

维庸的情感纠结性何在？在平静时回忆激烈，在惨淡时怀想极盛，以吊儿郎当的腔调忏悔真心的罪过，苦涩时嘴角的甜味，带着哭腔去笑，大笑着抹眼泪，带着嘲讽去尊敬，在绞刑架上做圣徒……这类"情感佯缪"的极致就是，千感合一，万情一体，笑即泪，苦即甜，神圣即亵渎，粗鄙即精致，浪荡即真挚，黑色幽默即白色纯情，抵达了佛教大乘"圆融"的境界——这本是一个极好的现象学课题，足够胡塞尔用类似于中世纪亚里士多德主义的笨重的现象学术语吭哧吭哧描述半天而无法"还原"出其"本质"。

维庸这种不乏邪劲的魅力，我们最好不要把它当作一门技术来看，并将之山寨化复制。现在的风气，喜欢把艺术还原为技术，把政治还原为行政，把境界拔低到环境，把胸襟解剖为乳房，把经验交还给词语，用词语来搭建巴别塔，而忽略词语后面的人，仪文后面的圣灵，快刀后面的庖丁，操作诗歌的诗人，那个活泼泼的活灵，有性情有缺陷的个人。无论怎么强调"无个性"，诗到最后总要"图穷匕见"，诗即人，人即词语，一首诗可以伪装，一生的诗却不能敛容。一个诗人终其一生勤于制作,到达"淋漓尽致"的地步,总是会"诗如其人"的,那就是"诗人合一"。

维庸这个文学院毕业的高才生,从事打架斗殴是出于风气,做梁上君子和江洋大盗是出于穷困,一不小心杀死情敌却是出于争风吃醋的性格,他二进宫三进宫是出于天性,上绞刑架是从自由走向必然,路易十一的赦免可以一次,但能否二次呢?维庸生于1431年,到1462年被驱逐出了巴黎后就渺无行迹,也许在别的地方犯事,被阎罗王勾了姓名,被牛头马面抓了回去。法国诗歌始兴于这样的"文人大盗",奇哉!

相形之下,聂绀弩(1903—1986)多少显得拘谨。在统一的社论体话语洗劫之下,他不免沾染了那个时代的正统的说话方式。但他的出彩是在其中的谐谑,用同一语言作短兵相接的颠覆。传说中的"旧体诗词"没有一味地沦落为"老干体",聂老还真是功莫大焉。从1955年开始,他作为旧体诗词的当代"诗史"之天命就"降任"了。聂的生性诙谐不拘,在词语工整游戏中竟玩得酣畅。譬如《解晋途中与包于轨同铐,戏赠》一首,注者后记未说明这首诗作于何时,但无论如何总是事后聂绀弩在回忆中的落笔。考虑到聂的随时吟诗,当场戏作的可能性也大。1967年聂被捕入狱,后与包于轨等人一同被押送某看守所,开始其无期徒刑之后因偶然插曲终成十年关押的深牢大狱生涯。此诗大约是押解途中送给包于轨的作品,聊备一笑。当时的氛围下,聂竟不以押送为耻,反以为笑,真奇人也。其诗何所谓?"牛鬼蛇神第几车,屡同回首望京华。曾经沧海难为泪,便到长城岂是家?上有天知公道否,下无人溺死灰耶?相依相靠相狼狈,掣肘偕行一笑哈。"处处皆典,反差明显。二人同铐,如狼狈相随,笑样百出,岂不悲摧。再如1955年的《反省时作》之五:"朝朝雨雨又风风,梦断巫山十二峰。望美人兮长颈鹿,思君子也细腰蜂。盘盘棋打鸳鸯劫,出出戏装宇宙疯。四顾茫茫余一我,不知南北与西东。"亦是处处皆用典故,"长颈鹿"对"细腰蜂","鸳鸯劫"对"宇宙疯",特殊语境下人人都是修辞家,诗人和哲人在词语下潜伏得尤深。当然,解铃还须系铃人,解典还须有心人,注家一一索隐之后,读者才能更深地体会层层旧油墨底下的历史处境下的同情同感,使诗人一己的当代之情有了一个深远的历史景深,有了纵深感。

聂绀弩1903年生于湖北,年轻时在上海学过外语,先入国民党,后入共产党,曾任香港《大公报》主编,1955年被卷入"胡风事件",被隔离审查。1957年被划为右派分子,送往北大荒劳动。1974年又以现行反革命罪被判无期徒刑,在山西监狱服刑十年。1976年出狱前一个月,女儿已自杀身亡。聂绀弩的诗几乎从始至终叙及其遭遇,确与当年杜甫之为"诗史"类似。其诗之具特色者,则是以喜剧演悲剧,以笑谈述遭逢。如果说维庸是"绞刑架上的诙谐忏悔",那么聂绀弩就是"看守所里的春秋坦白"了。就诗中重重涂彩的用典,悲欣交集,哭笑不分乃至庄即谐谐即庄,共抵于同一如如呈现的存在而言,他们都是诗人中的先行者,修辞术上的发明人,情感上的纠结主,诗歌观念的恐怖分子。

二

1917年,胡适在《新青年》发表《文学改良刍议》,提出新文学的主张。"吾以为今日而言文学改良,须从八事入手。八事者何?一曰,须言之有物。二曰,不摹仿古人。三曰,须讲求文法。四曰,不作无病之呻吟。五曰,务去滥调套语。六曰,不用典。七曰,不讲对仗。八曰,不避俗字俗语。"这当然有很强的针对性。其实1905年便已废科举,八股文的末日早已到来,只是文白交杂时期,八股文的习气尚未改掉。即使在八股文的时代,人们对于做文章的要求,恐怕跟胡适也没什么不同,谁愿意自己写的文章被认为是"无病呻吟""滥调套语"的呢?

关于用典的"禁令",胡适随后做了一些详细的规定,分出广义狭义,好用滥用。他并不反对好的用典,而是反对"拙"的用典。"用典之拙者,大抵皆衰情之人,不知造词,故以此为躲懒藏拙之计。惟其不能造词,故亦不能用典也。总计拙典亦有数类:(1)比例泛而不切……(2)僻典使人不解。夫文学所以达意抒情也。若必求人人能读五车书,然后能通其文,则此种文可不作矣。(3)刻削古典成语,不合文法。……(4)用典而失其原意。……(5)古事之实有所指,不可移用者,今往乱用作普通事实。……凡此种种,皆文人之不下工夫,一受其毒,便不可救。此吾所以有'不用典'之说也。"

尽管胡适做了这些说明,后来写新诗的人,却多是反对用典,而直接描写生活,抒发情感,表现意志,可谓"裸写"。胡适自己的《尝试集》,汪静之的《惠的风》,确有直接写生活的,写活泼情感的,不用中国典的。但至于用不用西方典,在"西潮"泛滥的时代,就不好说了。譬如郭沫若的《女神》,那里面的西典滔滔,是挡得住的吗?因此就广义的用典来说,跟新文化运动之作为一场西方现代各种思潮涌入中国,冲击固有的思想传统相应,用白话口语来淘洗掉旧有文化的负担,使语言轻松上路,接受外来之新概念新观念,通过一新国民之语言而一新国民之头脑,以"新理"来替代"旧道",是一场必经的革命。就当时的社会建制来说,新文化运动跟废除科举之后新学校的兴起、旧儒士逐渐转变为新知识分子的过程是一致的。新文化运动和五四的出现,正好跟1905年后十余年间新一代知识分子的出场时间相合。早在甲午战争失败后,士大夫们已认识到传统的书院教育和科举制已无法造就适应现代世界趋势的人才,因此从张之洞开始就已批量派遣学生到日本留学,1898年京师大学堂的设立,以及庚子事变后清廷预备立宪废科举使得大规模地留学日本、欧美成为可能,从长期来看,新文化运动和五四运动不过是前此留学运动的一个人员准备的结果,说它们是留学生运动也不为过。通过在东西洋的学习,东西洋本土的音文一致的语言教育以及其所载的现代观念,很自然地为留学生们所传承。所以,胡适们的出现是必然的事,只不过或迟或早罢了。又由于语言所承载的内容主体已由传统的儒经转变为现代世界观,因此,白话文运动从一开始就必须抛弃旧传统(旧道),而跟现代观念和生活相适应(新道)。

但是一时出现了大量的"裸写",浪漫主义和自然主义的情感泛滥,新诗简直是毫无回味,一望到底。因此而有部分的诗人做一种"复辟",恢复了一些传统的伎俩,比如格律,比如用典。新月派当然是侧重在新格律的建设上,但亦是在白话文的基础上借鉴了西方的格律诗,而跟中国固有的文言文格律不同了。在用典上,随着西潮的汹涌,中学的式微,新诗中的用典渐以西典为主为重,中典愈来愈少愈轻。在诗中插上几个希腊神话人物、《圣经》故事、欧美的人名,远较再用《世说新语》唐诗故事一类为盛。由于"汉话胡说",用新式教育出来的西方话语来分析、借用和肢解中国古典,乃至出现了吴兴华《柳毅和洞庭龙女》这样少有人能够欣赏的诗。问题不仅出现在这样的素体诗跟西方人用中文写的无甚差异(比如,庞德诗章中关于中国的诗,汉译过来效果就跟这差不多),更因为如吴兴华在另一篇文章中所说,今天的中国读者已全然不知柳毅和洞庭龙女为何人物了,那个由传统教育和文化氛围所造就的知识上的"默契"或共识已荡然无存了。吴兴华说:"善于用事(按:指用典)的作家把每个字的负荷提到最高度,使读者脑中迸溅起无数火花,用一系列画面代替原来平板的叙述。但这样做自然要有一个先决条件,那就是作者和读者之间必须存在一定程度的默契,也就是上文提到的共同基础。外国古典作家征引神话、希腊罗马文学和《圣经》,中国古典作家征引六经、四史、诸子,不能说是搜奇猎异,因为那些都是现成的促成交流共鸣的素材。有了素材而不去发掘,只能是贫乏和闭塞的标志。"(《吴兴华诗文集》之《文卷》,第163—164页)

新诗的发生恰与"旧典"传统的衰落、"西典"传统的兴起同时,造成了两个不同的板块的分割:新诗顺着西潮的涌现而"裸写",即便用典也兴用西典、新典,而与传统割裂,我们在穆旦那里看到这种情况的发生;所谓"旧体诗词"则在失去了制度(科举制)的支持下顺着原有轨道下滑,到后来就蜕变成"老干体"和"作协应酬体"。由于20世纪中国古典教养的整体崩溃,"旧体诗词"的质量整体上呈下降趋势,也许它唯一可以欣慰的是,通过与传统的形式和内容上的"藕断丝连",它还负载了一些古典的素养。聂绀弩是极其出色的一个例子。

这不是说没有走中间路线"中西合璧"的人物,比如卞之琳。其晚唐的隐约意境配上西洋的现代诗,构成现代白话诗的隐微派。我们来看《距离的组织》中的用典。

> 想独上高楼读一遍《罗马衰亡史》,
> 忽有罗马灭亡星出现在报上。
> 报纸落。地图开,因想起远人的嘱咐。
> 寄来的风景也暮色苍茫了。
> ("醒来天欲暮,无聊,一访友人吧。")
> 灰色的天。灰色的海。灰色的路。
> 哪儿了?我又不会向灯下验一把土。
> 忽听得一千重门外有自己的名字。
> 好累呵!我的盆舟没有人戏弄吗?
> 友人带来了雪意和五点钟。

如果没有作者自己做出的几个注,恐怕这样的诗成了"天书"。"罗马灭亡星"指当时发现的一颗新星,其1500年前的光芒今日始传至地球,回推其光芒爆发时实为西罗马帝国灭亡之时。"寄来的风景"指明信片上的风景图。作者注曰:"这里涉及实体与表象的关系。""醒来天欲暮,无聊,一访友人吧。"是友人来访"我"之前的内心独白。"灰色的天。灰色的海。灰色的路。/哪儿了?我又不会向灯下验一把土。"指"我"的梦境。其中"我又不会向灯下验一把土"有个新典故。作者交代说:"1934年12月28日《大公报》的《史地周刊》上《王同春开发河套讯》:'夜中驱驰旷野,偶然不辨在什么地方,只消抓一把土向灯一瞧就知道到了哪里了。'"至于"好累呵!我的盆舟没有人戏弄吗?"则有一个很长的旧典故。作者写道:"《聊斋志异》的《白莲教》篇:'白莲教某者山西人也,忘其姓名,某一日,将他往,堂上置一盆,又一盆覆之,嘱门人坐守,戒勿启视。去后,门人启之。视盆贮清水,水上编草为舟,帆樯具焉。异而拨以指,随手倾侧,急扶如故,仍覆之。俄而师来,怒责'何违我命!'门人力白其无。师曰:'适海中舟覆,何得欺我!'这里从幻想的形象中涉及微观世界与宏观世界的关系。"在本诗的最后一句"友人带来了雪意和五点钟"之后作者说明:"这里涉及存在与觉知的关系。但整诗并非讲哲理,也不是表达什么玄秘思想,而是沿袭我国诗词的传统,表现一种心情或意境,采取近似我国一折旧戏的结构方式。"

这首诗历来有许多解法,搞得特别复杂。其实参照着作者的这几个注,诗的大意还是清楚的。"我"想独上高楼读一读《罗马衰亡史》,忽然读报时读到了西罗马帝国灭亡星的消息。放下报纸展开地图,想到了一个远方的通信的友人(张充和?),想到了他/她的一些嘱咐。他/她所寄来的明信片上的风景(风景也许是暮色风景),现在也因这里天欲暮而被暮色笼罩了。这时另一个同城的朋友(看来应该是男性的)从下午觉中睡醒,觉得无聊,想要来探望"我",于是启程上路了。而"我"呢?"我"正在睡觉,在梦境中呢!"我"的梦境是怎么样的?天、海、路,都是一片灰色(看来心情不好啊!),无论"我"在海上还是在路上,都是一片茫然,不辨东南西北,无法确定自己到了哪里,不像那位专员那样能够通过抓起一把土就辨别出自己到了哪儿了。看来这是一个不乏惊险情节的噩梦。终于"我"听到来探望我的友人在敲门,被惊醒了。回想一下,"我"在梦里那么惊险,感觉到那么累,是不是因为有人"戏弄"了"我"的"盆舟",搞得"我"在梦里频频出现险情呢?外面天黑下雪,"友人带来了雪意和五点钟"。"我"清醒了一点,看看钟表,到下午五点钟啦!

诗中的几个典故,最有力量的还是那个《白莲教》的。它通过作为原始迷信的"法术"(巫术)体现了"两个现实"之间的神秘对应,操控与被操控原在情理之中,但结局又出人意料。"我"原本以为做梦前一切已设计好(盆舟),风平浪静,梦境中不会出现惊险情节。孰料那盆舟被不知什么人"戏弄"了,害得"我"在梦境中失去方向,孤舟在灰色海上,(如梦魇压人一般)几临倾覆,一片恐惧。梦是不受理性之设计,无意中泄露了"我"的(潜)意识的不安和紧张。所以作者要在多年之后的这几个注里说这只是表现了"一种心情或意境"。

可以说,这首诗用的几个中西新旧典故中,以《白莲教》那个最为有力,它也是枢纽。没有它,这首诗不能把"一种心情或意境"表达得这么好。

不过,如我们在上面所说,像卞之琳这样的白话诗人写诗用中国旧典的不多。在同代人中,卞的私塾教育已属特例(他生于1910年)。大多数的白话诗人都已是新式教育的产物,他们的诗中即使用典,也多是西式的了。

三

那么传统典故都跑到哪儿去了?跑到一部分尚保留着传统教

养的文人创作的旧体诗词里去了(旧体诗词本身要求用典,这是必备的修养之一)。陈寅恪、赵紫宸、吴宓、钱锺书这些人不用说,聂绀弩的作品作为极富特色的以诗词记载了1950—1970年代历史遭遇的"诗史",与时人相往来,挟旧典以喻今,寓庄于谐,确实成了当代诗写的奇峰。如胡乔木为聂《散宜生诗》所写序所言:"作者所写的诗虽然大都是格律完整的七言律诗,诗中杂用的'典故'也很不少,但从头到尾却又是用新的感情写成的。他还用了不少新颖的句法,那是从来的旧体诗人所不会用或不敢用的。这就形成了这部诗集在艺术上很难达到的新的风格和新的水平。"这是说聂诗用旧典写今人的生活,是活用。至于胡另外所说:"作者虽然生活在难以想象的苦境中,却从未表现颓唐悲观,对生活始终保有乐趣甚至诙谐感,对革命前途始终抱有信心。"却不一定准确,没有想到聂诗情感的复杂。谈到聂诗的诙谐,则必跟诗人的性格有关。"诗如其人",从一两首诗无法证明,但从数十年的诗作来看,诚则不枉也。聂之为人本诙谐。他从1959年在北大荒劳动改造时遵主席命令写诗,一发不可收,写了二十多年。1961年他在给高旅的信中说:"作诗有很大的娱乐性,吸力亦在此。诗有打油与否之分,我以为只是旧说。截然界线殊难画,且如完全不打油,作诗就是自讨苦吃;而专门打油,又苦无多油可打。以尔我两人论,我较怕打油,恐全滑也;君诗本涩,打油反好,故你认为打油者,我反认为标准。"聂这是在说他自己性格本滑稽,所以不敢写得太忘乎所以,以防"全滑";而高则比较拘谨,写诗应该适度放松,适当"打油",才不至于枯涩无趣。聂于新诗(白话诗)旧诗的差别也很清楚,"五四后新诗,其佳者确在文学上辟一新境界,此与学外国诗颇有关系。至今新旧异体并存,实为两物,各不相能,而旧诗终以难为通俗,通俗太过,又已不成其为旧诗,故虽有大力,亦不能使之重归文学与小说、戏剧同科。新诗则尽管有不可人意者,却终为文学形式之一"。旧诗始终有格律押韵方面的"壁垒",语言上也倾向文言而非白话,所以还是难以跟小说戏剧搞到一块。聂在旧诗的"白话化"上倒是下了很大工夫,时代新词汇如"普罗""八皮罗士"(苏联产的带嘴的白杆烟卷)、"北大荒"全部入诗,扩容了旧诗词的容量,格律上他"破格"是常事。在用典上,他可以不用,也可以全用,而且用得很"化",让普通的读者看不出在用典,而有修养的读者则能看出,而且修养高者见得多,修养低者见得少。这就是功夫所在。

随手举一例。约在1959—1960年(侯井天版未注明确切年代),聂在北大荒编《北大荒文艺》,期间有一首诗《女乘务员》,写诗人在东北坐火车途中所见女乘务员的样子:

> 长身制服袖尤长,叫卖新刊北大荒。
> 主席诗词歌婉转,人民日报诵铿锵。
> 口中白字捎三二,头上黄毛辫一双。
> 两颊通红愁冻破,厢中乘客沐春光。

这首诗几为白描,从穿着到念白字,确实写得可爱,只要对那个时代的气氛稍有了解,但觉女乘务员跃然纸上了。

因聂诗多由事而作,为友朋酬唱而作,多因人而异,用典具有针对性。比如,聂在北京半步桥监狱时,在监里遇到七个高级知识分子,中有巨赞、梅洛、徐迈进等。巨赞是现代佛教高僧之一,曾在

小回答

支那内学院深造,创办《狮子吼》《现代佛学》等刊物。聂绀弩监狱期间《赠巨赞》便相应地多用佛教教理与典故,诗云:

> 成住倘能不坏空,谁悲猿鹤与沙虫?
> 耽窥天地有形外,误堕风云无既中。
> 别矣西湖灵隐寺,放诸香阜鬼愁峰。
> 东坡际事多堪羡,未见乌台遇赞公。

聂因卷入胡风案长期受牵连。《胡风八十》(1982)如何写?

> 不解垂纶渭水边,头亡身在老形天。
> 无端狂笑无端哭,三十万言三十年。
> 便住华居医啥病,但招明月伴无眠。
> 奇诗何止三千首,定不随君至九泉。

胡风不懂姜太公钓鱼那一套,只好做刑天了。三十万字的《关于几年来文艺实践情况的报告》,换来坐牢三十年。这里的旧典是常见的,新典却亦极贴切形象。

1961年尚在困难期间,聂获高旅自香港托人带来两瓶罐头给聂家。聂诗有赋,《中秋寄高旅》:

> 丹丹久盼过中秋,香港捎来两罐头。
> 万里友朋仁义重,一家大小圣贤愁。
> 红烧肉带三分瘦,黄豆芽烹半碗油。
> 此腹今宵方不负,剔牙正喜月当楼。

聂的许多诗,字字都有典,若深究起来,配合做诗的历史情境,与典中所处的情境相合,便能发生化学般的、核爆炸似的深远效应。这是纯粹的"裸写"单纯的质朴所不具备的一种深厚。这便是用典的妙处了。用一个色情的比喻,正如裸照带来的刺激不如穿衣模特带来的想象更持久和强大一样,用典故穿起来的诗句也更具有耐人寻味和长远的魅力。这在古今中外都是一样的。

四

西方现代诗由于并没有像中国的新诗(白话诗)那样跟自身传统截然断裂,而是从传统中自然转折而出,因此,在对传统资源的调用和达到的效果上,也远远地超过了中国新诗。比如20世纪的诗人,从里尔克、艾略特、卡瓦菲、萨巴,到米沃什、辛波丝卡,我们都能在他们的诗中找到一个"纵深",一个"后景",一个历史和传统织成的光源,一个给他们的诗投射阴影,使之变得立体、复杂和更人性化的上帝之手。就如风水学中的"祖山"一样,他们的诗如果是"龙穴",那么就是一个绵延不断的充满生气的穴位,而绝不是一个没有来路和去向的"死穴"。而中国的新诗,作为"横的移值"和"反传统"的产物,恰恰有成为"死穴"之虞。

与聂绀弩相似,维庸写的也是法国的"旧体诗"。如夏毕耶所说,"他是继续服从戴尚的,没有发明某种新的诗体和体裁,但是七星诗社的激情和格调已经出现在他身上。所以,他的历史地位看来就像一位过渡时期的作者……"(《遗嘱集》,第179页)就维庸诗歌的内容来说,"他不再属于中世纪,但是也还不是一位文艺复兴时代的人士!他信上帝,但是他的精神专注于人类和尘世的现实"(同上)。他的诗歌的特色在哪里?"维庸的天才就在于不

小回答

费力气地说出一种语言,这语言不仅没有因为新的语汇变得贫困,反而变得丰富起来。在他那里,诗律的繁复性和诗歌中从来没有出现过的一种轻快并行不悖。这位'人民'诗人是我们的诗歌所造就的最博学的诗人之一。"(第174页)"维庸靠着他的作品的语调令我们感到亲切。在这一语调中,有某种事物触及了忧郁的实质。在这一点上,浪漫主义和象征主义是不能够和他竞争的。维庸没有为自己的悲痛哭泣,没有呻吟,没有自我欺骗。这位诗人的羞耻感是完美的。每当泪水在他的诗歌里涌现出来的时候,讽刺挖苦就出来抑制。每当讽喻倾向于自我欣赏的时候,他的心灵就骤然变得宽阔、目光流露出沉思。他的度量得到赞赏,但是我不知道还能给这样的赞扬添加什么,我觉得这一量度在维庸作品里的存在是恒定的,来自某种自制。"(第176页)

笛福内指出,尽管"我在哭泣中微笑"是句滥调,但在维庸的诗歌这里,却往往是真诚的。"在各种矛盾之间游戏,正适宜于他,因为,他的内心深处受制于各种对立思想感情的冲突,仿佛一场天长日久的战斗的剧场,占领了他的灵魂。"(第221页)

维庸曾经是神学生,是十分博学的,这充分地体现在了他的诗里,比如,《另一首歌谣》(不染此情多有福)(第52—54页)列举从所罗门、参孙、大卫王到不太知名的阿蒙,而那首有名的《歌谣:往日的贵妇》,光是其中的名句"但是,去年的白雪如今安在?"(第38页),就足以让吉尔松考察出了一篇论文,从《圣经·所罗门智训》中的经文,下溯到中世纪神学家和诗人们的一系列衍生句(第226—247页),证明了维庸这首饱含了个人思索的诗有着深远的基督教背景。作为一个胡闹的大学生、盗贼、过失杀人犯和逃犯,维庸却没有"裸写",这有助于他的诗战胜时间,通过作古代的回声而赢得将来的长久的欣赏。

要找出聂绀弩和维庸的共同点,那是很容易的。两人都蹲过监狱,而且在不同的监狱里出入,都曾因大赦而出狱。只不过,聂是因为政治上受牵连而无辜入狱,维庸则是因为家穷为盗,又因争风吃醋误杀情敌而入狱。在这种不幸的处境中,他们的性格和诗歌为他们支撑下去发挥了作用。在聂这里是诙谐、幽默、达观,寓牢骚于忍耐,藏辛酸于笑语,而维庸那里则是插科打诨、胡诌谑笑,庄谐浑然一体。二人的知识都极为广博,典故信手拈来,化用于活泼诗句中,甚至少露痕迹。尽管广征博引,他们的诗却没有僵化气和古文气,而是深深地卷入当代:聂的诗多为与监友、诗友、文友的酬答诗,他交往的广泛圈子为他的古今知识提供了一个平台,他少量的诗亦能为适应"一清二白"也最无知的"新人"而如"裸写",同时政治的压力使典故适合于隐藏不宜公开的愤懑,密集用典作为"隐微写作"的技艺之一,是所有政治或宗教迫害与审查制导致的出其不意的修辞术结出的硕果。维庸作为江湖遁士和亡命之徒,友敌皆树,后者尤众,他的诗给这些人读,诗中出现"黑话"和"行语",以及粗言俗语自不奇怪,而大小遗嘱集中长篇累牍的引经据典(他的读者亦懂的,这是他们的时代里共同的默契),力证其是,而谴人非,及至揭示人情及自身的矛盾不能自洽,荒唐与真理共冶于一炉,无端狂笑无端哭(借用聂一句),真是诗歌中的奇葩了。所以他们之用心若镜,面对"文革"中的青年白丁和巴黎街头的妓女混混,都能白话一通,面对高僧大德、硕学耆老,也能笔带禅机,相视一笑,神

小回答

光一照,莫逆于心。最共同的是风格的相似性,都具备那种情感的复杂性,酸甜苦辣,难以区分,或竟然是同一个东西,就如日光尽管经过分析可分七色,却只呈现为白光一样。这反而是它的神奇之处了。就诗的形式而言,二人都遵守了旧制,却要在限制之中显身手,不怕破格。

今人谈现代诗,尤其今天之中国诗人谈现代诗,往往堕入门户之见,自我划牢,各执一词以为极致,格局越来越小。比如"现代敏感"、"语言诗"一类偏执到了头就成了扯淡,多误学诗子弟。岂知中国现代诗与西洋现代诗原非一回事,前者是模仿与借鉴、移植而得,后者却是自身传统之树上延伸、曲折而得,前者是平地而起,空手套白狼,后者是站在巨人肩膀上。长期下去,若前者不能从自家传统中活化资源自由运用,光窃取外国的一招半式(还往往变形),只会越来越成新蛮人。现在一路狂奔到口水诗、回车键诗和废话诗,跟西洋网络口水诗、rap相互唱和,有样学样,那也毫不意外了。

2012年4月1日

(发表于孙文波主编《当代诗》第三辑,文化艺术出版社,2012年)

弗朗索瓦·维庸:《遗嘱集》,杨德友译,华东师范大学出版社,2010年。
侯井天:《聂绀弩旧体诗全编注解集评》(全三册),山西人民出版社,2009年。

强劲有力的当代非洲诗歌

一

在当代中国新诗的视野里,非洲诗歌跟非洲在国际政治中的版图类似,处于边缘的边缘,影响更无从谈起。五六十年代国内的《世界文学》杂志曾对非洲诗歌有过译介,但主要是从亚非拉反帝反殖和独立运动着眼,在选本上有强烈的政治偏好。就我个人的阅读史而言,80年代末曾买过花城出的一本口袋版的非洲诗选,留下印象的诗人只有一个不乏浪漫主义激情的桑戈尔。1986年四川曾出过《非洲诗选》,2003年河北出过《非洲现代诗选》,但我都未读过,因此对非洲诗歌相当孤陋寡闻。《这里不平静:非洲诗选》则打破了我的"平静",使我意识到当代非洲诗人和诗歌的有力存在。

一般来说,诗歌的命运与国家的命运有着难舍难分的联系。对于先发国家来说,其经济、社会、政治秩序是自发生成的,没有外力的压迫,因此人民的心态也比较放松,一部分诗人也有悠闲的心情去为艺术而艺术,在技艺上精益求精。但对于后发国家来说,除了要学习先发国家的经验,在各方面向他们靠拢达到他们的标准外,还要同时忍受他们的压迫和欺凌(毛泽东说过,先生老是打学生),因此怀着一种非常焦虑的心情:既要学习其先进又要反抗其压迫。这个矛盾决定了后发国家知识分子在面对先发国家时没有悠闲和从容感,他们的处境决定了他们很少能为艺术而艺术,他们必须一方面对本国人民进行"启蒙",打破原有的"陋习",形成从经济到文化思想的新秩序——其原型就是先发国家;另一方面又要对帝国主义和殖民主义作出揭露和反抗,争取本国的独立发展,这里所针对的亦是先发国家。对先发国家的爱恨情仇使得后发国家的知识分子无暇也无心情去为艺术而艺术,即使偶尔有人这么做,也多半是昙花一现,找不到读者。就欧洲诗歌本身来说,在遭受拿破仑入侵时的德国,被强邻撕裂的波兰,乃至既要"反封"又要"反帝"的整个东欧诗歌,甚至受英格兰挤压的爱尔兰,诗人们都负有更多的社会责任(如裴多菲和米沃什),而与同期英、法这类老牌帝国内的诗人有所不同。从世界范围来说,第三世界的诗人面临的问题跟第一世界不同,这多少决定了他们的写作倾向,以及他们对于诗歌的社会功能和审美功能如何平衡的态度。

虽然中国新诗所受的外来影响中,非洲的微乎其微,但这并不是说非洲没有大诗人和好诗人(正如非洲有很好的艺术家一样)。《这里不平静》将我们带入了与我们同一个"当代"、在生存处境上多少与我们相似的非洲诗人的世界。随着全球化的深入,整个第三世界都面临着相似的问题,诗人们也不例外,只是他们更加敏感和善于表达而已。从这个角度说,一个中国诗人也就是一个非洲诗人。他们面临着共同的全球化情境,受到相似的来自国内和国际资本和权力的限制和挤压,对自己的阶级、性别、文化、种族和民族身份产生疑问和疑惑,在面对强大的"西方"时的文化自卑与自傲,对于被迅速的城市化抛弃的乡村及其古老生活传统的怀念,在一个高速旋转的时代潮流中共有的无力感和被裹挟感,对于被殖民(与半殖民)时代的复杂感情,这些纠结人心的问题或者早已产生,或者正在强化,都纠缠在每一个普通人包括诗人的意识当中。在诗歌艺术当中如何对待和处理这些生存问题,是任何诗人都无法逃避的。

2010 年,由南非诗人菲利帕·维利叶斯(Phillippa Yaa de Villiers)、德国人伊莎贝尔·阿闰热(Isabel Ferrin-Aguirre)、中国诗人萧开愚合作编选的《这里不平静:非洲诗选》出版,成为中非诗人之间民间文化交往的一个果实。由于菲利帕很了解当代非洲的诗歌现状,因此与以往的非洲诗歌选本不同的是,选入的诗人都是正活跃在非洲诗坛上的当代诗人(主要是黑非洲诗人),很多人才四十岁左右。其中尼日利亚的索因卡(Wole Soyinka)曾获诺贝尔文学奖,考斯尔(Keorapetse Kgositsile)是南非桂冠诗人,埃及的纳乌特(Fatima Naoot)是当代埃及最令人瞩目的女诗人,更多是我们以往根本不了解的中年一代的实力派诗人(我们对非洲诗歌的了解,大概就相当于欧美对中国新诗的了解,他们对朦胧诗只有个朦胧的了解,对朦胧诗之后就完全不了解了)。值得注意的是,萧开愚亦很了解同龄的中国诗人,因此译者本身就构成了一个当代中国诗歌写作的强大方阵。译者兼诗人的有张曙光、雷武铃、丁丽英、周伟驰、杨铁军、姜涛、席亚兵、冷霜、韩博、张伟栋、叶美、成婴、余旸等。由于有些诗原文是法语、葡萄牙语、阿拉伯语和极其罕见的埃塞俄比亚语,几个外交官也加入到了翻译的队伍,因此这个译

小回答

本可以说是诗人们和翻译家们合作的一个成果。

2010年10月18—20日,南非桂冠诗人考斯尔和女诗人菲利帕、德国的伊莎贝尔飞抵上海,和一批中国诗人兼译者共同举行了一些诗歌活动。中国诗人参与的有:萧开愚、孙文波、雷武铃、周伟驰、姜涛、席亚兵、冷霜、韩博、成婴、马雁、余旸、张萌。18日晚上在上海戏剧学院由非洲诗人做了朗诵,后又至上海附近的水乡金泽,非洲诗人与中国诗人就非洲与诗歌聊到深夜一两点。19日下午非中诗人们到复旦大学外文系做了诗歌朗诵会,复旦诗社的一些年轻诗人(如肖水)也参加了,当晚非中诗人们就诗选翻译中的问题与体会做了交流和分享,一些诗人更聊到凌晨两三点。20日下午两位非洲诗人到上海世博的非洲馆进行朗诵,晚上则出席了艺术家胡项城的一个装置展的开幕式。此后几天非洲诗人又到河南开封进行了文化交流活动。这次非中诗歌交流完全是民间的、自发的(用流行词来说就是"草根的"),丝毫没有官办活动的那种"正规"感,始终洋溢着一种个体之间直接交流的朴实和友好的魅力。就我个人来说,这也是我第一次近距离地接触到黑非洲诗人,通过其人来了解其诗歌与思想。我翻译了四个诗人的诗,他们是南非的马修斯(James matthews)、菲利帕、马希尔(Lebogang Mashile)和博茨瓦纳的迪玛(T. Dema)。其中菲利帕、马希尔和迪玛都是女诗人,还是在非洲和美国很流行的所谓"表演诗人"(Performance poet)。我以前虽然撰文谈及美国当代诗坛的"表演诗",但一直对它没有感性印象,这次由菲利帕的表演才知道是怎么回事。菲利帕朗诵时一边背诵她自己的诗,一边配合着诗的内容调整语音语速,做出一些身体动作和面部表情,表达痛苦、快乐、遗憾等,确实是将诗歌艺术与表演艺术结合了起来。跟我们从小谙悉的、由朗诵家在舞台上拿腔拿调抑扬顿挫的"诗歌朗诵"比起来,"表演诗"带有更多的自发性,显得更为奔放。

二

从上海回来后,我用几天的时间再次阅读这本双语对照的诗选。此前我只是局部地读过(尤其是我自己翻译的那几个人),在与非洲诗人有过直接交往后再来重新阅读,整本诗选的全貌终于逐渐地呈现在我的眼前。我的一个最强烈的感受是,当代非洲诗歌是强劲有力的诗歌。

这种强劲有力的感觉首先来自于它的直面现实,它对于非洲的政治现实、历史事实的强有力的并且艺术的处理。尽管有一些诗描绘了非洲美丽的景色,但就我来说,感受最深的还是非洲诗歌的政治性。无论是对殖民主义和帝国主义遗留问题的揭露和反省,还是对于身份/认同的焦虑和批判,或是对于腐败专制的独裁者的讽刺,或是对于种族主义的批判和女权主义的张扬,都弥漫着一种强劲的、直言不讳的政治性。而这正是中国诗歌这二十多年来逐渐丧失掉的一种品质。

现在哥本哈根大学任教授的来自津巴布韦的阿曼达·哈玛(Amanda Hammar)在《现在诗人们说》中谈到了她与友人关于诗歌的谈话,一个非洲诗人是否应该看重自己的家乡身份,被家乡束缚住?离开了家乡的非洲诗人又当如何对待非洲?或者非洲诗人也能够完全像其他洲的诗人一样处理普遍的题材,而对本土事务

小回答

不放在心上?一个诗人说,"重要的不是你来自哪里/而是你如何对待你来自哪里"。也许这个诗人是对的。重要的不是你是不是来自非洲,而是你对待非洲的方式。在诗歌艺术上,非洲诗人反对无病呻吟。尼日利亚诗人奥哈(Obododimma Oha)在《一首诗能病成啥样?》中对那种空洞无物的修辞型诗歌进行了讽刺:"一首诗能病成啥样?/当它陷入官样的花言巧语/它发烧,言不由衷/头疼,隐喻苍白/胡乱的夸饰让它拉稀/不当的搭配生疹子/还有那使它虚脱的句法。"(余旸译)因此我们不难看到非洲诗歌直面现实、介入现实的矫健身影。

马拉维的克那尼(Stanley Onjezani Kenani)在《某人决定建造利隆圭》中,对独裁者进行了讽刺。利隆圭1947年建城,原来是个5000人的小镇。1969年总统班达决定将附近大片热带草原并入它,将它改建成"花园城市"。1975年班达将马拉维首都由松巴迁到利隆圭。班达(Hastings Kamuzu Banda,1902—1997)青年时期曾到美国留学,受到美国黑人领袖杜波依斯(William Edward Burghardt Du Bois,1868—1963)的影响,投身于黑人解放运动。他还受到罗斯福和甘地的影响。他主张强势政府与和平主义。1966年至1994年间他就任马拉维总统,成为著名的独裁者。《某人决定建造利隆圭》显然是在讽刺独裁者班达将首都迁入利隆圭后利隆圭的"盛况"。这首诗干净有力,令人想到古代中国的"檄文"。"某人决定建造利隆圭/用它混合泥尘的摩天楼/用它的娼妓和乞丐/枪支晃动的强盗和扒手,/堵塞的交通和总统车队。"(张伟栋译,略改)将总统车队与娼妓乞丐强盗扒手相提并论,并列为一害。在列举利隆圭的一系列"乱象"后,诗人总结说:"某人决定建造大混乱。"当然,利隆圭是否这么糟糕?看来也是个问题。除了有任何落后国家在急速城市化过程中都会碰到的杂乱无序外,大概还要加上独裁国家特有的贪赃枉法、裙带关系带来的特殊病象。

说来奇怪,诗人克那尼同时也是一位会计师。也许是会计师对于数字的精算使他对于各个词语的成色与分量也能精细地掂量。诗选中他的几首诗技巧都很高明。在写给一位被未经审判便被监禁三年的诗人杰克·玛潘哲的诗《清醒的屠宰场》中,诗人写道:"清醒接着清醒/被强权残忍地屠宰/诗人的诗行被弄得流血/在这个屠宰场//诗节接着诗节被戴上镣铐/被炮轰到疯狂的边缘/圆珠笔被无情地塞住/在这个屠宰场//希望悬于一线/精神被崩紧到了临界点/唯有诗歌站稳了它的立场/在这个屠宰场。"(参照了张伟栋的翻译)

中文看来是比较简单的,但是英文原文中用了大量的语言技巧。原文如下:

> sanity after sanity/brutally butchered by the mighty/the poet's lines made to bleed/in this slaughterhouse//stanza upon stanza shackled/shell-shocked to the verge of/insanity/ball-point pens ruthlessly gagged/in this slaughterhouse//hope hanged on a rope/spirit stretched to snapping point/the poem stood its ground/in this slaughterhouse

第一节中,除了 sanity after sanity 和 Brutally butchered 用了头韵外,sanity after sanity 和 slaughterhouse 中摩擦音 s 多次重复,令

小回答

人想到动物被屠杀时喉咙无声的喑哑。brutally butchered 和 bleed 则都与"屠夫"形象相关,与残酷的"屠杀""流血"相关。第二节中, stanza upon stanza shackled(亦含头韵)、shell-shocked 和 slaughterhouse 也是 s 多次重复。第三节中,hope hanged on a rope(希望悬于一条绳上)直接是一个词语游戏(亦含内韵),接下来的 spirit stretched to snapping point 又是以 s 来强调阻塞、无声与滑动。由于这些词语游戏和音韵暗示,这首诗可以说是不可译的,真是难为了译者。

在另一首诗《五点钟的地中海》中,克那尼写到了从"饿乡"偷渡、泅渡、逃亡到"彼岸"的人的命运。"地中海"成了一个带有普遍意义的象征名词:逃亡之路。诗人写道:

> 像一个婴孩在睡眠/五点钟的大海平静/水和水中的一切都是活的/除了饥饿的灵魂在泅渡/他们想逃离"贫穷"的巨颚/逃向那更饥饿的狮子,它将抓伤他们//这些叽叽喳喳叫个不停的五点钟的小鸟是骗人的/连沉睡着的地中海的天真相也是不真实的/水中有鳄鱼张开巨颚/它们将吞噬掉我们逃跑的兄弟。

1980 年以来,津巴布韦长期处于被美国称为"世界第一大独裁者"的穆加贝的统治下,近年来,该国总是与千倍、万倍的"通胀率"连在一起,发行货币面额动辄以千亿、万亿计,人人都是吃不上饭的"万亿富翁",国内民不聊生可想而知,但老百姓此起彼伏的游行示威罢工乃至投票大选都没有用,因为总统有军队和警察。津巴布韦诗人齐里克热(Chirikure Chirikure)的《站在边上看》写的就是这类示威群众与警察对峙扭打的场景。"我们站在边上看/标语和枪扭打在一起/决心灰飞烟灭/而警察踱步回到驻地//一张散落的标语飞舞着飘过/绝望的要求依然字迹分明:/'求求你我们求你们了/降一降面包的价格。'"(成婴译)

  西非大国尼日利亚分为东南、西南、北部三个部分。曾沦为英国的殖民地,1862年英国人在西南部的拉各斯开始殖民,并像其通过东印度公司蚕食印度一样,1900年它也通过尼日尔公司在尼日利亚西南和东南部成立了北尼日利亚保护国和南尼日尔保护国。尼日利亚(Nigeria)一词正式登上历史舞台。1906年,英国人将这些地方合并成为一个行政单位,称为南尼日利亚殖民地和保护国。至于北部,由于穆斯林占多数,对英国人的抵抗很顽强,英国人只好通过当地伊斯兰诸埃米尔来实施间接统治。1914年,英国人将南、北尼日利亚合并,成立"尼日利亚殖民地和保护国",直接任命总督。尼日利亚作为一个统一的政权单位正式登上历史舞台。但这个国家内部三大地区之间的差异并没有消除。其中东南部伊博人基督教化程度很深,与北部伊斯兰教一间存有芥蒂。二战后尼日利亚人展开了争取独立的运动。1960年尼日利亚联邦宣布独立,但仍留在英联邦之内。独立后历史遗留的地区、部族、宗教矛盾日趋尖锐。北部因石油工业而富足,但其他地区陷于贫困。1966年发生两次军事政变,文官政府被推翻,成立了军人政权。1967年5月,东部的伊博人统治集团宣布东区脱离联邦,成立比夫拉共和国。7月军政府进行讨伐,1970年1月"比夫拉"失败,内战结束。三年内战使200多万人丧生,余恨至今未了。内战中英国人站在尼日利亚政府一边,反对比夫拉,因为英国人跟政府有贸易关系。尼日利亚作家如阿切比等人都曾卷入内战,受到程度不同的连累。此后尼日利亚仍旧频频发生军事政变。直到今天,由于其复杂的民族、宗教、语言、经济利益格局,尼日利亚仍然冲突四起,危机重重。从 1980 年起,宗教冲突开始浮上水面。是年,受伊朗革命影响,在穆罕玛杜·马瓦·梅塔齐纳(Muhammadu Marwa Maitatsine)的领导下,尼日利亚北方重要城市卡诺(Kano)掀起了一场宗教激进主义运动,希望建立神权政府,他们与当地人冲突,死了四千多人。同样一个城市,1982 年和 1991 年都发生了穆斯林针对基督徒的暴力冲突。在宗教冲突中伊博人经常成为受害者,一是因为伊博人大多是基督徒,在北方会受到歧视,一是因为伊博人多在外经商为生,容易成为当地无业人员仇富的对象。据 1999 年的统计,尼日利亚全国人口中,穆斯林和基督徒大约各占一半(前者稍多)。如果二者不能友好对话协商,看来将来还会矛盾重重。

  国家不幸,诗人有幸,从某个方面说,尼日利亚纷乱的政治现实,为该国的小说家和诗人准备了丰富的素材。只要他们关注祖国的前途命运,就总能找到想说的话。非洲黑人作家崛起于 60 年代,以尼日利亚的阿切比(Chinua Achebe)打头。"黑非洲小说三杰"是西非的阿切比、南非的亚伯拉罕(Peter Abrahams)和中非的姆古基(Ngugi),他们正如黑非洲政治界的三巨头 Dwame Nkrumah, Jomo Kenyatta 和曼德拉(Nelson Mandela)一样并肩峙立。他们的写作直面非洲现实,回溯非洲历史,具有厚实感和现实感,这和一些专注于文字游戏的作家是迥然不同的。阿切比的小说已有两三本被译为中文。其成名作《崩溃》描述了非洲部落的生活方式及其宗教传统在西方传教士文化的冲击下逐步崩溃的过程，它在很大程度上和 19 世纪的中国相似，只不过中国的情况要比非洲更加复杂。阿切比支持东部的独立并为此受到过惩罚。

小说家如此，诗人也不例外。曾获诺贝尔文学奖的诗人和戏剧家索因卡不用说，其他诗人也不乏直面尼日利亚政治现实和历史的机会。奥哈（Obododimma Oha）是尼日利亚伊巴丹大学英语系的风格学与符号学教授，他的诗语言精简准确，没有冗词。《朋友、公民、囚徒》说的就是尼日利亚的内战与冲突，背后是国家的认同问题。

朋友、公民、囚徒

I

"维持尼日利亚统一是一项必须完成的任务"
——尼日利亚内战宣言

英联邦的杰克英国化了
尼日尔俘虏，这古老的族群曾自豪于
与众不同而又自由

公民现在变成了俘虏
俘虏永远是尼日利亚人
一起生活违背其意愿
一起灭亡违背其意愿

杰克是联邦，锡着脸
维持尼日利亚的统一但不知为何

小回答

乱成沸锅的乔斯愤怒地诉说
中部的纽带不够紧,也永远紧不了

杰克赢了
当他在家乡输了

II

正义的乔斯
一贯冷,太冷
因此流血令她发热

读不出疲倦的群山
眉黛上的表情
因为浓雾重重笼罩着
旱风带来的伤害

一个公民醒来
发现自己被往事俘虏
一个邻居的出现
带来了相互的仇恨和轻易的死

乔斯,就是那顶点
把我们带到起点:
何时杰克给一个人英国式的权利

不跟他人组成一个国家的权利。

(参考了余旸的版本和注释,原诗附于本文末尾)

乔斯(Jos)是尼日利亚中部高原州的首府,它又名"锡城",因为英国人发现了这里有丰富的锡矿和钶铁矿而迅速繁荣,吸引了大量东部的伊博人、西南部的约鲁巴人和欧洲人来此开矿,他们占了城市人口的一半,使它成为"种族熔炉",此地曾被称为"和平与旅游之乡",但如前所说,80年代以来这里开始出现宗教冲突。2001年,乔斯穆斯林与基督徒之间发生冲突,数千人死亡,最后要靠军队才能镇压下去。2004年原州长因控制不力被判刑六个月。2008年穆斯林与基督徒之间再度发生冲突,死了至少四百人。2010年3月又发生冲突,死了至少有二百多人,最后也是靠军队才镇压下去。

读懂这首诗需要读者对尼日利亚这个国家的历史与现状有一个完全的了解。记得当余旸开始翻译这首诗的时候,曾经与我们讨论理解它的问题,那时我虽然英文单词几乎都能看懂,但诗里到底说的是什么,完全不能明白,只是感觉到作者的语言极其精炼,没有一个废词。后来经余旸与作者本人联系,方才理解了其中的一些典故。但考虑到这首诗直面国家的现实与历史,以及对国家认同的拷问,仍然值得我们在这里仔细阅读一下。我不敢说我完全读懂了它,下面仅在余旸工作的基础上,作一个细致一点的阐释。

标题《朋友、公民、囚徒》大致说明了各地的尼日利亚人原先是不同的部落,相互之间是一种"朋友"关系,在他们被英国人强行拼合成一个现代国家,并在60年代获得独立后,人们成了"公民",但旧矛盾并未解决,新矛盾层出不穷,反而成为英国殖民体制和观念的牺牲品即"囚徒"。就个人来说,不同种族、部落、宗教、文化和语言的尼日利亚人,本来是"朋友",但被不顾差异地硬拼成一个国家,成为该国"公民"后,因差异而来的摩擦和冲突,"公民"反而成为自己和彼此的"囚徒":被强制性地捆绑在一个国家里,邻里之间仅仅因为语音、面孔和宗教与自己不同就盲目地彼此厮杀。作者认为究其根源,是由于尼日利亚这个国家的诞生就有问题,是当初英国殖民者强制拼凑的结果。看来作者认为,与其违心地被迫地在一起生活,在一起毁灭,不如大家分开,反而能够都更好地生活。

第一部分。引语"维护尼日利亚统一是一项必须完成的任务"这句60年代的内战口号点出了全部的问题所在。人们不知道为何必须维护尼日利亚这个人为地拼成的国家的统一,基本是为了统一而统一,并不惜诉诸暴力。第一节中的"杰克"指英国,这个称呼来自于英联邦的旗帜(称为"Union Flag"或"Union Jack",Jack原指旗帜)。尼日尔河一带的部落民本来各不相同地骄傲而自由地生活在这片土地上,但自从被英国人殖民之后,他们就逐渐地变得"英国化"了。在制度、生活和观念上都是如此,被迫屈从于英国人的意志。他们是英国人的"俘虏"。第二节说的是,60年代尼日利亚从英国人手中独立后,"俘虏"被解放了,人们形式上都成了"公民",但实际上都成了"尼日利亚"这个被按照英国人的意志强行拼凑成的国家的"俘虏",而且是"永远的"。不同的人群只好违心地生活在一起,违心地死亡在一起,无论生死都被强行地捆绑在一起。若有人想分,只能招来战争。第三节说杰克

"锡着脸"(tin-faced,非常形象,有种金属的冷感,或扑克牌里 J 的僵硬),在尼日利亚内战中站在尼政府一边,竭力要维持尼日利亚的统一(主要出于商业利益的考虑),因此它无法理解为何像乔斯这样的城市会嚷嚷,没有纽带能把尼日利亚捆牢成一个国家。这里原句是非常形象的:the boiling hotpots of Jos tell angrily/a middle belt not tight, never will(乔斯沸腾的焖锅愤怒地说/一条中部的纽带不紧,永远也紧不了)。乔斯地处尼日利亚中部,各族各教人民都有,是一个"焖锅"即大熔炉(但里面是高压的),是一个国家团结、人民和平共处的象征,是一个"纽带"或"腰带",但它"不够紧",而且永远也不会紧。它的团结力仍然是松散的,一旦出问题就没有用了。第四节只有两行。英国人不管乔斯这样的城市的人们的心声,一力要维护尼日利亚的统一。而他们在国内呢,反而无法面对北爱尔兰六郡要求独立的斗争,遭到了失败。从 1960 到 1990 年代北爱尔兰要求独立的一派和要求留在英国的一派之间发生武装冲突,1972 年北爱尔兰的自治权因此被取消。从 1990 年代中期开始,两派的主要半军事组织达成一个不十分可靠的停火协议,而英国人并未用武力强行镇压。为何英国人在国内一套,在国外又一套,非要让尼日利亚保持统一?作者将怒火倾泻在英国人头上。

第二部分。第一节大致是说乔斯这个高原城市气候较冷,也一直遵循理性生活,显得比较冷静,因此成为各族各教人民的熔炉,被称为和平之乡,但正因如此,突然爆发的穆斯林和基督徒之间的流血冲突才会使她变得"发热"。第二节说的是在流血事件发生的时候,正是冬季哈马丹风吹拂之时,这种风从撒哈拉带来的

小回答

沙尘像浓雾一样掩盖了流血事件带来的伤害。人们一时无法理解高原城市乔斯里面到底发生了什么,可能会发生误读(比如将根深蒂固的冲突用一系列经济利益加以解释和处理)。诗里用了词语游戏:for the fog weighs heavily/on the harms of the harmattan。雾(fog)可能是实写,也可能是指 harmattan 这种沙尘暴像雾一样,冲突就像沙尘暴(harmattan)一样给人们带来伤害(harm),但被掩盖了。冲突的根本原因被掩盖了。第三节写一个普通"公民"如果能够从流血冲突中清醒过来,就会发现自己不过是自己的故事(stories)的俘虏,关于自己的种族、宗教、语言所形成的"身份"的俘虏,在这种排他性的"身份/认同"思想中,"他者"只要一露面,就会引起"我者"盲目的仇恨,大家彼此强化身份和仇恨,最终只能导致冲突和死亡。最后一节,大致是说乔斯代表着尼日利亚冲突的顶点,但由此也促使我们反思,反思这个国家的起点和出发点问题:当初杰克(英国)给予人们英国式的权利时,也应该给予人们不与他人一起组成一个国家的权利。英国不是一个讲究自由主义、不勉强人的国家吗?最后两句诗写得极其的精简,而含义又极其浓缩,原文为:when Jack britished someone's right/not to nation with the other。

从作者的立场看,他将尼日利亚的问题归根于英国及其体制与思想遗产,就是那种不惜武力地维持一个统一的尼日利亚的想法。这种做法将不同的人们痛苦地拼合在一起,反而导致流血冲突。在这种情况下,不如遵从人们的自由意志、喜好和愿望,让他们分开生活更好。

考斯尔(Keorapetse Kgositsile)在其诗作《这里不平静》将现代

非洲的症结归因到欧洲殖民主义和帝国主义,非洲当代的困境乃是它们所留下的后遗症。这首诗酣畅淋漓,充满理性反思的力量。作者写道:"一只煎蛋无法被还原。更不必说一只在19世纪肮脏的欧式坩埚里做出来的煎蛋。//当欧洲将这片大陆分割到它帝国主义贪婪的小口袋里,它不是出于美学的理由,也不曾服务于非洲人的利益、意图和目的。//那么,是什么时候,帝国主义贪欲和侵略的残忍,演变成我们这样一种险恶的价值观呢?……//在我的语言里,没有词对应于'公民'。它是那个19世纪煎蛋的原料之一。这个词是作为那装有圣经和来福枪的包裹的一部分降临于我们的。而莫阿吉(梭托语,意为'居民'),居民,它在那里,无关于你在你当下生活着的这片土地上醒来之前也许穿过或不曾穿过的任何国境或分界线。"(冷霜译)诗人强烈反对当代非洲国家按照19世纪欧洲帝国主义和殖民主义的思维与行动方式划分"你""我",按照现代欧洲国家建国的原则开疆拓土,互相扩张、占有和侵略,原本和平的"居民"也成为作为一国之"国民"的"公民",互相杀来杀去,乱成一团。反观尼日利亚的冲突,不正是英国留下的一个烂摊子吗?考斯尔的《这里不平静》正好和奥哈的《朋友、公民、囚徒》相呼应。

科菲·阿尼多赫(Kofi Anyidoho)《双胞胎兄弟之歌》是对大诗人科菲阿沃诺(Kofi Awoonor)的致敬之作,他描述的是非洲两个双胞胎兄弟依特斯和阿特苏歧异的人生,具有象征意义。依特斯过着传统的生活,而他的兄弟阿特苏则向往着西方的生活,跟殖民者和外国资本家搅在一起。诗作以依特斯的口吻写出:"我有一个双胞胎兄弟/我们吮吸同一个乳房,/走在这同一片土地,但梦想的是不同的世界。//今天我在这里,/抓住我祖父下沉的小船/而我的双胞胎兄弟阿特苏/飘浮在天上在喷汽客机中/。凝视着天空/梦想着外国的港口。"依特斯在老家跟父亲一起过着贫困的生活,在国家的农业政策下,农民的土地被国有化,种上了粮食,但这些粮食是为了出售给有钱人的,本地农民则处于饥饿之中:"我们的肠胃生来不是为了享受生命中的美味。/大米 甘蔗 全都送到了阿克拉/给有着干净肠胃和银牙的人们/去吃,并在他们窃取的荣誉中膨胀。"阿特苏一心只为了赚钱,"离开目标去追求财富"。也许是在阿特苏的影响下,老家发生了很大变化,人们的灵魂也发生了变故:"阿玛托离开了/来过 又走了/然后他再也不来/卡塔科也离开了/来过 又走了/然后他来了。但是没带灵魂。"(张曙光译,略改)这实际上是"传统的非洲"在对"现代的非洲"提出劝告和警告,但是这有用吗?

在非洲这个种族、民族、宗教、语言和文化都极其复杂的万花筒中,作为极少数的弱势群体的亚裔有其特定的命运和遭遇。肯尼亚的印裔女诗人莎尔遮·佩特尔(Shailja Patel)在其长诗《先令之爱》中,叙述了她父母的事迹。为了给子女更好的教育和一个更好的将来,这对印裔夫妻起早贪黑地干活,积攒金钱,送孩子到国外学习,但是他们的努力永远要跟货币贬值搏斗:诗中像音乐中的确定节奏的鼓点一般准时出现的"1975 年/15 肯尼亚先令兑一英镑""1977 年/20 肯尼亚先令兑一英镑""30 先令兑一英镑 40/先令兑一英镑""50 肯尼亚先令兑一英镑""75 肯尼亚先令兑一英镑""2000 年 12 月/120 肯尼亚先令兑一英镑/90 先令兑一美元"。作为亚裔,他们的面孔跟本土人又不同,因此常常在政治动荡时成为被掳掠的对象,"像有一块石头在身体里我认识到/三代的亚裔肯尼亚人将永远/不足以成为肯尼亚人/我所有的爱国狂热/永远不会把我的皮肤变黑"。当他们到美国时,又因为来自第三世界而受到移民官的刁难。因此,回顾自家这段经历,女诗人说出了她的诗是如何产生的:"某种东西/要让我的血管爆裂某种东西/冲撞着涌上我的喉咙像岩浆/涌起/最后/我明白了/为什么我是一个诗人。"(雷武铃译)这大概就是"愤怒出诗人"。

随着全球化的加速,像女诗人这种"出生在 A 国,成长在 B 国,读大学在 C 国,工作在 D 国"乃至父母来自不同种族、自己也跟不同种族通婚的人将越来越多,成为未来人类社会发展的一个趋势,在这种情况下,传统的"民族""国家""民族国家"和种种成文不成文的"分界""身份/认同""祖国"等概念将越来越不适用,未来的理想世界一定是一个不分种族、国籍、语言、宗教,没有"你我""彼此",尤其没有贫富悬殊的大同世界。

三

在翻译中,也有诗人在一些句子上译出了自己的诗风。如席亚兵译索因卡《洪荒之后》:"Governments fell, coalitions cracked/Insurrection raised its bloody flag/From north to south."译为"政府垮台,同盟破裂/从南到北/到处揭竿而起,红旗翻卷"。"He escaped the lynch days. He survives."译为"他逃脱了私刑算账的日子。他保住了命"。甚好。如果换成了"他幸存",就太文绉绉了。"He scratches life/from earth, no worse a mortal man than the rest."译

为"他在尘世中/拼命,终有一死,不比他人强到哪里",语感甚干脆。不过我个人觉得意义上稍有欠缺,似可译为"他在尘土中/刨食,终有一死,不比别人更坏"。这首诗写的似乎是一个非洲前独裁者之命运。诗名中的"洪水"令人想起旧约中诺亚时代的大洪水,以及法王路易十五"在我死后,哪管洪水滔天"之名句。"尘土中刨食"可能来自《旧约·创世记》3:18 亚当夏娃违禁后被耶和华惩罚的典故。在那里耶和华对倒霉的亚当说:"你必终身劳苦,才能从地里得吃的。地必给你长出荆棘和蒺藜来,你也要吃田间的菜蔬。你必汗流满面才得糊口,直到你归了土;因为你是从土而出的,你本是尘土,仍要归于尘土。"用了这个典故,就使诗有了一层更复杂的含义。在基督教世界观里,始祖堕落后,人人皆有一死,也皆有原罪,因此,大家都比别人好不到哪里去。对他也应该有一种同情心理。

姜涛的翻译时不时会闪出他自己的诗歌写法。如将齐基娅《海文湖》中"like mass display girls doing the kwasa-kwasa"译为"如一群女孩/跳着哇塞—哇塞舞",将帕克斯《星群》中的"as though your uncle never grew beyond/the fleet-footed boy he was"译为"你叔叔/仿佛还是那个飞毛腿男孩",将同一作者的《信心》中"my body drawing a taut line beneath the question"译为"一个追问扯紧了我的身子",均绝妙。

叶美将哈尔霍夫《海洋鹦鹉》中"its colour swell and rise"译为"它的毛色凹凸竖起",堪称绘形绘影。不过叶美也有失手的时候,比如哈尔霍夫的 Chi Kung 一诗,叶美误读成了《济公》,其实应为《气功》。里面 taps kidneys to chi them 应为"拍拍腰部让气流通",而不是"拍动肾脏吃它们"。我自己在翻译博茨瓦纳诗人德玛的诗时,也将一个词 arched 错看成了"疼痛"(实为"弓起"),后被冷霜指出,方加以改正。可见彼此校对还是很重要的。

　　大概由于诗选的主要编者是女诗人菲利帕,因此诗选中女诗人不少。我最喜欢的两个女诗人,一个是南非的马希尔,一个是埃及的纳乌特。后者的诗是用阿拉伯文写的,我看不懂,只能透过刘炼和刘宝莱的翻译来理解。她的诗有一种神奇的魔力,令我想起《古兰经》和《一千零一夜》中的天使、精灵与超级魔幻的世界。马希尔的诗是我译的,她的诗有强烈的节奏感,像《我舞蹈以认识我是谁》《有一个我本来可以成为的我》,而《女人孩》则显示了高超的诗歌技巧。

　　我翻译的另一个女诗人,也就是本书的主编之一菲利帕的诗。菲利帕生于 60 年代的南非,其父是加纳黑人,其母是澳大利亚白人,一生下来后由于其时的种族隔离政策正处于高潮期,"杂种"是要受到极大的歧视的,父母只好将她交给别人(一个白人家庭)抚养。这导致了她从小就对自己的"身份"有着强烈的敏感。菲利帕长大后成了一个诗人,用诗来述说她与身份、血统、女性、政治的遭遇、体会和反省。她出版了诗集《比建筑高》(*Taller than Buildings*)和诗剧《原本的皮肤》(*Original Skin*),可以想见,在非洲,皮肤政治和女权主义不是一种学院里的舶来理论,而是活生生的现实斗争。

2010 年 10 月末——2011 年 1 月初

小回答

(本文主体内容分为两文发表:《强劲有力的当代非洲诗歌》,《南方都市报》文艺副刊 2011 年 5 月 15 日,以及《这里为何不平静——当代非洲诗歌的政治性》,《中国改革》2011 年第 6 期)

《这里不平静:非洲诗选》(*No Serenity Here*: *An Anthology of African Poetry in Amharic*, English, French, Arabic and Portuguese),〔南非〕菲利帕·维利叶斯(Phillippa Yaa de Villiers)、〔德〕伊莎贝尔·阿闱热(Isabel Ferrin-Aguirre)、〔中〕萧开愚主编,世界知识出版社,2010 年。

附:《朋友、公民、囚徒》一诗的原文

Friends, Citizens, Captives

(Obododimma Oha)

I

"*To keep Nigeria one is a task that must be done*"
——Nigeria's civil war slogan

Jack of the Union britished
Captive of the Niger, ancient peoples pround
To be different but free

The citizen the captive now
The captive the Nigerian forever

Living together against their will

Perishing together against their will

Jack was the union, tin-faced

To keep Nigeria one without knowing why

The boiling hotpots of Jos tell angrily

A middle belt not tight, never will

Jack wins away

When he loses at home

II

Jos of the just

Always cold, too cold

So bloodshed makes her hot

Can't read the expressions

On the brows of the tired hills

For the fog weighs heavily

On the harms of the harmattan

A citizen wakes

In the captivity of his own stories

A neighbour's presence that sours

小回答

In mutual hate & easy death

Jos, just the climax
Takes us to the beginning
When Jack britished someone's right
Not to nation with the other.

新时期诗歌对政治的加法和减法
——政治与诗歌的互相介入

语言技术与政治题材的分离

张桃洲《粲然的普罗米修斯之火——漫议新诗的政治维度》在谈到新诗对政治题材的处理方法时用了一个弹性很大的词,"政治维度"。他选这个词而不是"政治诗"或"广场诗""公民诗",是他的智慧之处。说起后者,人们一般会想到那种大喊大叫的、慷慨激昂的、以其直白获得社会效果但从长远来看往往缺乏美学效果的诗,而"政治维度"就不一样,它可以包含从"反射"到"折射"再到"漫射"的诗歌中体现出来的不同类型的政治性:诗人对政治现实的态度和处理方式有着或微或显的差异。

不过,问题也出在这个弹性上。是否只要诗歌牵涉政治和社会现实就算有"政治维度"?还是要有明确的现实政治意识才算?在明朗与暧昧、确切与晦涩之间,存在着许多茫然的空间。鉴于语言天然地具有社会性,而社会性又与政治性紧密相连,因此,大概

小回答

很多的诗我们都能够从中分析出"政治维度"来。① 就跟作为光学现象的"漫射"一样,尽管它跟"反射"和"折射"迥异,但我们仍旧可以从中看出光线的存在,一些其作者没有主观意图的"漫射"型的诗歌,我们当然也仍旧可以分析出大量的"政治维度"来。这样,"政治维度"和"政治性"这类词汇就成了一个无边无际的词,失去了其确定的意义。看来,还是应该对"政治维度"或"政治性"下一个较严格的定义为好。但这不是本文的目的,否则我们将陷入学究气的咬文嚼字中。我在这里还是宽泛地借用张桃洲的这个充满弹性的词汇,但倾向于指跟政治现实紧密相关的诗歌,它比一般的关注社会现实的诗歌要集中、强烈一些。

就我近年读当代诗的感受而言,在有"政治维度"的诗中,涉及"社会问题"的诗多,而直言不讳的"政治诗"少,即使有,也不得不在修辞上非常隐晦。这些诗作在阐释上获得的成功,往往建立在心照不宣的政治性上。但如果将其政治性抽掉,或者比如说,如果某一天外在的政治压力消除了,这些诗能否凭其美学上的而非政治上的理由留下来?这对诗人无疑构成了双重的压力:一边要勇敢地直面现实,一边要切实地练好自己的手艺。1989年,叶罗菲耶夫在谈到苏联文学时说:"(苏联的)自由派文学的主要目的是想尽可能多地说真话,以此和严禁真话的书刊检查相抗衡。书

---

① 我对张桃洲这篇文章中所列举的诗人及其作品亦有不同的看法。一是一些诗人(如王家新、欧阳江河)经过十多年来的标签化过程,已被固化了,而且这种固化会遮蔽同辈的另一些诗人;二是许多优秀的诗人尤其是年轻诗人被排除在评论家的视野之外,他们在处理政治与社会现实上的努力理应得到更多的关注。但我在这里仍旧沿袭旧词,希望将来有机会再另作申说。

刊检查实际上对自由派文学产生了不良的影响,它通过自由派文学与自己的斗争而败坏了后者的品位,让它喜欢上了隐晦的表达方式,同时它也败坏了读者的品位,让他们醉心于揣摩作者的真实意图。这样,作家开始变成职业设局者,不再思考了。"[1]这样,阅读文学作品就变成了对于政治气候的一种间接测度,而跟美学本身无关。我们对在检查制度下只能以隐晦的手法说真话的诗人抱以敬意(由于他们的真诚和道义勇气),但是另一方面也要注意他们在美学上是否有足够的高度。

另一方面,这二三十年来大量的"漫射"型的诗,以及"纯粹"的诗(它们关注于语言的技巧,以语言本体论为哲学基础),却往往陷入了为技巧而技巧,为语言而语言,为美学而美学的"空转",很多诗确实是越来越"不及物",远离社会现实、政治现实,单纯地在"词语现实"上打转,甚至认为只要有"词语现实",就能自动地衍生出社会现实,自动地架起一座通往现实的桥梁。他们的语言本体论无疑对语言自身抱持着一种宗教信徒对于上帝的信任态度。写到最后,在大量的词语背后一无所有,仍旧还是其他的词语("不断延伸的能指链"?),最终使得我们无法确定它们的优劣好坏。这就好比一个人把屠龙宝刀装饰得极其华丽,刀刃磨得极其锋利,舞刀术也极其精通,但却始终碰不到龙,让我们无从判断他的刀法好坏一样。况且,这样的凌空舞蹈(舞刀)不是也非常容易吗?它其实更像伪技艺,就跟画鬼总比画虎容易千倍一样。

我认为在新时期的诗歌创作中,正是出现了这种技艺与对象、

---

[1] 维·叶罗菲耶夫:《悼亡苏维埃文学》,载《世界文学》2010年第4期,第70页。

小回答

术与道的分离。一方面是有勇气和良心的诗人面对社会政治现实说真话,但他们拥有的语言技术是粗糙的,他们的技术停留在286时代(如当前的一些草根诗);另一方面是精通技术的"语言熟练工"在用锋利的语言之刀切割空气,他们虽有586的高科技,却没有扎实的社会内容和一定的精神高度。器与道发生了分离,为什么会这样呢?

为何新诗对政治"冷漠"

新时期早期,一些诗人开始对政治采取"回避"的态度,专注于诗歌本身或所谓的"美学自律"(autonomy)。这一转向影响深远,至今难以消除。比如北岛在最近一个采访中还在说,"诗歌应该远离革命与宗教"①。对在"文革"中成长起来的那代人来说,"宗教"一般的"革命"狂热使他们吃尽了苦头,并因此获得了对"革命"和"宗教"二者的免疫力。但是,这是否是真正的革命和宗教?把革命和宗教排除在诗歌涉及的范围之外,是否在画地为牢?如果把狭窄一点的"革命"理解为宽泛一点的"政治",是否诗歌不应该反射、折射或漫射政治?诗歌和宗教的关系当然更复杂。中外的诗歌史证实了诗歌不仅可以从宗教汲取养分和获得动力,而且几无例外地,大诗人的形成都有宗教作为背景。

---

① 载于2011年1月18日《东方早报》,北岛声称:"在我看来,革命与宗教有某种共性,那是一种'想象的共同体',并依赖组织甚至武装力量来完成改造人类的目的——'存天理,灭人欲'。而诗歌不同,它纯属个人的想象,自我认知自我解放,无组织无纪律,不存在任何外在的强制性与侵略性。中国诗歌应该远离革命与宗教。"

新时期诗歌对政治的加法和减法

回溯起来,北岛这种"非政治化"的诗歌观念是80年代文学思潮的一个滞留,在当时它是作为对"文革""政治诗"的反动而出现的。比如,孙绍振在《新的美学原则在崛起》中说:"他们不屑于做时代精神的号筒,也不屑于表现自我感情世界以外的丰功伟绩。他们甚至于回避去写那些我们习惯了的人物和经历、英勇的斗争和忘我的劳动的场景。他们和我们50年代的颂歌传统和60年代的战歌传统有所不同,不是直接去赞美生活,而是追求生活溶解在心灵中的秘密。"[①]经过早期的"反政治化"的"对抗式"写作后,人们意识到,对抗式写作仍然是不够的,因为你还是与你所反对的人享有同样的思维方式和写作手法(虽然你所反对的正是他所拥护的),而真正的反抗是你不跟他一类,你不关注他关注的问题,你不思考他思考的议题,你不跟他玩同一个游戏,你用跟他完全不同的艺术手法,因此也不掉进他所设的陷阱,所以,就出现了"非政治化"的"非对抗性"写作,从语言的"纯洁"化、回归正常的日常语言开始,诗人们逐渐开始将关注的重心从外部世界转移到语言世界,关注诗歌本身的审美规则。徐敬亚在《崛起的诗群》中说,"生活的否定力是巨大的,在几亿人经历了对社会的重新认识之后,平庸、雷同的诗情和陈旧的形式,再也引不起读者们新鲜的审美冲动。那些廉价的诗情崩塌之后,大量诗歌的艺术价值就所剩无几。社会的审美力变得这样苛刻,人们对于诗的艺术形式产生了一种具有破坏力的期待(这期待的力量同样是巨大的!)于是,中国的诗人们不仅开始对诗进行政治观念上的思考,也开始对诗的自身

---

① 《诗刊》1981年第3期。

规律进行认真的回想"①。

当政治介入诗歌,将过多的因素强加在诗歌身上,诗人就有责任为诗歌"减负",让它回到自身。这是在做"减法"。80年代以来,新诗的一个明显趋向就是撤出政治现实,逃向文化(历史),逃向语言,回归诗歌的美学特征与文化特征。北岛、顾城、多多、杨炼等人的诗歌实践,可以说是这一倾向的表现。顾城后期对于语言本身的关注,比其他人更集中体现了这一倾向。这一倾向在"朦胧诗派"一代人中间的发展,也跟一些诗人离开祖国到海外漂泊,脱离了母语环境有关。这一倾向在国内的发展,则跟语言哲学、结构主义、解构主义、新批评派、纯诗主义等思潮②以及"语言诗"、"超现实主义"、"后现代主义"一类西方诗歌实践的传入和流行有关。当然,从写作的外部环境来说,1992年消费主义社会的来临更使得政治诗发生了动力消解。如一些历史学家所指出的,90年代后,国家所采取的社会控制方法跟以前已有所不同,"从道义的或意识形态的感召转向以暴力威胁为后盾的物质刺激;这个转变并且已经成为正常状况"③。诗歌的政治冷漠症和对社会现实的漠视,是被迫的放弃与主动的不顾合力所致。即使关心政治和社

---

① 《当代文艺思潮》1983年第1期。

② 新批评派理论在八九十年代的流行无疑跟当时的诗歌正在做"减法"(削弱、消除政治对诗歌的干涉,强调美学自治)的实践契合,正如近些年新左派批评及《新文学史》一类的注重诗歌中的"不纯因素"的思想跟今天的草根、打工诗歌的兴起相契合一样,后者无疑是一种"加法",将社会的、政治的、历史的、涉及多种学科的因素加入到了诗歌中来,相应地也要求对诗歌的分析采取跨学科的研究。姚峰:《〈新文学史〉:一份理论刊物的四十年》,载《读书》2011年第2期,第156—164页。

③ 王国斌(R. Bin Wong)著,李伯重、连玲玲译:《转变的中国:历史变迁与欧洲经验的局限》,江苏人民出版社,2010年,第142页。

会现实的诗人,也不得不采用折射式的隐微写作,这使得"政治维度"由显入潜,不经显微镜式的观察便难以看到。

不过,问题在于,回避政治,对它视而不见,装着它不存在,并不等于它就真的不在场。刻意地回避政治和宗教,就跟"文革"时刻意地投入政治和意识形态一样,都是对诗歌的损害,使得诗歌的领域不够完整。这么说,是因为政治和宗教一样,是人的生活本身的一部分,就像呼吸一样不可分割。而远离和回避,则使诗歌的疆域萎缩。很多"纯艺术"、"纯语言"、"纯意象"型的诗歌,在"美学自足"里过瘾,指望着靠词语本身的社会性来"歪打正着"地指涉真正的现实,可是读者也是清醒的,他们看得出这样的诗歌太自恋,缺少真实感、广阔和力量。

北岛本人的诗歌就可以作为一个例子。至今仍为人们所铭记的诗都是他早期的带有"政治维度"乃至对抗式烙印的作品。虽然对他个人而言,他后来又开辟了纯艺术型的写作,但在这方面成就如何,还是颇有争议的。回避政治和现实,当然跟北岛的海外生活有关(脱离了母语环境和语境),但其海外时期的诗不如早期厚重,应该是公评。在政治性和美学上,也可以把他跟米沃什和布罗茨基横向比较一下,加以评价。当然对北岛不能苛求,毕竟一个诗人有自己选择的自由。但是鉴于北岛在新时期诗歌史上的重要地位,对同代和后起的诗人们有重要的影响,对其进行适当的分析和批评还是必要的。

"远离革命与宗教",与其说是让诗歌回归自身,不如说是对诗歌作了不必要的限制。这首先与各国的诗歌写作实践不符。比如,中国历史上的大诗人,大都有儒释道的宗教背景,陶渊明、杜甫、李白、苏东坡自不待言,当代诗人中,有"宗教感"的亦不乏其人。再就"革命"来说,现代以来,"革命"诗人多矣,从"烈度"很强的左派诗人,到洛尔迦、布莱希特、聂鲁达、米沃什,某个时期的马查多、奥登,都涉及政治,而且是明明确确的、直言不讳的政治。其次,把"远离革命与宗教"当作一种"应该",含有写作上的清教徒倾向,这跟写作的天然的自由冲动违背,等于自我限制,自废武功,到最后能写的东西还有多少呢?尽管北岛反对宗教,但这种诗歌自限也跟宗教戒律差不多,就像和尚写诗,很多世俗的形象难以入诗,只能在古寺青灯木鱼中不断重复。钱锺书在《宋诗选注》序言里说,在诗歌的世界里,"前人占领的疆域愈广,继承者要开拓版图,就得配备更大的人力物力,出征得愈加辽远,否则他至多是个守成之主,不能算光大前业之君。所以,前代诗歌的造诣不但是传给后人的产业,而在某种意义上也可以说向后人挑衅,挑他们来比赛,试试他们能不能后来居上、打破纪录,或者异曲同工、别开生面"①。拿今天的新诗跟民国时期的新诗相比,在题材、主题和思想各方面是否有一些突破,情况不一而足。

谢冕 80 年代在其《在新的崛起面前》一文中说:"我们的新诗,六十年来不是走着越来越宽广的道路,而是走着越来越窄狭的道路。三十年代有过关于大众化的讨论,四十年代有过关于民族化的讨论,五十年代有过关于向新民歌学习的讨论。三次大讨论都不是鼓励诗歌走向宽阔的世界,而是在左的思想倾向的支配下,

---

① 钱锺书:《宋诗选注》,三联书店,2002 年,第 10 页。

力图驱赶新诗离开这个世界。"①北岛的"远离论",使人们很容易指责他从前人和他自己早期的诗歌立场上后撤,退缩到"纯诗"和"审美自律"(美学自足),最后不断萎缩的结果,就是一堆不含指涉的意象排列的"世界诗歌"了。为诗歌不断地做"减法",减到最后就"至清无鱼"了。在这个时候,就有必要反过来为诗歌做"加法"。"加法"要做得好,是要以诗歌作为一门语言艺术为基础,对政治现实做艺术的处理,从而跟以往的"革命诗"、"政治诗"的纯粹工具论区分开来。

美国诗人辛普森(Louis Simpson)的一首诗《美国诗歌》是谈诗的人们常常引用的:"不论是什么,它必须有／足够的胃口消化／橡胶、煤炭、铀、星月和诗歌。//如同一头大鲨,吞下一只鞋。／它必须能在茫茫大漠长途游弋,／用近乎人类的声音发出呐喊。"美国现代诗的繁荣,无疑跟它的这种"胡吃海喝"的好胃口相关。相形之下,给中国诗歌做出限制,这不能吃,那不能碰,只会使中国诗歌变得弱不禁风,瘦削不堪。

撤出社会政治领域,使得三十年来诗歌在语言技术上得到极大的提高的同时,在内容、题材、主题上却变得贫乏、琐细乃至委琐,这也导致人们普遍认为中国当代文学(包括诗歌)辜负了时代的期待。② 三十年来中国整个社会的巨大变迁在诗歌中似乎很少

---

① 1980年5月7日《光明日报》。
② 比如哲学家邓晓芒就说,"中国当代社会中创造新思想和新灵感的土壤到处都有,现在真正是中国'三千年未有之大变局'的时代,最大的变局本质上就是中西文化冲突"。"中国作家放着这么肥沃的文学土壤不去深入,而去炫耀一些雕虫小技,真是浪费资源,他们总体上说辜负了这个时代。"见邓晓芒《文学中的思想性》,载《文景》2011年1、2月合刊,总第72期,第30—31页。

得到"反映"。今天,如果还执著于三四十年前的创伤记忆,坚持只写那种回避现实、装着政治现实不存在的"纯粹诗歌",执著地不在诗歌中处理当前现实,确实会造成"时代的错位"。

诗歌的技术积累

关于诗歌的技术水平在一个国家/民族的语言中的作用,米沃什在评价辛波丝卡的诗歌时有很好的说明。在谈到波兰哲理诗的发展时,米沃什说,在 19 世纪末时,就有 Adam Asnyk(1838—1897)做过用诗句做哲学的尝试,但那些诗在今天看来不那么令人信服了。后来,Kazimierz Tetmajer(1865—1940)也写过沉思类型的诗,标题为"世纪之终结"。两次大战期间的斯卡曼德尔(Skamander)①运动,其智性内容并不突出。米沃什说:"还有许多的事情要做,使得必要的工具被锻造出来,使得一个辛波丝卡这样的诗人,能够回应这么一种明显的需要,即就生活之无可喝彩的舞蹈作出智性的论说。"这就是说,哲理诗讨论的主题是生活,它的方式是论说(discourse),而它的"必要的工具"是什么呢?是什么使得辛波丝卡超越前人?是因为她拥有他们所缺乏的技艺:恰当的主题和内容终于遇到了恰当的技术。这技术主要是反讽(irony)

---

① 以小细亚的斯卡曼德尔河命名。该派 1918 年成立,主要由五个诗人 Julian Tuwim,Antoni Słonimski,Jarosław Iwaszkiewicz,Kazimierz Wierzyński 和 Jan Lechoń 组成,讲求美学自律,反神话和英雄化写作,将诗歌从民族主义和爱国主义影响下摆脱出来,注重普通人的生活,运用口语俚语入诗。参:http://en.wikipedia.org/wiki/Skamander(2011—5—15)。

和幽默(humor),它们是现代的和必不可少的调味剂。当然也跟辛波丝波本人广博的知识以及喜剧感有关。①

哲理诗如此,政治诗和社会诗是否也如此呢?我们知道,在欧洲,在海涅、布莱希特、奥登(1930年代)、洛尔迦、马查多等诗人那里,政治诗已经打磨出了精妙的语言技巧,后来的诗人要想在这个领域获得大的成绩,必须在他们的基础上锤炼和发展新的技术,或者更上一层楼地发扬光大原有的技术。对于任何语种的诗人来说,要想在政治—社会诗歌领域有所成就,除了吸收学习外国诗歌养分之外,还应建基于本民族语言特色,发展出新的技巧。技术本身也有一个普及、传播和积累的过程,对于任一领域的诗歌来说,初期的几代诗人,往往只是在摸索而已。只有作为集成者的"熟练诗人"的出现,才能将他们分散的技术集中起来,并且能够熟练地将它们"舞向"他所关心的主题,"舞出"他自己的思想(或"个人的意识形态"),在这里有一个"道器合一"、"得心应手"的境界。技艺和思想两方面的成熟,才能造就好的诗人。

苏联的诗歌表

从历史上看,政治诗,或"政治维度"强的诗,因为它指涉政治现实,对当权者提出异议、抗议、批评,或者讽刺、嘲笑,总是不会受到他们的待见。这样的诗人很多,如海涅、普希金、裴多菲等。即

---

① "Foreword by Czeslaw Milosz", in: *Miracle Fair: Selected Poems of Wislawa Szymborska*, W. W. Norton & Company, N.Y., 2001, p.4.

小回答

使在现代民主国家,表达的权力也仍旧要努力争取,美国反越战、文化革命的一代,不也是如此吗?对于仍旧保留着古老的审查制的国家,政治诗的命运又如何呢?在这一点上,可以看看苏联和东欧的诗歌时间表,以做对表之用。

国家的生长不是一个机械的过程,而是一个有机的过程,它有自身的规律。在分析中苏大论战与分裂时,历史学家沈志华说,原因之一即是由于中苏处于不同的历史阶段,一个在守成期,一个在扩张期,苏要"三和",中国则要输出革命。[①] 就是说,虽然中苏是处在同一个时间,但是双方处于不同的发育阶段,一个已到中年,一个还是少年,是"同时不同代"。就各自的发展进程而言,毛泽东跟斯大林一样,属于第一代(开创者),而邓小平和赫鲁晓夫一样,属于第二代(改革者)。从国家发育来说,邓小平跟赫鲁晓夫是同一代人,只不过时间不同罢了,这是"同代不同时"(赫鲁晓夫改革是1956—1964年,邓小平改革是1978—1997年)。理解"时""代"之异将有助于理解新诗"政治维度"的命运与前景。

苏联是按照一种意识形态建立起来的国家,它继承了中世纪政教合一的传统[②],要求人们按照一种统一的"好的"(在当时也即"科学的")世界观生活。国家不仅垄断了物质领域的生产,而且

[①] 沈志华:《试论中苏同盟破裂的内在原因》,《中苏关系史纲》,新华出版社,2007年。

[②] 西欧因为马丁·路德宗教改革后引起的宗教战争,而出现了宗教宽容思想和政教分离制度。历史遭遇和经验使西欧(尤其英美)获得了对于政教合一的免疫力。关于此有大量文献。国内较新的研究可参见王加丰:《西欧十六、十七世纪的宗教与政治》,北京师范大学出版社,2010年。但俄罗斯和东欧则没有获得这种免疫力。伯林在《苏联的心灵》(三联书店,2010年)中说政教分离是对基督教传统的真正背离,而苏联则是这个传统的逆反式继承人,是非常有道理的。

垄断了价值领域的供应。一切语言、行为和意念的意义都跟这个统一的世界观联系在一起,从中获得自身的位置和价值①。作为基督教的"逆子",无神论版的意识形态的思维模式却跟其父亲如出一辙:对于异教和异端(偶像崇拜)的零容忍,对于"新天新地"的千禧年盼望,以及对于按照信仰原则和铁的纪律塑造"新人"的极度喜好。继承了法国大革命和巴黎公社传统的俄国革命,在通过暴力获取政权后,从列宁驱逐哲学家开始②,到斯大林于1928年发动"文化革命"③,思想领域中的"异教"和"异端"被彻底清除,红色教授、作家、诗人们茁壮成长,全面占领精神阵地,作为无神论牧师,吹响基本教义的号筒。政教合一体制使得政治渗透进了文化领域,独立思想很难存在。诗歌当然也是如此。因此要讲

---

① 这可以解释为什么在苏东,官方文学家和诗人享有良好的物质待遇和社会地位,跟资本主义商业社会中其同行的为生存挣扎奔波不同。由于政教合一,前者的地位实际上相当于传统西欧国家中的牧师,是按照基本教义来"塑造灵魂"的"工程师",而后者则不过是商业社会中靠新奇写作来提供奇闻,靠写畅销书来博取眼球以赚取生活费的一个写手而已。正如维·叶罗菲耶夫所说:"在俄罗斯,文学家常常需要同时身兼数职:神甫,检察官,社会学家,爱情婚姻问题专家,经济学家,还有神秘主义者。他无所不是,但这也意味着作为一个文学家他一无所是,他感觉不到艺术语言和形象思维的特点。"见维·叶罗菲耶夫《悼亡苏维埃文学》,载《世界文学》2010年第4期,第71页。文学是为社会主义目标服务的工具,因这种工具性而在社会主义体制内有其地位。

② 别尔嘉耶夫等:《哲学船事件》,花城出版社,2009年。

③ 程晓农:《中苏"文化革命"的比较及其启示》,载《历史真相和集体记忆》,香港金陵书社,2006年。或:http://www.dontgiveup.cn/view-285138-1.html(2011/5/7)。1928—1931年斯大林发动了"社会主义建设大跃进",其中的文化政策就是让"无产阶级知识分子"占领文化教育阵地。1932年苏联作协成立。苏联文艺体制(包括作协制)对中国的影响,可参见斯炎伟:《全国第一次文代会与新中国文学体制的建构》,人民文学出版社,2008年,第42—55页。第一次文代会是1949年召开的,中国作协是1953年从"文联"中独立出来的。另可参温儒敏主编:《现代文学新传统及其当代阐释》,北京大学出版社,2010年。

小回答

苏联诗歌史,就不能不先讲其政治史。

二战后,东欧和其他社会主义国家亦被纳入了意识形态的轨道。随着斯大林去世(1953)和赫鲁晓夫改革(1956—1964),"解冻"思潮出现,东欧探索自己的发展道路(1956年波匈事件),才出现了一批有新意识的诗人作家和思想家,其中少数人能够坚持下来。在苏联,赫鲁晓夫改革期间虽然文艺思想活跃,诗坛出现了"大声疾呼派"和"悄声细语派"等多流派的活跃局面,但他也曾发动精神"清污",并一度打压东正教①,重树官方意识形态的独尊地位。赫鲁晓夫下台后,是勃列日涅夫稳定但"停滞的十八年"(1964—1982)②,直到戈尔巴乔夫改革(1986—1990)和苏联消亡(1991)。③

在文学上,苏联时期的诗歌跟其政治环境的变化息息相关。在斯大林时代是伪崇高和假大空,在勃列日涅夫时期是平庸盛行,二者的区别正如叶罗菲耶夫所说,"在斯大林时代,作家是为社会主义现实主义服务的,而在勃列日涅夫时代,社会主义现实主义则

---

① 李渤、王建新:《赫鲁晓夫时期苏联的政教关系》,《俄罗斯研究》2007年第1期。赫鲁晓夫对宗教的打压影响恶劣,勃列日涅夫吸取了其教训,采取柔性控制,参见刘海英:《勃列日涅夫时期的宗教管理政策与政教关系》,《吉林省教育学院学报》2008年第3期。

② 陆南泉:《苏联走向衰亡的勃列日涅夫时期》,载《东欧中亚研究》2001年第6期。郭春生:《勃列日涅夫十八年》,人民出版社,2009年。诗人布罗茨基就是在1964年被判为"社会寄生虫"送去劳改的。

③ 关于苏联意识形态(包括哲学、经济、政治、历史、文学、西方思想的引进等方面)在赫鲁晓夫时期尤其是在戈尔巴乔夫时期的演变,可以参看曹长盛等编:《苏联演变过程中的意识形态研究》,人民出版社,2004年。须注意的是,本书是从极端保守的立场去看待这些演变的。在很多方面,比如对于人道主义的马克思思想、民主社会主义的兴趣,苏联意识形态方面的变化都预演了中国改革开放时期的经历。

服务于作家的利益。作家运用社会主义现实主义不是为了确立思想,而是为了自我标榜。表面上这种变化并不明显,但实质上损害了无私服务的思想,加剧了整个体系的蜕变进程"①。赫鲁晓夫和戈尔巴乔夫时期则出现了一批带有反思性的诗歌。但也不乏一些机会主义的诗人,他们在每一个时期都能成为"时代的弄潮儿"。②

我国的建设有自身独特的历史和特色。1957年反右,"三面红旗"③,中苏大论战(苏联向右,中国向左)④,乃至"文革",既是延安经验的延续,也是斯大林模式的重复、调整与深化。而1978年的改革开放,对应于赫鲁晓夫时代。至于改革开放的停滞,则与勃列日涅夫时期有不少相似之处。

当然,逾三十年的开放使中国与西方紧密地联系在一起,中国自身的超稳定循环机制,也使它具有新的特点,而逐渐地向着东亚式威权国家类型转变(类似于新加坡这样的国家,以及日本这样的官僚主导的国家),这使人相信"弹性社会主义"的说法是有道

---

① 维·叶罗菲耶夫:《悼亡苏维埃文学》,载《世界文学》2010年第4期,第65—66页。这篇文章写于1989年,在苏联曾引起很大轰动。

② 关于苏联时期的文学创作已有不少相关研究,最新的可参童晓:《乌托邦与反乌托邦:对峙与嬗变》,花城出版社,2010年。据安宁斯基所说,在勃列日涅夫时代,"谎言、随波逐流、装蒜、虚伪、妥协,这一切是'停滞时期'人们普遍的精神特质"。见董晓上书,第242页。作为苏联文学状况的一个极端的对照和呼应,可以参考王家平:《文化大革命时期诗歌研究》,河南大学出版社,2004年。

③ 有意思的是,在"大跃进"当中,毛泽东对于中国诗歌的出路问题非常重视,搞了一场"新民歌运动",直接影响诗歌写作。罗平汉:《"大跃进"的发动》,人民出版社,2009年,第127—128页。

④ 吴冷西:《十年论战》,中央文献出版社,2007年。崔奇:《我所亲历的中苏大论战》,人民日报,2009年。关于中苏"裂教"的后果与影响,可参李明斌:《中苏大论战及其经验教训研究》,中国社会科学出版社,2008年,第五章。

小回答

理的。① 但从其孕育和建立的根本理念理想来看，尤其是权力结构和意识形态管理来看，历史无疑是重复的。

与波兰诗歌"对表"

在"政治维度"方面，由于历史的遭遇和处境，中国诗歌最好的"对表"对象是苏东，而不是欧美。而苏联和东欧国家又是有差异的，相对来说，东欧由于跟西欧地缘上的接近和文化上的亲缘关系，而在诗歌控制上较为宽松。如果说"文革"时中国的诗歌处境跟斯大林时期的苏联相似，那么现在中国诗歌的处境可能跟东欧相似，而且应该说，中国比当时的东欧（如波兰）更加开放。这里我们可以举波兰诗人辛波丝卡作为典型例子。②

波兰加入苏联集团后，波兰诗人马上面临着跟苏联诗人一样的问题：按一种原理和一种技术标准创作。③ 出版机制的垄断性导致了文字的腐败和虚伪，用捷克诗人霍卢布的话说，它们都是"编了码的愚蠢"。跟假大空的风格作斗争，"纯洁部族的语言"，维护日常语言所蕴含的人类价值——清醒、得体、自尊，就成了诗人的伦理责任。另一方面，还得讲究"怎么说"。博尔赫斯说过：

---

① "弹性社会主义"是经济学家厉以宁在《世界经济危机的启示》一文中提出来的，见《读书》2011年第3期，第8—9页。他认为中国的封建社会是弹性的，通过科举制等也能够适应社会的发展，因此寿命特别长，而没有像欧洲封建制度那样因为其刚性而被推翻。社会主义也很可能将会如此发展。

② 下面部分内容引用了本书中的《辛波丝卡的六世界》一文。

③ 一些诗人只好用脚投票，比如，时在波兰驻法国大使馆任职的米沃什就在1951年在巴黎要求政治避难，不回波兰。

"审查制是隐喻之母。"确实,如果将东欧诗歌跟西方相比,就会发现它有强烈的政治隐喻性。它常常是寓言、黑色幽默、讽刺、玩笑、调侃、惊悚、双关语的集大成。这跟西方诗人可以为艺术而艺术、为个人而讴歌有很大差异。现代波兰大诗人,如瓦特(Aleksander Wat,1900—1967)、米沃什、卡波维奇(Tymoteusz Karpowicz,1921—2005)、鲁热维奇(Tadeusz Rozewicz,1921—)、赫伯特(Zbigniew Herbert,1924—1998),他们的诗都有政治隐喻性,相比之下,辛波丝卡要淡得多,但仍摆脱不了政治。她在《我们时代的孩子》里感慨,这是一个政治的世纪,连月亮和桌子都渗透了政治。对于他们这一代诗人来说,解决诗歌政治化的最好办法不是反政治化,而是非政治化。相对于其他诗人,辛波丝卡虽然也写政治,但她的主要兴趣,还是投在社会、哲学、进化、艺术等其他方面。对她而言,这才是最好的政治。

辛波丝卡1952年出版《我们为此而活》,大约同期加入波兰统一工人党(相当于苏共),1953年担任克拉科夫《文学生活》编委,1954年出版《向自己提问》。她的头两部诗集里有《苏军战士在解放之日对波兰儿童说》《无名战士的吻》《欢呼建设社会主义城市》《致建设诺瓦胡塔的青年》《我们的工人谈帝国主义》《来自朝鲜》《识字课本》《致美国母亲》《人民宪法产生时一个老女工的回忆》《列宁》《入党》这类诗歌[①],跟当时整个社会主义阵营的意识形态写作大同小异。斯大林去世后,"解冻"思潮也波及波兰。1956年波匈事件使波兰知识分子开始了独立思考,辛波丝卡也不例外。

---

① 希姆博尔斯卡(今译为辛波丝卡)著,林洪亮译:《呼唤雪人》,漓江出版社,2000年。

小回答

1957年《呼唤雪人》表明她从政治诗向哲理诗迈进,嘲讽和幽默成为其技法特色。1962年的《盐》奠定了她在波兰诗坛的地位,揭示了她擅长的主题是:历史、爱的不确实、人在宇宙中的位置、过去与未来的开放性。随后三本诗集——1967年《一百种乐趣》、1972年《任何情况》、1976年《大数目》——更使她与鲁热维奇、赫伯特并称波兰"三大诗人"。1966年她因不满统一工人党开除"修正主义哲学家"科拉柯夫斯基而退党(后者的《马克思主义主流》如今已成为经典)。1985年出版《桥上的人们》,1993年出版《结束与开始》。

如果比较一下辛波丝卡头两本诗集跟同一时期中国诗人所写的诗歌,便会发现,它们从主题、题材到情感,乃至手法(社会主义现实主义和革命浪漫主义,具体形式是"楼梯体"等),其实都是以苏联为原型的"普遍的""社会主义诗歌"在不同民族语言中的变形。比如,同时期中国有代表性的"战士诗人"郭小川就写了《投入火热的斗争》《向困难进军》《把家乡建成天堂》《闪耀吧,青春的孩子》《致大海》等。[①] 尽管偶尔有过《望星空》(1959)中的瞬间的困惑和怀疑,但中国其时的政治和思想环境使郭小川无法充分发展出他的诗歌的另外的可能性。而辛波丝卡则比较幸运地处在苏联赫鲁晓夫时代和波兰哥穆尔卡改革年代,因此她后来的诗走上了另一条道路,敞开了独立思考的空间。尽管苏东政局有反复,但她坚持了下来。

[①] 见《中国当代名诗人选集·郭小川》,人民文学出版社,2006年。这些诗写于1955—1959年之间。

从这个角度来看,从 1978 年开始的中国诗歌新时代,不过是 1956 年在苏东展开的另一种文学可能性的推迟的到场。1956 年波兰哥穆尔卡的改革(1956—1970)和同一时期赫鲁晓夫的改革,跟邓小平的改革开放可以"对表",虽然后者在时间上晚了约 22 年。在某种程度上,中国近三十年的"新时期诗歌"也可以跟 1956 年后的苏东诗歌"对表"。

从政治对诗歌的影响来看,这六十年的诗歌是重演了诗歌在苏东的命运。前三十年的诗歌作为"颂歌"和"战歌"重演了斯大林时期,后三十年的诗歌则局部地重演了赫鲁晓夫、勃列日涅夫至戈尔巴乔夫时期的形状。当然,由于中国的改革具有旧权力格局与新兴市场经济合谋的特征,出现了政治威权主义化与社会消费主义化的结合,因此,诗歌方面也出现了异于苏东的诡异特征,意识形态被淘空后,"平庸型"官方作协体诗歌(如"做鬼也幸福""梨花体")、民间享乐主义、知识界犬儒主义、宗教苦行诗歌并行不悖、共同繁荣的"后现代状况"。

在对待政治的态度上,跟苏东相似,除了平庸型诗歌外,还出现了不同的声音。这不同的声音又分为两种。第一种是"政治化"诗歌,又大致可分为"显白写作"(反射)和"隐微写作"(折射)。显白写作是 80 年代中国版的"大声疾呼派"或"广场诗",如叶文福、北岛早期的诗歌。"隐微写作"是对政治的折射而不是反映,微光、暧昧、心照不宣,如欧阳江河、王家新,应了"审查制是隐喻之母"的话。在写作类型上,它们可能跟其所反对的是同一类,用的是同样的手法。第二种是"非政治化"诗歌,或"遗忘式诗歌"(漫射),对于权力不在乎、不在意、不注意,假装它不存在(但实际

小回答

上它存在,而且渗透在空气和毛孔里)。它们将注意力投注到别处,如自然、人性、诗歌、艺术、文化传统、物质,等等,如北岛后期、所谓后现代派、七十后、八十后等。对于许多人来说,这种"非政治的政治"、"非意识形态的意识形态",能比对抗式的、政治化的写作更为有效地对抗权力的侵蚀。我们在辛波丝卡那里已经看到,她把这种"非政治化"视为对异化政治的真正的纠正,因为恢复正常的感受能力和思考能力,回到日常语言,远离假大空正是诗人的神圣职责。但是,对政治的这种刻意的回避真的是一种正常的写作策略吗?恐怕问题并没有解决,反而引起隐讳修辞的焦虑。与"文革"时期刻意地投入政治写作一样,现在刻意地回避政治写作,同样是一种不自然,是一种异化,都是一种"政治强迫症"。有人群的地方就有政治,在中国也跟在别的地方一样,政治像呼吸一样是们人生活中无法分割的一部分,是他天天遭遇的事情,假装没有这一部分,或者无视这一部分,都只是一种掩耳盗铃式的逃避而已。在这一点上,我认为新诗还不如非洲诗歌来得自然和健康,后者具有质朴的非洲人与生俱来的、直言不讳的政治性。何况在优秀的诗人那里,将高超的语言技巧和对政治的批评态度完全融合了起来。[①]"政治诗"和"庸诗",在他们那里并不能画上等号。

(本文为 2011 年 5 月 21—22 日北京大学"重建诗歌的出发点"会议论文)

[①] 可参见我为《这里不平静:非洲诗选》一书所写的书评《强劲有力的当代非洲诗歌》,发表于《南方都市报》2011 年 5 月 15 日文艺副刊。

访谈一(答黎衡问)

问：你身兼神哲学的学者、诗人和翻译家三重身份，而且在这三个领域里都沉潜、勤勉、优异。你怎么看待这种身份的张力？怎么看待张力关系中你的诗歌写作？在一个诗歌从外部被边缘化、从内部被各种畸形的场域相互消解的写作处境中，学术和翻译有时是否是对写作失重状态的一种替代性补偿？

答：要说"勤勉"，我自认还算得上。"优异"与否自己不好说，时论也误人，只能留待将来人的判断。"沉潜"如果是说不太爱交际，那还说得去。

我的专业碰巧是哲学，这跟许多诗人的专业正好是地质学、物理学、历史学没什么不同。我不够资格当神学家（我没有受洗，因此算不上基督徒），而只是一个基督教哲学的爱好者和研究者，这种情况大概和一个欧美的汉学家研究儒学、佛学差不多，谈不上认信，但持一种"同情之理解"的态度。

确实，如你所说，在这三种"身份"之间有某种紧张。尤其是理性（哲学）和感触（诗歌）之间有一种紧张。比如常常有这样的事：我想写一首诗，但发现我对于它的结局已经有了清晰的认识，这时，我就无法写这首诗了。因为它太理性了。我的经验是，写诗需要一个感触点，它会慢慢衍生形成一个核心，它会像磁吸铁屑一样把你的经验、情感、潜意识、语言习惯、思想、节奏组合在一起。而单纯的理性思考是不能创造出这个感触点的。当然,年轻时感情冲动,容易多愁善感,但因为经验和理性尚未能跟上,而常常会欠缺结实和深度。随着阅历的逐渐丰富,越来越不容易动感情,而很容易看清结局,但也容易丧失写诗的起点或触发点了。对于我来说,保持理性的清澈和感性的自发之间的平衡发展,是一个一直在努力维持的目标。

相对来说,写诗和翻译之间的矛盾没有那么大,尤其当出于喜爱而翻译一些诗人的作品时,会对自己有启发作用。翻译跟普通的阅读还有所不同,它需要译者对原作有较深程度的了解和剖析,体会到在语言的转换中一些较为微妙的语言和文化现象,这在无形中会使译者受益。比如,我在翻译沃伦和劳伦斯时,对于英美诗人中那种看似散漫、实则"松紧结合"的散文化有较强的感受,我自己也尝试过那样的"长短句"。在翻译梅利尔时,对于英诗中的一些语言游戏如双关语,有较直观的感受。我也曾写过这方面的文章。

你把这种张力称为"身份"的张力,我倒不这样认为,我更认为是心智处于不同的状态。当我在一段时间里被哲学思考占据时,我会说,好的,我不考虑写诗,我考虑如何论证一个道理。算起来写诗也有二十多年了,以前基本上每年都会多少写几首,但2004年后,我差不多有四年停笔。我也没觉得有太大的焦虑。因为我知道,自己是在一种哲学的状态里,是在一种增加知识视野和思想深度的过程中。如梅利尔所说,在闲着的日子里,表面上看你是在荒废时光,但实际上你是在生长,总有一天它会结出果实。等我有一天发生了感触,拿起笔来写诗时,我发现,基本上我抛弃了以前的一些惯性和条条框框,心理好像要比以前成熟一点了。

当代诗歌的状态,正如你所说,是在外部被边缘化,内部被消解。我把这理解为诗人的不幸或幸运。在这个时代,诗歌是被权力和金钱异化的处境中一个心灵和另一个心灵的直接交往,诗歌是心灵的奢侈品。以往时代关于诗人的身份有各种想象和建构,先知、预言家、英雄、公民代表、喉舌、明星……现代更有词语炼金者、游戏者、为艺术而艺术者……应该说这些成分都会有一些,但也不全是。随着高等教育的普及,审美的民主化,评审机制的多元化,目前的诗歌危机在于"湮没",在海量的没有任何"门槛"就能随时随地涌现的网络诗歌中,真正有品质的诗歌和诗人被湮没了。当然,这也给我们带来了"淘宝"的乐趣。

早年写诗时,和大家一样,我希望获得别人的"承认",那时,写诗是"为人"的。后来,当写作成为一种生活习惯,并进一步内化为自己的思想和情感的一种"缩写"和"速写"时,基本上,我的写作就是"为己"的了(最活跃的时候,我能听到"话"在我心内持续地说着,它们实际上就是浓缩的诗行。这意味着,在那种状态中,我的思想的形式已经被诗行化了。对此我在一首诗《话》中有所描述)。随着写作的持续,我发现,我的诗开始与我的哲学、神学研究发生互涉,逐渐地建构出了一个词语的世界,一个个人的精神世界,一种深层的、也许将来会很庞杂的"个人诗学"。这在开始有些类似于燕子衔泥搭窝,但越来越向蚁穴的方向发展。你知道,蚁山虽然在地面显得不高,但一旦你深入挖掘下去,会发现一个庞大而精致的蚁穴系统,它在地下竟然有一个四通八达的网路,

小回答

一个相对完整的天地,一个繁忙不息的世界,足够容纳成千上万的蚂蚁在那里活动!

至于学术和翻译,我个人倒不是将它们当作一种"替代性补偿"。学术是我的所谓"职业",只不过碰巧是跟诗歌有较密切关系的哲学罢了。翻译是我的一种爱好,何况是翻译我喜爱的诗人的作品。学术和翻译对于诗歌其实是一种支持的、补益的东西。

当然,就我自己翻译的具体情况来说,为何翻译这个诗人而不翻译那个诗人,这里面除了个人的喜好外,也会有一些针对以往翻译而决心"纠偏"的心理。在我国,现代诗受外国诗影响很大。80年代以来,新诗创作很多时候是在模仿,这时引进外国诗歌的视野一定要全面、综合、平衡,否则会有因"偏食"而走火入魔的危险。例如一度大家认为西方诗歌经历着一个"现代""后现代"的"规律",因此都朝着"先锋""前卫""解构"一路猛进。其实在西方诗歌是真正多元的,尊重传统的诗人也有很多。我国近现代以来,对西方思潮的引进导致本土严重的"思想生态危机"(一些在西方的平常思潮被引进我国后,由于失去了其在西方的天敌制衡,而在我国放大成了压倒性的思潮,并扼杀了其他的思潮),产生了不好的后果。我的翻译较为注重坚持传统的诗人。了解西方诗歌的真正多元性后,我们就比较容易形成平稳的心态,踏踏实实地去写自己的真实感受,而不因为不够"新潮"而焦虑、起哄和追风了。

问:你早年有一首短诗《九二年五月赴京复试后沿京广线返穗途中》,我很喜欢。这首诗写出了宗教经验中的诗意。当然,有宗教经验者未必是严格意义上的信徒,但一定有瞬间的、个人化的认信感(如里尔克、穆旦)。那么你在读哲学系研究生的时候,是出于何种原因选择基督教神哲学作为方向的?你这首诗的结尾折射出了基督信仰中的时空观与现代主义诗歌的微妙关系,能否对这二者的互动作一下阐释?

答:我高考时,第一志愿就是哲学。因为父母怕北方太冷、太远,生活上不方便,我就报了中大。其实当时我的考分是很高的,到北大完全没有问题。在中大时,我对认识论很感兴趣,曾认真听过进化认识论的课,毕业论文写的是康德的先验范畴论。考研时,开头我想报社科院西方哲学史专业,后来他们回信说1989年后停招,所以我就报了北大。我填的志愿是康德哲学。研二时,系里想从我们那一届五个西哲研究生里转一个人去学基督教哲学。当时我想,反正西哲的课我也能上,多学一个基督教,会有益于对西方的整体理解。加上在本科毕业那年我读过和合本《圣经》,对基督教有一点文字上的认识,因此我就转到了这个新开的专业。确实,我在北大那几年是比较充实的,西哲和基督教两边的课都上。但是为什么当时要报基督教专业呢?除了上面说的原因外,背后是不是有一些思想上的原因?我想可能还是有的,你知道,80年代末是一个"文化热"的年代,那时刘小枫《拯救与逍遥》、海子的诗、荷尔德林的诗、中文《圣经》、《河殇》、柏杨、龙应台、对了解西方文化的渴望,加上精神的苦闷,等等,可能都代表了一种"时代的潜意识",最终把一些人推到了基督教研究上。我的一些同龄朋友中不少人就成了"文化基督徒",或者也像我一样从事于这个研究工作。

《九二年五月赴京复试后沿京广线返穗途中》那首诗,是在春

小回答

天我从北京复试回到中大后写的。那是我第一次过长江以北,对于与老家湖南相似的树种和鸟类感到亲切(与广东有所不同)。当时,从北京到广州要坐三十六个小时,还是那种直角的硬座。我在窗边看着夕阳照射着麦地里的村落,依依升起的烟雾,有种神圣的感觉,一种感恩的心情油然而生。如果上帝的爱确能笼罩世界,那么,对于个人,无论在哪个地方、哪个时段、哪个处境、哪个语言和种族里,当他感受到这恩宠时,他都是在和一个永恒的存在者相通的,他都分受了永恒之光。我想,这就是人们所说的"宗教感"。你说"瞬间的认信",我想应该是的。我一度对基督之爱有比较深的体会,但由于种种原因(主要是理智上的原因),我信得并不完全,也没有受洗,因此我并不能算是基督徒。但说我有比较深的宗教感是没有错的(当然,除了基督教,我还从道家和佛教那里受了不少影响)。

当我在学校里做奥古斯丁研究,读到他的时间论和永恒观时,我意识到,他所说的上帝是"永远的现在",而人能够在不断变迁的"时间"中体验到这个"现在",也许正是我以前体悟到的。我在读新柏拉图主义的存在论时,他们把"存在"当作"善",而把恶当作善的缺乏,把虚无当作存在的缺乏的哲学,对此我也有很深的感触。十多年前的一个夏天我去山西,当时因为心情不佳,陷入虚无之感,但看着道路两边的灿烂的向日葵,突然意识到存在之美善,即使在虚无中,我们也总有那么一点好,世界也总是正面的一个东西。这种从虚无的一边体验存在的美善的感觉,在我就固定了下来。

关于时间,哲学中有许多的讨论,奥古斯丁的"永远的现在"

访谈一（答黎衡问）

一般被当作"主观时间论"，后来被胡塞尔继承了，你看看胡塞尔《内在时间意识现象学》就知道了。在当代的讨论中，会把这种时间观称作"现在实在论"，即认为只有"现在"这个"时间晕"才是真实存在的，而过去和将来都不存在。这种"现在实在论"和那种认为任何一个点都是真实存在的亚里士多德、牛顿、物理学时间观不同，因为它把人对于时间的感受考虑进去了。但是站在奥古斯丁的神学立场来看，他又必须有一个"上帝视角"，对于上帝来说，我们尘世之人所说的过去、未来，在他都是"现在"。所以这里有一个立场、感受者转换的问题。

在现代诗歌中，这种时间观也会有所反映。比如，我们会读到穆旦写道，"在过去和未来两大黑暗间，以不断熄灭的现在，举起了泥土，思想和荣耀"（《三十诞辰有感》）。在奥登那里我也看到过相似的句子，如果我没有记错的话。而在艾略特这样的诗人那里，如《四个四重奏》，亦思考了基督教的时间和永恒。可见，基督教这种注重"永恒"的"超越"的时间观，实际上已经跟中西世俗的现代诗歌有了互动了。

就我个人来说，与无限的上帝的"永恒"相反，"时间"是和我的具体的、肉身的"存在"和遭遇联系在一起的，"时间"是"有死者"无可逃避的宿命，是有限性的表现，是我们生命之紧迫感的根本原因。"时间"一直是我最关心的两三个主题之一。关于时间、存在与我的意识的关系，我在研究奥古斯丁的那本书《记忆与光照》里曾用了专门的一章讨论。在我前年的一个组诗《世纪》里，实际突出的是微观和宏观的时间，也即个人、国家和文化的历史和命运。

小回答

在西方,"时间"在古代不是哲学的最重要的主题,但到了现代,它开始是,因为一些人像尼采认为,上帝死了,上帝的永恒也死了,在时空的有限性中的人及其命运,于是忽然成了哲学的主角。如果你读加缪,读海德格尔,事情就很清楚了。在神学方面,你看阿奎那完全是在一个超时空的角度谈上帝,是超时空的普遍真理,但到了现代神学这里,他必须认真地对待历史,对待时间,因此历史的耶稣得到了空前的重视。天主教神学要到20世纪的吕巴克这批人才能真正摆脱新托马斯主义,发现历史。我这里只是漫谈,真正的严格研究不是这样子的,不过关于诗歌的事我们还是谈得比较随意,不要那么哲学的好。

问:"道成肉身"中的"道"也译作"圣言",诗与言的关系是怎样的?当代语境是否在某种程度上阻碍了诗对道的呈现?

答:《约翰福音》用希腊文写成,"道成肉身"中的"道"原为希腊文的 logos,是"话"、"言"、"说"的意思,跟中文的"言"和"道"都可对应,但这两个中文字中,"道"由于在儒家和道家中都是核心概念,因此显然要比"言"更能引起人们的重视。而实际上,基督作为上帝说出的"话"进入到这个世界,化身成人(耶稣),让人们能形象地直观地耳闻目睹上帝的"话"本身,从而获得通达上帝的路径。在旧约时代,先知们会听到上帝的"话"临到他们耳边,由他们来传达,常常以诗歌的形式出现,如耶利米哀歌一类,但现在是由上帝的"话"本身亲自下到了凡间,变成了一个凡人,他是否是一首诗呢?实际上,福音书中的耶稣也是一个诗人,我们看他说的话常常是隐喻、比喻、寓言,是充满诗意的语言。在耶稣基督这里,当然他所说出的诗的语言就是"道",就是"圣言","诗以载道"在他这里是完全的,诗就是道。后世的基督教诗人多多少少都会程度不等地"载道",但丁是一个显例。现代诗人中,尽管发生了一些变异,但我们仍然能从艾略特、奥登、里尔克、米沃什这些诗人那里辨认出"道"的痕迹。

在我们国家,当我们提到陶渊明,会说他"外儒内道",是载了道家之道,尤其庄子之道;当我们提到杜甫,会说他是一个儒家诗人;而李白则是一个道教诗人;王维是佛教诗人;苏东坡则可以说是以佛融合儒道的集大成者。使他们的诗超出字面含义而另具一层光辉的正是他们背后的这些"道"。

当代语境何以像现在这个样子,是有其思想史的演变上的原因的。鸦片战争以来,尤其甲午战争以后,国人思变图强,一心向西方学习,1905年废科举和1911年废皇权,使儒家道政学三统俱灭,西潮汹涌而入,一时诸神之争十分激烈,在当时民族危亡的时代处境中,本土的儒释道与自西东来的基督教、人文主义和科学主义三大传统发生了一系列的互动和混战,最终是西方人文主义和科学主义战胜了其他四种,将它们当作"封建迷信"和"精神鸦片"打了下去,而人文主义和科学主义内部又以马克思战胜了自由主义和西式人文主义(以《学衡》为代表),1949年后通过教育培育出两三代法俄式无神论"新人",再没有儒释道耶传统,只有一个"革命传统"。改革开放后,在旧信仰已幻灭新信仰又难确立的情况下,一时出现了普遍的怀疑主义和虚无主义,只有一部分人又找回了昔日所谓"道",其中寥寥可数的一些诗人有希望成为儒、释、道、耶或别的"道"的体现者。由于基督教作为一个世界观在系统

小回答

性上很强,对于信徒的生活也具有较强的整化能力,因此,新诗出现了一个新现象,在一些基督徒诗人那里重新出现了"诗以载道"的情景,而相形之下,我们尚很少见到能体现儒释道之"道"的诗人。近几年诗界也有人(如杨键)在呼吁回归传统,引起一些诗人的回应,对此我持欣赏的态度。

由于普遍处在一种怀疑和虚无的思潮中,而人们又必须生活,因此回到本能的欲望和快乐,抓住世上实用的一切,就是合乎逻辑的结果。应当说,"三千年未有之大变局"可能以我们这个时代为最,它也许是一个过渡期,也许会长久地持续下去。因为就西方来说,这四五百年来时代的文化精神也发生了难以恢复的改变。在这样的时代,"道"当然像当年荷尔德林所说,要隐晦不显了。在黑夜里,只等着极少数的诗人来给我们传达一些"圣言"了。但问题是,如何鉴定谁是代言人呢?对此,我们也许只能凭着一些比较模糊的印记了。虽然模糊,但是显然我们也是能够排除掉一些东西的。这是问题的为难之处。

问:在你较长的诗中,《剪枝》十分精彩。"'阳春勿折枝'的古训"和"神迹一般"的黑云、骤雨分别代表了中与西的文化幻象,使这首诗有一种"心理上"的戏剧感。我注意到现在很多人写诗有两种倾向:一是把"叙事"、"现场"、"当下"庸俗化;二是用民族主义情绪把中国和西方机械地二元化。《剪枝》实际上为上述两个问题展示了更复杂的图景。能否联系你的翻译视野,谈谈你对中国诗坛目前的"叙事情结"、"当下情结"、"本土情结"的看法?

答:宋代理学家程颐曾当过太子老师,有一次他看到太子在折枝,就批评了他几句,大意是天理流行,天人合一,春天万物生机盎然,应让其自然生发一类。这比较符合今天的生态、环保理念,不过其背后的思想体系有所不同。今天环保,还是为了人类自身的发展,而在理学那里,可能就不那么人类中心主义,人类只是宇宙万物中较独特的一个种类罢了,但谈不上主宰,必须依循天道行事。我总觉得二程之强调"生意",有一些道家老庄的因素,而跟孔孟尤其荀子有所不同。在西方,对于自然和生态的认识也有一个复杂的过程。在希腊人那里的宇宙(cosmos)到了基督教就成了受造物(creature),人在其中的地位如何?对创世纪中相关的经文有不同的解释。早期神学说人可以代表上帝主宰万物(这影响到后来培根的知识就是力量,人要控制自然让它来满足自己的需要),近代逐渐强调人只是管家,不是上帝,只应管理好万物,最近一些年则说这种观点也不对,人与万物只是一种伙伴关系。

《剪枝》不是理论,而基本上是对生活中发生的事情的实写。当时我去温哥华读书,是和北大我的一位老师一起派过去的。我们租住在那边学校一位老师的母亲家里。剪枝一事是实际发生过的,下阵雨也是实际发生过的,里面的一些感受和思想也是发生过的。诗人张杰曾让我就《剪枝》说几句,我曾简要地说过这首诗的创作过程。诗一写出来,就存在各种各样的诠释的可能,加大了它的内涵空间。比较形象化、不说理的诗作尤其如此。《剪枝》当中有几句引申式的说理,但仍是感性的,靠形象说话。你能有这些理解和解释我感到很高兴。

当我们单纯地就叙事而叙事的时候,我们面对的是一个纯粹的事件或现象,把它跟别的事件和现象分割开来,无法把它放在一个整体里赋予它一个背景和意义。这种诗当作试验也许会很有意思,但当它过多的时候,我们就会觉得琐碎和厌烦,因为我们看不出它跟生活整体的有机联系以及在整体的位置(意义)。我们看我们古代的和西方的好的诗人,他可以写一个很小的事,但这个很小的事背后他会给你一个宏观的背景,或者是时代的变迁、历史的兴亡、个人的生死,从而这个小的事件有了一个深度的意味。艾略特《荒原》背后的历史感想来大家都能感受到,沃尔科特的《奥姆罗斯》为什么要用那么多希腊史诗的人名地名?是为了让今天背后有一个历史的深景。陶渊明和杜甫也写景物和感触,但他们的哲理和历史沧桑显然是在词象后面潜藏着的背景。

新诗的发生就有其先天的不足。它跟传统切断了联系,传统的意象、典故、文化难得用上,跟西方诗学了很多,移植了不少的西方意象,但对于西方的了解其实又不够深入,因此,最后剩下的往往只是西方一些皮毛的东西。80年代开始,一反"文革"时的清教式禁欲主义,人的感性欲望得到解放,那么,在摧毁了中西传统的"革命"意识形态本身又倒了的情况下,就会有这样一种危险,就是只剩下人的当下当地的感性存在。在诗歌上的反映,就是只剩下就现象而写现象的叙事。这就是说,已经没有从现象世界体味世界的整体意义的文化能力了。文化/文明消失了。

重要的不是你所见的,而是你对你所见的观看角度和方式。同样一片云、一座山、一池水,在不同的画家那里会被赋予不同的画意。在这里,我不能不提到"境界"这个词。为什么面对同样一个事件,同样一个世界,诗人会有高下之分?在这点上,在审美上,确实没有"民主"可谈。

访谈一(答黎衡问)

至于你说到的民族主义、本土化之类,这些词语能够引起一些公式化的、程序化和论文格式化的谈论,现在已经被谈得太多了。我已没有兴趣去谈了。我只说具体的写作过程中,是不会考虑这么多的,否则诗歌怎么还能写得出来?因为诗歌写作较为个人化,我只写我感受到和思考到的,它就是我"一个人的世界观"。写出后别人是否说它本土化、国际化等,是另一回事。比如剪枝这个事情,发生在作为概念上固化的所谓"西方"的温哥华,但里面又用了中国古人的感受方式,所以会有一个复合的文化效果。但温哥华由于特殊的原因,华人不少,它的中国人特色是很鲜明的,因此在中文世界里,"温哥华"跟"柏林"、"纽约"这样的城市可能有不同的含义。但这都是后来的评价问题了。

我很少关心诗歌界流行的观念,也不按那些评论家们的理论去写东西,我只写我目前的"世界观"视野下能感受到和想到的东西。至于这些东西是本土的、国际的,是特殊的还是普遍的,都是次一级的问题。正如拉金所说,一个人要忠实于自己的感受,从那里写开去。当我们抽象地谈论特殊和普遍的时候,常常会出现诸如"越是民族的越是世界的"这类的断言,而实际的生活和写作的可能性则要丰富得多,不是几个理论或命题就能"概括"得了的。

问:你是一位很注重诗歌形式的诗人。很多人把新诗尚未形成成熟的形式归因于时间太短,我认为这是错误的,现代和古代的信息条件、教育普及程度都不可同日而语,九十年已不算短。对于这个问题,我持一种非常矛盾的态度:一方面如冯至的《十四行集》确实显示了现代汉诗在重视形式后令人惊喜的可能性;另一

小回答

方面,我又认为汉语音节单调、重音率高的特点决定了汉诗很难形成现代意义上的成熟形式。当然,音乐性是非常重要的,但音乐性与诗体是两回事。请问你怎么看这个问题?

答:确实,现代社会是一个加速度社会,今天中国的人口、财富、教育、信息上的条件,都远远超出了新月派的时代。新诗形式上理应成熟一些,但实际情况不尽如人意。

20世纪前半叶不少人做过新诗形式方面的写作实践和理论探讨,80年代以来也有人做过探索,如我在80年代末就读过骆寒超等人的关于新格律诗的理论,并写过一些相关的格律诗。我在1990年自印的一本诗集《梦中的家园》主体就是新格律诗。当时实验了"行的齐整"和"行的对称","节的齐整"和"节的对称"等排列方式。对于一些理论家所寄予厚望的九言诗(他们认为随着汉语双音节和多音节词的增多,诗行也会自然地由四言、五言、七言而扩至九言),我也做过实验。但我后来没有持续下去。因为我觉得,行或节的齐整(如九言诗)导致了高度的不自然,行与节的对称稍微自由一些,但这多少会要求在内容上有所重复或回应,这也跟我们自然的思维习惯不合。其中最大的问题,是会导致机械性。你想象一些字音吭哧吭哧地来回滚动的效果吧。

这里面最大的理论问题,我相信还是格律诗理论家们按照欧洲诗的诗律来套汉语,从而套出了问题。因为欧洲语言跟汉语差异太大了,套过来就好像是在削足适履。比如英语诗只有两个音调,轻音和重音,有的音调发音长一些,占时多一些,有的则短一些,占时少一些,从而造成不同的效果。对于英语来说,它的一个词可以有几个音节,但在词意上是完整的,词与词之间有空格隔开,因此阅读时它的音尺可以前后相连,但意思是可以隔开的。但在汉语中这些都不明显。汉语的词性有时不分明,一行诗句里面没有空格隔开不同的词,因此意顿和音尺往往是连在一起的。比如,"这是／一沟／绝望的／死水",如果按照英诗的有意义的词排列,可以是"这／是／一沟／绝望的／死／水",它是有必然的语言要求的。但在汉语中,我完全也可以排列成"这 是 一沟 绝望的 死水",它是可以比较灵活的。由于这种音与意之间的灵活性和交错(我个人在写作中和阅读中的习惯是由意顿来带音尺,因此,我会常常有五音尺,写或读它们时速度会急促一些),不容易形成格律诗。在音节上,就是四音尺和五音尺不好划分。

但不管怎样复杂,字数相差不大的诗行还是比较容易形成格律的感觉。我们看海子的短诗,也许他在写的时候根本没有考虑过格律诗问题,但是无形中,他的呼吸和脉搏的跳动符合了广义上的格律诗,也就是在他的诗里,大致看得出每行的意顿数是差不多相等的。

在倾向于格律诗的诗人中,也依据各自的才力而有不同的表现。徐志摩的才力大,因此尽管他按照格律的理论去写,也会让我们觉得轻盈自然。而当孙大雨吃力地按照格律理论去写他的长诗时,我们读起来会觉得特别累。格律对于他尚是一个外在的东西。

我后来较喜欢"参差型"的格律诗,就是每行的意顿数可能差不多,但也照顾到由标点符号、跨行等造成的自然停顿,添加行内、行尾韵,使阅读时的速度发生或快或慢、或缓或疾的自然调整。在内容上,尽量省略、浓缩、跳跃(但不晦涩)。总之,跟散文拉开距离。《蜃景》那首诗就是一个例子。我的一个感觉是,三音顿比较

小回答

特殊,它比较调皮、活泼、有弹跳力,运用得好能够使诗"活色生香"。

如果你所说的"成熟形式"是指某一种格律诗(如九言诗),那我觉得它还是不可能的(三个轻快的三音节带来的节奏,如果反复重复,一定会有十分奇怪的效果)。像冯至和卞之琳的一些诗也不能说是严格的格律诗,而是稍有弹跳力的(最近我看到孙绍振教授在提倡林庚依据法语诗提出的"半逗律",可能会比新月时的音顿说有道理,但孙绍振的具体论证尚未写出,我拭目以待。我的感觉是不管参照法文诗还是英文诗这些西方语言,都难以制定一个固定的格律来)。

因此,造成"成熟形式"的困难也许不是你所说的"音节单调、重音率高",而是音尺的划分不容易,音尺与意顿常常搅和在一起。重音率高应该不是问题。比如在西班牙语和意大利语中,元音是非常丰富的,这也算是重音率高了吧。但丁《神曲》一万多行,能够把韵一路押下去,就是多亏了意语丰富的元音。

至于音乐性,确实跟格律不同。在一些好的小说或散文里我们也能体察到音乐性。当然,"音乐性"这个词也有些含糊。语言毕竟不像物理对象那样容易精密地分析。但说"音乐性"包含了节奏感、呼吸、语气、语态,也不为过吧。像苏童的一些小说、余华的《许三观卖血记》就能让人感觉到语言的音乐性。在好的自由诗里面,我们也能感受到音乐性。它跟格律似乎关系不大。就我个人来说,我也写过一些自由诗,力图让它没有格律但有音乐性,像七八年前的一批创作(如《话》《滑冰者》《骷髅》等)。

访谈一(答黎衡问)

附录

看了以上回答后,黎衡又有几个问题:

问:那个问答,里面你引的穆旦《三十诞辰有感》,"在过去和未来两大黑暗间,以不断熄灭的现在,举起了泥土,思想和荣耀",最后一个词应该是"荣耀"不是"荣誉"。这可能是笔误。因为我对穆旦的诗比较熟悉,刚好发现了。(此处已据黎衡的意见修改。这是打字时不小心造成的。——周)

你的思维很严谨,回答的内容本身是挑不出什么毛病的。但从我设问的角度出发,我觉得还有两个地方可以再商榷。

一是我的第二个问题的最后一小问"你这首诗的结尾折射出了基督信仰中的时空观与现代主义诗歌的微妙关系,能否对这二者的互动作一下阐释?"这个问题我设问的本意一是强调"时空观"而不仅是"时间观",因为你的原诗是"主啊,你的爱好像一个圆环,不停地\我从你走向你,永无终点和起点"。就我本人的经验而言,这是非常美妙而神秘的体验。比如在祷告时尤其是在"圣灵充满"的教会,我确实感到有一种超越经验的时空感受。在我看来,基督信仰中的"时空观"是个综合的概念,"我从你走向你"既是现在向永恒的踊跃,又是有限对无限的突入(或者说永恒和无限垂临了此在)。二来,设问中我所言的这种基督信仰的时空观与现代主义诗歌的关系,是想强调现代主义诗歌由于更侧重对人的主体精神的探究和表现,与这种神秘的幽微的时空感受会产生一种诗歌类型上的亲缘和思维方式上的呼应。探讨基督教思想与作为文学史的现代主义诗歌的关系,非我本意。

小回答

二是我的第三个问题,我还希望你能从语言哲学的角度谈一下诗与作为本体的语言(逻各斯)的关系,以及当代语境对作为真理性语言(相对于欲望性语言和工具性语言)的"道"的阻碍。这种真理性语言应该比宗教类型学意义上的"道"更有谈论空间。

这两个地方你要有时间就做一下补充,没时间就算了。现在看来我的提问确实不够明晰,概念没有厘清。

周伟驰复信

"荣耀"是打字时打错了,应为"荣誉"。

时空观应该加上空间观,不过那种"无远弗届"、"无所不在"的感觉应该是相通的。你说的没错,大致意思就是人处在慈爱之光中,既可以说他被光笼罩了,也可以说他突入了那光。主观性,新教经康德后到施莱尔马赫极力向绝对信赖感靠拢,实际强调了开创者马丁路德强调的内心虔诚与更新,这与现代诗歌波德莱尔等人强调内在的主观感受确实有相平行的地方(甚至和笛卡尔以来的西方哲学"向内"追寻"自我"相平行,我的一个不无偏颇的看法是,这可能跟路德和笛卡尔都有一个共同的奥古斯丁来源有关),在一些基督教诗人或基督教传统中的诗人那里有所融合,如霍普金斯以来的一些诗人。

第三个问题中所说的"本体的语言"、"真理性语言"、"欲望性语言"和"工具性语言"都需要作一点界定,也许你是说在当代这个众声喧哗的语境里,作为"真理"、"本体"、"道"的代表之一的基督教话语,被一些世俗的、工具价值的话语掩盖或遮蔽了?从这个角度看,现代化的过程确实是一个世俗化的过程。随着全球化的加速,世界各大文化、宗教传统的冲突与融合也在加速,未来很可能形成一个全球共同体,一种混杂的文化,在这个文化里,基督教将成为重要的声音之一,但肯定不会是唯一的。它将提供一种独特性,成为人们主要的选择之一,但我相信它也不会是唯一的选择。这对它的成长可能反而是有益的。

这些词语因为比较大(就像波普尔所批评的那样),可能我们的理解有点不同,因此在问答时,都从各自的角度理解它们,从而有些歧解了。

访谈二（答李浩问）

问：谈谈您对诗的认识吧？纯诗与顿悟、神启的微妙作用与诗人需要深刻意识到的区分？在诗对诗人的要求与召唤里，您是如何款待这些非常时期的？

答：第一个问题太大了，我不知从何下手。"纯诗"你是指马拉美、瓦雷里意义上的"纯诗"，强调诗歌作为一种词语游戏的审美独立和自律吗？还是侧重于一般意义上说的与"杂诗"（包含了社会、历史、政治、现实生活中的鸡毛蒜皮等）相反的诗？"顿悟"这个词有禅宗的味道，它跟基督教意义上的"神启"好像有"自力"和"他力"的区别吧？

是诗歌在召唤我们还是我们在召唤诗歌？恐怕是一个互相召唤的过程吧？你对诗很专注，天天想着它，它当然也会走向你，双方都在向对方"走来"。读中学和大学的时候，我写诗很勤，当时想问题几乎都是"分行"的，是跳跃式、联想式的，经常是句子自动地蹦到脑子里来。但是真正听到所谓的"声音"，要到1995年，在一场比较激烈的内心冲突中，确实听到了两个声音——两个意志的化身——的激烈争辩。你读过奥古斯丁的《忏悔录》，应当知道这个意思。所以那时我一读到巴赫金的关于复调、话语冲突、众声喧哗的理论，一下子就理解，并且进去了。当然，人不能天天处在

访谈二(答李浩问)

这种"声音"冲突里,那会把弦绷断、把脑子烧坏的,实际上,所有的宗教最终要达到的境界就是"和平",也就是一种"无声"的、平静的状态。这就是为什么我在一首诗《闪电》里说:"天使纯洁,纯洁的从来不具备思想。"因为好天使以上帝的意志为意志,他无须思想和话语,而人总是一种复合的、不纯粹的东西,因此他总是有思想,亦即有理性,有话语冲突。但是我们不能天天处在过度活跃的声音冲突里,总是会松懈下来,求一个安静。我们大多数时候会依据"潜意识"或"习惯"行事,把"声音"减弱,不让自己太亢奋。我们常把小孩子称作天使,可能就是因为孩子总是单纯的,他们还没有冲突的意志和声音,因此,连福音书里的耶稣也要求他的听众效法小孩子,这样才容易进天国。我曾经想写一篇关于"声音"的哲学文章,因为从哲学史尤其西方哲学史来看,从苏格拉底的"辩证法"到斯多亚学派的"内言""外言"说,经过奥古斯丁到托马斯·阿奎那的"言成肉身"类比说,再到当代伽达默尔、龙纳甘、巴赫金和罗兰·巴特的解释学与语言学理论,实际上已形成了一条将我们一般所谓"思想"、"理性"等同于"内言""内在对话"的学理线索,只是还没有人系统地整理罢了。

当我感受到所谓"内心"的矛盾和冲突,听到它们"化身"为声音与声音之间的互动、交缠和对撞时,如果我能在意志上加以引导,让它们以诗句的形式出现,则就会形成诗(当然,有时不以诗句的形式出现的声音冲突就平淡地过去了)。2000年我感受过这种声音的唤起,2008年也感受过。2000年那一次约有半年的时间里,我傍晚都会长途散步,没有任何目的,一边走一边观察一边若有所思,在脑海里句子就会自动地迸发出来,自有它们的音色。你

小回答

可能也有这样的感觉：这是一个人写诗最顺手、最轻而易举、有神来之句的时刻，也是一个诗人最幸福的时刻。那半年的时间里我先在北京的通县散步，一首较长的诗《话》记录了我的散步所得。那首诗很有我自己的声音特色，后来我自己也模仿不到了，真的，这首诗是我的一个"存在的瞬间"，那个时间点和环境过了，诗也就过去了，不能再重复了。后来到美国做访问学者时，每天都要在所在的纽黑文那个小镇散步，也写过一首诗《散步》，比较从容，观察清晰，正与实际散步的情景相吻合。之所以说"观察清晰"，是因为当地的空气清新，能见度很高（因为美国把污染工业都转移到中国和印度这些国家来了），能够清楚地看见天空飞过的鸽子或麻雀脖子上的斑点，让我从北京的那种雾蒙蒙的视野一下子恢复到了童年时那种清澈的视感。到现在为止，我作为一个诗人最幸福的时间有四段：一段是大学时约有个把月的时间待在图书馆里写一首长诗《追忆苍茫时刻》，那时是被一种氤氲、连绵不断的沉哀感笼罩了；一段是1995年约有十来天待在北大图书馆一间较安静的资料室里，写了一组诗（但不算很满意）；一段是2000年这半年，声音感最明显，诗句会自己迸溅出来；还有一段就是2008年大概有半年的时间可以有时间和心情琢磨琢磨诗歌，也能感受诗句的自然的涌出和成形。这几段时间里写了几首自己感到比较满意的诗。

当然，我们在声音冲突的时候适宜于写"众声喧哗"的诗，在心情宁静、单纯的时刻适宜于写纯粹的诗，这并不矛盾，就当它是一个人必定会有"松""紧"两种状态的自然外现吧。

按照浪漫主义的说法，这就是诗神在眷顾我。我想，不少诗人

访谈二（答李浩问）

都会有跟我一样的感想。当我感觉不到诗神在看顾我时,我也不是很着急,2008年前我几乎完全停笔四年,奇怪的是,我并没有感到什么焦虑。这里面是不是有一种自信心呢？恐怕还是有。因为我一直还是会读一些诗歌,关注这个领域,也偶尔做点翻译或写写评论,所以,当我恢复写作,写到第三首时,我就感觉自己完全恢复过来了,顺手了。这可能也跟我小时候长期的训练有关。

我小时候写诗差不多是当日记写,所以是一种"计划经济",但所谓"强扭的瓜不甜",很多时候下笔前连自己都不知道要说什么,所以成品很少。到大学尤其是到北京读书后,基本上就是"自发经济"了,感到有内容、有东西要写时才写。诗的形式和技艺对于我,始终是第二位的,尽管我会很注重它,在个别的字词上反复打磨,但内容始终是第一位的。

在诗神与诗人的关系上,如果可以类比的话,我认为"神人协力论"有点道理：为什么我们会产生某一个"灵感"？这里面有一种神秘。但如何深化这个"灵感"？这可能有赖人自己的努力了。"兴"大概是来自"诗神",类似于萨满教里的一种神灵附体般的突然激发,而"赋"则更有赖于人力,需要我们细心的敲打和琢磨。"比"介于两者之间,一些精妙的"比"堪称"神来之笔",每个诗人都会在写作中体会到。

问：从《十九世纪》《十八世纪》《家族相似》《政治符号学》到《黄鹤楼》等,这些诗作都是在同一写作时期诞生的,之于您以前的作品(这里主要是指您的诗合集《蜃景》里的一些诗作),这里面的幽默观念与曲折的松弛,让我想起波兰诗人亚当·扎加耶夫斯

小回答

基一首"富有历史感,但它也是令人发笑的诗(托德·萨缪逊语)"《关于波兰的诗》和《自画像》所具有的"曲折的幽默,尖锐而巧妙"。对于一些严肃的题材和思考,在诗歌中,您是如何平衡幽默出场的观念?其中的可靠性,您报以什么态度?我想这背后一定有您一套完整的思考体系支撑着您这一写作方式的运动。

答:20世纪波兰出过不少大诗人,这可能跟这个国家身处法德俄这几大强国之间,比较谦逊和善于学习有关。你提到的扎加耶夫斯基我很喜欢,家里也有一本,读过一些。我今天去书柜找,但发现图书放得太杂乱,一时竟找不着了。《自画像》我还有印象,因为他提到了马查多,马查多也写过一首《肖像》。扎是那种典型的东欧诗人,比较安静、沉思,有一些东欧诗人特有的冷幽默。近来我在读米沃什晚期的一本小集子《第二空间》(*Second Space*),以及辛波丝卡,后者我十多年前买过她一本英译的集子(*View with a grain of sand*),觉得很好,但不是最好。最近买到她一个新的译本,*Miracle fair*,读到里面一些像"Conversation with a rock"的诗,才觉得她拿诺奖当之无愧。但她可能还没有特别好的中译,中国诗人也不太具有幽默感。辛非常幽默,诗歌富有讽刺、玄学的意味。欧洲诗人有这个传统。这些诗人知识面广,视野开阔,从神学到化妆品和菜谱,写起来都到位,不是单纯把一个词语临时抓来闹腾一番就完了,而是和他们的整个传统的网络连在一起,因此你读起来会感到他们和整个文化没有割裂,不会是一种光秃秃的本能欲望的诗,每个词都会令你想到历史和传统的阴影,因此给人一种真实感。你知道诗就如画画,如果没有阴影,画面就缺乏立体感。与欧洲诗人尤其流亡诗人相比,我们缺乏这个。因为

访谈二（答李浩问）

现代以来，我们和自己的整个传统割裂了，大多缺乏阴影感。和政治生活一样，我们也大都缺乏幽默感，而是与之有一种"严肃"的同构。新时期新诗中比较有幽默感的诗人，我能想到的，就是黄永玉、流沙河、晚年艾青这么几个人了。

你提到的我的这几首诗，跟我最近几年对时间和历史的感受有关。我说"感受"，是强调它不单纯是一种"思想"，因为你可以从书本获得"思想"，但是"感受"必定和你个人的经验有关。我以前就对时间的流逝十分敏感，比如《追忆苍茫时刻》这样的作品。但人到中年，感受更加强烈，因为向后看，遭遇和经验比年轻时候丰富，向前看，则面临着老年的问题，会更充分地意识到生命之可贵，存在之紧迫。因为经历过时代和历史中许多荒谬、偶然的东西，我们会自然地有一种"复合的情感"，没有那么单纯。但怎么写这种东西？我想用一种"举重若轻"的方式，"最高虚构"要读起来令人愉快，不能太故作艰涩、太令人疲惫，有审美的愉悦感。所谓"复合的情感"，就如我们看某些电影，可以让你笑着哭，或者骂着赞。你看周星驰那被当作解构主义经典的《大话西游》，爱情是在滑稽当中显得真挚的。或者，《色戒》虽然有色情，但是明显和纯粹的色情片不同，它里面有一种很紧急的、危险的、焦虑的背景音。当然，纯粹也有纯粹的好，比如纯粹的抒情诗，百分之百的单纯，像个孩子，多好啊！这是诗的纯度问题。但复合情感更加成人化，接近成人的生活真实。在我们这个时代，这个语境，这个年龄，恐怕都是复合的情感了。就我个人来说，如果读沉思类的诗，可能更喜欢那种用活泼的方式思考的诗，而不太喜欢那种吭哧吭哧让人看着特别累的所谓"严肃认真"的"沉思"。如果一百行的诗让

小回答

我感觉到只读了十行就读完了,还有收获,那就证明它令我愉悦,时间不知不觉就过去了,起码它的形式是成功的。你用轻巧活泼的方式达到了"严肃认真"的效果,那不是比用"严肃认真"的方式达到了沉闷瞌睡的效果更加可取吗?

大约2000年的时候,我写了《当男权遇上女权》《对怀疑论者的三分法》《对某个但丁或叶芝的疑问》《信念的制造》等,后来我发现,它们类似于英诗中的"轻诗"(light verse),类似于我们的"打油诗",我把它们叫作"新打油诗"。但不纯然是胡闹。里面运用了"轻诗"的不少手段,如双关语、词语游戏等。在幽默诗的方面,我受到过布莱希特、耶麦(他写驴子的那首诗,多好啊!)、马克斯·特兰德的影响,乃至少年时代就喜欢的黄永玉、晚年艾青、流沙河的影响。你提到的《家族相似》《政治符号学》这几首近作,也可以看作2000年那批诗的一个延续和发展,当然里面对世界的理解有些变化。

《家族相似》的背景是2007年9月我随父亲回了一趟他的老家宁乡,见到了我以前只见过一两次的和从来没有见过的远房亲戚,那就真是"家族相似"了。你知道,维特根斯坦有个著名的概念是"家族相似",而我这个是现实生活中的"家族相似",二者之间有一种对应关系。《政治符号学》是读到一则报道,基本上我没怎么修改就成了一首诗,这样有意思的、妙趣横生的报道我们也常会碰到,它们确实太富有"诗意"了!感觉就像从沙堆里淘出金子来!前年我去武汉时,因为后来和建春、黎衡、你以及你们几个朋友在一起聊诗,就没有去登黄鹤楼了,但我在2001年曾经去过,知道它的"名"和"实"的关系很有趣。这令我想起阿奎那用亚里士多德"实体""属性""偶性""四因"说码起来的关于物质世界的理论,是多么的有趣,多么的有喜剧效果啊!实际上,这种"名"与"实"之间的错位,是一个普遍的现象。这种带点幽默、讽刺、滑稽感的"玄学诗"(还有《一棵树本身》),应该可以找到很多社会现象可写,只是我们较少用心去开发而已。另外,"轻诗"其实能够在政治、社会、公共事务等领域大展身手,但我还是比较谨慎,没有发挥它应有的威力。社会环境似乎也还不允许太泼辣的讽刺诗出现。我们还不是一个太幽默的社会。不过想想,如果我们能出一两个马雅可夫斯基、布莱希特,该多好啊!

至于那几首"世纪"诗,在写法上仍带有幽默的色彩,但在主题上更偏重于"历史",而少偏重于"玄学",着重于个人的、国家的和文化的历史命运。这组诗我下了很大的工夫。我在回答你第四个问题时会稍微再谈一下,但也不会谈得太多,否则读者读起来就没有多少空间了。我想给大家留一点空间。这里就先不谈了。

问:诗歌在您学术生涯中,以什么镜头出场?据我的经验,面对事物之时,哲学和诗歌的进入方式,是需要互相转化到某一点上,它们才能互相认识、支持和平衡,您是如何处理这些充满悖论的复杂关系的?在您不同的写作阶段主要受到哪些作家的影响?北大诗歌传统中,您和诗人余旸的写作,在这个传统中的独特性和已经展现出来的强大冲击力和茂盛的诗歌生命力不容置疑,能否详细地给我们介绍一下这道独特的风景是如何生成的?

答:我想,诗歌和学术没有必然的联系,有的人没有多少知识或学历,但照样能写很好的诗,有的人学术做得好,但毫无诗才。

小回答

不过,在我的理解中,知识是死的,而如何使用知识则是活的。比如艾略特有知识,他使用知识会显得有形迹,而弗罗斯特不也有知识吗?但是他用得看不出痕迹。黄庭坚的用典有时会较孤僻,但陶渊明相对就会比较自然。虽然有这种差别,但就他们诗的深度和广度来说,还是远远地超过了一般的写一些酬唱或小感觉的诗人。难以想象,在我们这个时代,一个视野狭窄、知识浅薄的人能写出多么深广的诗,但有知识也不是好诗人的充分条件,还要看你如何调用你的资源。用布罗茨基的话来说,诗人应该成为"文明之子",成为那么多文明所凝聚成的语言的容器,这些语言通过他的诗句体现出来。

哲学和诗歌作为两种不同的思维方式,一个要求逻辑推理,一个要求形象直观,确实经常处于矛盾之中。我自己常有这样的经验:当我在生活中产生一个感受、一个感动或一个灵感,想写成诗时,假如我的理性让我一眼看到了它的结尾,那我就觉得索然乏味,不想写了。但是我又不想和小时候那样,从一个词语下笔开始意识流地狂写一通,因此,有时只能先抓住一个瞬间的情绪、意念或句子,然后围绕着它慢慢地扩散开来,就跟一座城市的建造一样:你得先把市政府或教堂盖好,然后沿着它延伸开去。有些诗是我在生活中看到过、感受过的题材,予我较深的印象,但当时只是模糊地意识到"这个东西可以写一写",要到某一天才会有机缘冒出来,一气呵成就写成了。在此之前它好像一直在那里酝酿着,只不过我没有明确地意识到罢了。

我会在感性与理性之间摇摆,有时比如说写诗太久了,我会觉得没有多大的意思了,于是会去看看哲学或者神学的书,有时则会

访谈二（答李浩问）

倒过来。由于这种轮着读书和干活的经验,所以,我很喜欢那些能在诗里自由地谈起哲学、神学和宗教的诗人,如你提到的扎伽耶夫斯基以及他的前辈米沃什、辛博尔斯卡等。开点玩笑,中文系的诗人写的诗是"文人诗",哲学系的诗人写的诗是"哲人诗"。西方多"哲人诗",从但丁到艾略特,这就不用我多举例了。像蒲柏那样的诗人,大致可算作"文人诗"吧！相形之下,我们多"文人诗","哲人诗"比较少,陶渊明当然是个典型了,还应该加上曹操、李杜、苏东坡,现代诗人中,冯至、穆旦和卞之琳最好的诗也都跟"理"有关系。

那么"哲人诗"会不会有落入"玄言诗"的危险？确实有的,当我们急于说理时,就会造成这样的效果,魏晋时的"玄言诗"不用说了,佛教的偈子和宋明理学家的一些说理诗,也有这种效果,当然,有的更直白一点,有的更形象一点,艺术性不一而足。抽象与形象如何处理？我自己的方式一般是：先抓住自己的一个感受（它是感受而不是理性）,一个体悟,然后从那里洇开去,构造一个空间秩序。当然,也不排除"观念先行"或"主题先行"的情况,也有成功的案例。这种诗一般是先有一个大致的观念,但是在具体的操作中"骰子一掷永远摆脱不了偶然",因此它会像弹丸走圆盘一样,限制之中有自由,内容会在写的过程中逐渐地清晰起来。有人反对席勒那样的主题先行的写法,其实大可不必,因为人是自由的,诗也是自由的,应当允许各种可能的情况。难道规定只能从感受写,只能从一个词语开始写就是对的吗？也不一定吧。

有很长的时间我为抽象与形象的冲突苦恼,但后来发现,哲学和宗教不仅不是诗歌写作的障碍,反而是一种支撑和背景支持,因

小回答

为正是它们为我提供了一种视野和深度,一种看问题和看事情的"立场":我拥有这些文明的结晶,我就站在这个刻度上,站在这个角度上,可以看到跟别人不一样的东西,也许不一定比别人宽和深,但肯定跟别人不同,有我自己的创意。比如我原来一直关心抽象领域的知识,但最近几年因为工作的需要,我会经常到一些地方旅行,我要了解它们的历史、文化风俗,那么当我有了关于本地的比较深的历史眼光时,我的视角就会和一个完全不了解这些东西的人不同,我会看到、感到和想到跟他不一样的东西。比如,当我在汉武帝陵墓周围参观,如果我有关于他那时的详细的历史知识,或者当我在承德避暑山庄某一处废墟前站立,知道康熙和他的大太子的悲剧时(与旧约中押沙龙的故事类似),我就会比一个不知道这些背景的人获得一个不同的角度,虽然我们看到的是同样的事物,但是我们的世界观是完全不同的。哲学、宗教、历史从这个方面滋养了我的诗。但我并不想让它们成为一种"知识":一定要有一个打动我、感动我、促发我的点,它也能打动别人,而且,在用典的同时,尽量用大家都知道的,或者不知道也不会造成字面上的理解困难的故事。用典一定要用得自然贴切,自然到让人意识不到你用了典,没有知识背景的人觉得美,有背景的人则觉得深。

我在各个写作阶段受到过什么诗人的影响?那太多了。这里只能约略说一点。小时候,我曾在煤油灯下抄录过不少冯至、晚年艾青、穆旦(那时还不知道他们原来那么有名,只是觉得他们的诗读起来感觉跟别人不一样);中学时,我曾模仿过查良铮译的普希金的《奥涅金》写过一首分很多章节的很长的诗,模仿过兰波的《醉舟》写过一首《飘风》,模仿过闻一多《死水》写过一首新格律体的《秽之花》,模仿过埃利蒂斯写过不少云里雾里的诗……今天来看幼稚得可笑,不过,模仿有一个好处,起码培养出对于原作的深入的欣赏,一种鉴别的眼光,一种意识到自己跟大师的区别在哪里的谦卑感。哪些是可以模仿的,哪些是模仿不到的,难度在哪里,这是模仿者会逐渐明白的。当模仿者觉得难度逐渐消除的时候,那就证明要么他自己的水平达到或超过原作者,要么原作者的水平太次以至根本不用模仿了。中学时候,因为我家里总是有《诗刊》、《星星》这类刊物,以及"反精神污染"之时作为"反面教材"内部印行的朦胧诗(我看到过一本印得很精美的大十六开的顾城诗选),我都能看到,当然也会受到他们的影响。能够给我"语言感觉"的作品我迄今都记得很清楚,一个是杨炼的《诺日朗》,一个是铁凝的《没有纽扣的红衬衫》。后来《诗刊》有那么两三年的青春诗会出了不少好诗,如欧阳江河的《玻璃工厂》、韩东的《大雁塔》就是那时候读到的,确实有耳目一新的感觉。我父亲作为某个单位的宣传干事,常能弄到一些稀奇古怪的、只存在过一两期的诗刊,如《海韵》。在高中时我就比较有鉴别力了。读大学时当时国内译介的阿什伯莱版后现代主义也学过一阵子,后来很快发现里面有很大的问题。其实我们在翻译和理解阿什伯莱的过程中,没有弄清楚英文诗到阿什伯莱为什么会这样写。这是因为它内部的词语在其文化语境中有曲径秘响的暗示,有暗中的勾连,就跟李商隐"沧海月明珠有泪"一样。当它们被译成完全不同文化背景、词语联想的汉语时,失去了原语境和文化中的暗喻,就会造成完全不同的效果,特别的牵强。照着这种译作仿写,还以为自己写的是"后现代主义诗歌",会跟正宗的后现代主义毫无关系,成了纯粹的乱写。我就这样乱写过一阵子。当时还有什么"深度超现实主义"等,你能想到的写法基本上都被我们这个年龄段的"诗歌青年"学过一遍。我自己写诗摸到门槛,找到对汉语的语言感觉,要到1991年前后写《追忆苍茫时刻》的时候。直到今天,以前中大的一些诗友仍认为这是我最好的作品。到北大后,我大部分时间都泡在哲学专业里,一方面那种哲学的、理性的训练对感性多少有点伤害和排斥,另一方面逐渐地加深了我对西方的哲学和宗教背景的了解,这对于我读英语诗特别有帮助,反过来对我理解中国的传统也大有助益,因为我开始获得一种双重视野,一种比较的眼光。

对于很多人来说,博士毕业意味着读书生涯的结束,我正好相反,我博士毕业后才觉得自己刚刚学会学习,因为以前都带有"被逼迫"的成分,要学很多自己不太愿意学的东西,而现在可以由着自己的兴趣来了。我觉是这是我们教育制度的一个可悲之处。我们从小到大的"灌输"教学把学生弄得很消极被动,不能焕发一种自发的"热爱"。为什么欧美的中学教育比不上我们,但到了大学阶段后就显得更有创造力?可能就跟这个有关。因为在他们那里,中小学教育"松松垮垮",学生能够保持一种自然的、自发的对世界和人生的好奇与兴趣,有一种探索的热情和冲动,有一种动力,也没有什么拘束,因此到大学后,一旦他对什么产生了强烈的兴趣和自发的热爱,就很容易进去。我们则相反,到大学时,很多同学就慌张了,因为他不知道要学什么好,没有人给他"灌输"了,他反而一片茫然,大脑一片空白。也有人跟着导师学得很好,智商很高,但一旦遇到高薪或别的诱惑,就放弃了,他没有"热爱""志

访谈二（答李浩问）

业"的观念,只有"职业"的观念,就是"谋生"的观念。

我毕业后才真正学会自由地学习。专业之余,也曾用心读过一些外国诗人的诗,还翻译过其中一些,当然也读国内的诗作,发现在我国已悄然涌现了一批业绩不俗的"小诗人"。这些人不太显山露水,但已积累了一批作品。这十多年我喜欢的中外诗人大约总有二三十个吧。

你提到北大诗歌,这是一个看起来简单,其实比较复杂的话题。每当想起北大和新诗的关系,我就会想起哈佛和美国诗歌、莫斯科大学与彼得堡大学和俄罗斯诗歌的关系。美国现代诗的几个大诗人中,约有一半都在哈佛学习过,像艾略特、弗罗斯特、史蒂文斯都是例子。俄罗斯就更不用说了。如果我们还承认诗歌是文明的一种集中体现,诗人是文明之子,作为一个文化、一个时代文明的结晶的大学,尤其类似于哈佛、莫大、北大、复旦、武大、中大这样的大学,是有一种"天命"般的文化使命的,具体到诗歌上,它就凝聚成那么一批诗人。我承认这里面有一种古老的等级制,一种精英意识,但是像诗歌、哲学、艺术、创造力这种东西,确实很难完全民主化,做到人人平等。老北大跟新诗的关系有目共睹,胡适是新诗(白话诗)的开创者,现代重要诗人中,冯至、卞之琳、何其芳、穆旦(联大)、废名这些人,不说占了半壁江山,起码也能占个三分之一到四分之一吧！当新时期社会恢复正常秩序以后,北大就再次恢复了它在文化方面的创造力,从海子、骆一禾、西川以来,北大出的优秀诗人也已不少,相信大家也都看到了。当然,今天国内的大学格局已跟从前不一样,由以前的"官学时代"进入了"战国时代",像你的学校就有李建春这样的诗人。作为个人,我不认为在

小回答

某个学校读过几年书就能成为一个人一辈子的标签,我也不认为自己是一个"北大诗人"(正如我不认为自己是"中大诗人"、"社科院诗人"一样,我的诗歌交往也不限于北大),但年轻时在一个把诗歌还当回事的、有着相当高的综合素质的文化氛围里度过几年,无疑会对他的一生都产生重要的影响,从这一点来说,我为自己在北大待过几年感到庆幸。北大可能是全中国最重视诗歌的大学,诗神把北大当成"家"来常住也不奇怪。当年我进北大读书,一个重要原因就是因为北大把哲学和诗歌这样"无用"的东西当作宝贝,当作值得重视的精神价值,而跟整个急功近利的社会氛围格格不入,显得那么独特(我希望她现在还一如既往,而不要跟社会潮流混合了)。我在南北方读书时结识的一些诗友,不少成为终生的知音和诤友,对自己的持续创作起到一种背景音般的支撑、支持、激励的正面作用。每当我想到北大一些诗友的时候,都会很感慨,因为像他们那样有全面的文化修养、有整体的文明视野的人,在全中国都确实不是很多!哪怕有时候只是简短的一个电邮,或者半小时的聊天,都会令我受到启发或激励,支持我的写作。

新时期以来,北大以群体面貌出现的、能够持续写作的诗人应该说已经有三拨了。十年前臧棣和西渡编的那本《北大诗选》显明了这一点。第一拨是骆一禾、海子、西川等人,第二拨是臧棣、西渡、清平、麦芒等人,第三拨是《偏移》诗群。《偏移》在2001年停办后,诗人们继续写作,但因性格、趣味上的原因,结成较松散的不同的交往圈,呈现出多元的写作风貌。姜涛和胡续冬可能更接近一些,周瓒和穆青忙于她们的那个女性诗刊《翼》,我则和杨铁军、雷武铃、席亚兵、冷霜、刘国鹏、王来雨交流多一点,2001年我们曾办过一个同仁性质的网站"活页",活动完全民主化,没有所谓的"领袖",基本上是自己玩,算一种精神的自娱吧!2004年活动停止,去年又开始恢复,只是办成了纸刊。这两三年,当年《偏移》的那拨人也差不多都出了单独的集子。想一想也挺可怕,因为在这一点上我们确实跟美国接轨了:美国诗人一般也是四十岁上下才能熬出头,出一两本诗集。如果他们的写作能持续下去,将来还可能有很大的发展。

《偏移》之后,诗人们好像是"单打独斗"的多,我认识的就不多了,我见过王敖、马雁、曹疏影、温丽姿,他们都写得相当出色。王敖新出的那本诗集有一些诗确实好,达到一种莫测的深度,令我刮目相看。他对于英诗传统的了解已经相当深入。就我所知,对英诗很了解又自己写得不错的诗人,还有一个是黄灿然。最近还有一个完全自己冒出来的倪湛舸,很有意思。我买到了她一本《真空家乡》,知道她还跟我一样学宗教哲学,不过人我没有见过。

余旸我还是前年认识的,是和李建春、张杰、亢霖一起认识的,以前我未听说过他。当我问他如何称呼时,他说,他叫"多余的余,隋旸帝的旸",一下子就记住了(其实应为"隋炀帝")。当我知道他跟萧开愚比较熟时,我便相信他的诗应该写得不错。因为开愚总是有一种神奇的鉴赏力,能在身边聚拢一批最优秀的年轻人。多谢你的提醒,我从网上搜集了一些余旸的诗,他写农村题材较多,有力量,我认为是一种"天生蛮力"(赞词),原始、粗糙、自发的那种力量,还带有社会批判性。在诗艺上,他有跳跃和缩写,但是精准,不松垮,直接呈现,无冗词,不精致,像《野狗》那样的诗,粗粝、准确!这种诗跟北大常有的文人气息、小资趣味、中产心态、精

小回答

英视野相当不同(我不能摆脱),确实是个异类(我也写过好几首农村的诗,但侧重于对时间、异化的认识等存在主义主题)。这反过来也证明了北大的兼容并包,正是对于"差异"的不断接纳使北大充满了活力。

在北大诗人中,真正出身农村的好像不多(由于阶级再生产的成本升级,将来北大农村学生恐怕会越来越少,我很担心),席亚兵、雷武铃算,我只算半个,其他就是小县城诗人(冷霜)、大城市诗人了(你可以比较一下席亚兵的诗和来自青岛的王敖的诗)。写自己真正有把握的、容易的东西,能够比较细致入微,不容易落入僵化的套式。可能你会说我"题材主义",但我要说,题材本质上跟一个诗人的成长经历有着内在的关系,也会跟诗的内容、形式有很大的关系,你看李建春写《圣诞之旅》,难道不是这样吗?我为什么会偏爱"哲人诗"?因为我是这样观看世界和想问题的,我天天就这样生活着,它是我最有把握、观察和思考最多,相对于其他诗人可能有"比较优势",也容易与别人构成"互补"关系的领域。找准题材,写自己擅长的、容易的领域,然后在这方面做到最好,对于一个诗人非常重要。如果博尔赫斯去写叶赛宁的诗歌,或者杜甫去写李白的诗歌,对彼此都会形成伤害。

我自己写诗因为是"童子功",已成为生活和思维习惯之一,所以虽然也会受到周边环境的影响,但持续写下去应该不成问题,虽然我不知道下一次写作"爆发"会在什么时候。我现在写诗,强调"为己"。诗不是别的,只是我个人感受、观看和思考世界的方式,是这种感受、观看和思考以诗的形式表达出来。它与个人诗学、个人世界观紧密相连。现代哲学几百年,一个倾向是向科学靠拢,以科学的实证的方法解决问题;一个倾向是向诗歌靠拢,自身像一个艺术品,带有创造的个性。你看胡塞尔和海德格尔这师徒俩的差别就会清楚。在我看来,诗与宗教、哲学更有亲缘性,它更加直接地关系到我们的存在和生命。当我们能在自己的诗里淋漓尽致地表现出自己的个性和世界观时,而且表现得还能有美学快感时,作为诗我认为就达成了它的目的。此外的事都是第二位的。无论是在古代诗人还是今天的诗人那里,我看到好的诗人最后都能在诗里充分地展现他的个性和世界观,其最好的境界就是酣畅淋漓地透现之,而不是一直处于萌芽、"潜伏"的状态,这大概跟亚里士多德重视一定要将潜能"实现"出来,幸福就是实现自己的"德"(天赋)相似。

我的这种"实现",不是一种不间断的状态,而更多呈现一种"休眠火山"的形态。小时候我写诗如写日记,但后来完全是没有"计划"了,只是确实有话憋不住了才说。在一段时间内如果"火山喷发"得很厉害,它们之间自然会有一些共同的地方。我上一次"喷发"是在2000—2001年,大约有多半年的时间,就是上面说过的那批"轻诗"风格的诗。这一次集中在2008年,也有多半年,就是这本集子里的诗。一次"火山喷发"完后,会有一个休眠期,可能我会干别的方面的工作,但生活中若产生一个有趣的观察或感想,我会留意一下,到某一天,可能它就会跳出来,变成一首诗。

问:诗歌在当今社会的存在,它的意义与价值是怎样的一个趋向?您觉得历史意识在您的诗学里充当着一个什么角色?您在历史上的思考现在是如何定义的?

小回答

答：诗歌在当代社会越来越边缘化是一个事实，恐怕也是一个长期的趋势。这可能跟整个社会转型有关系。不过，诗歌总会有它的读者，尽管是"小众"。反过来看，80年代的诗人跟今天的明星似的受崇拜，可能也不是一个正常的现象。前几年，有一次我路过深圳一个立交桥旁边的半地下酒吧，看到外面的广告牌上写着崔健某月某日要来演唱的消息，我很有感触。时代的变化翻天覆地，但也许是让一些东西回到了它本来所属的地方。我们在诗歌上附加了很多政治的、社会的功能，但实际上诗就是诗，一个人晚上睡觉前在灯光下安静地读一读的东西。在我的理解中，诗的功能当然很多，也有"广场诗歌"，但就历史上的常态而言，诗歌恐怕还是一个心灵跟另一个心灵隔着时间、空间、语言甚至文化的亲密的交谈，它更近于一种私下里的会晤，而不是酒吧或马路上的喧哗。诗歌比别的文类更具有一种直接性和亲密性。因此我不担心诗会灭亡，只要人类存在，渴望交流他们的情感、意见和经验，就一定有诗歌的存在。在当代，想象80年代那样靠着一两首诗就出名一辈子的事已经不可能，一个诗人必须凭着终生诚恳的写作来证明自己，诗歌终将回到它的常态，诗人们也会恢复他们的平常心。实际上，就我所见，已经有一批诗人（可能有二三十名）每人积累了十来首好诗站在那里，但很奇怪的是，人们不常注意到他们。我把他们称作"小诗人"（minor poets），是很优秀的、有独特个性的诗人，他们构成了一个"小诗人时代"。希望将来能有人写一写他们。尽管前几年有人呼唤过"大诗人"，而且乐观地断言我们已经有了几位大诗人，但我认为还是需要时间的汰洗，不能操之过急。真的，一个人终其一生，能写出十首别人无法替

访谈二(答李浩问)

代的、无法模仿的好诗就已经非常不容易了。

在西方,诗也热闹不到哪里去。现在,诗歌就如拉金所说,越来越变成了一个流水产业:基金会给你一笔钱,供你一段时间,你写上几首诗交差,或者基金会给你钱请你朗诵几首诗,再出钱搞活动请一批听众来听朗诵会,然后基金会用这些活动来申请下一批基金,这跟我们熟悉的那种自发的诗歌交流似乎已有了不少的差距。当然,这总比没有这个杠杆要好,但这种靠基金会支撑的写作和阅读是不是也有很多不自然的东西呢?我还是认为要加强学校里的诗歌教育,让人们从学生时代就开始对于诗歌有一种发自内心的、自发的热爱和欣赏,而不是靠着一些基金的运作。在80年代我们开始读诗和写诗的时候,是这种发自内心的热爱,那时哪里有现在这么多资本的因素呢(补充:最新一期《新诗评论》有个北大学生分析了北大诗会,作者名字我忘了,但她也着重谈到了资本的介入,值得一看)。

你的关于历史的问题也比较宏大,不好回答。说到历史,我想谈历史感可能更确切一点。《追忆苍茫时刻》里的"历史感"是从个体那里生发出来的,是对于生命、青春、时代消逝的惆怅感和苍凉感。1993年的时候,我一度对圆明园很感兴趣,常逛那里,也集中读过一些圆明园的图书(它的故事丰富,跟传教士也很有关系),曾经想写一首较长的诗,后来发现我的才力不足以驾驭这类宏大题材。有些东西确实是急不来的。我真正对人类宏观的历史亲有感受,还是这几年到各地游历的事情。因为要撰写介绍中国古代文明的书籍,我要经常到一些文化遗址拍照,所以,会比普通的游客了解得深入、观察得细致很多,我也会去一些游人不常去的

小回答

地方,比如,河南登封旁边的观星台可能你就没有听说过,洛阳旁边有一个当年武则天曾和大臣们吟诗赋文的陨石群,今天那里还有一条小溪,溪水流经的石头是黑色的。河南、陕西这些历史悠久的地方不用说了,清朝的一些遗迹,不知你的感受如何,反正我到承德避暑山庄时,确能明显地看到一个朝代的背影,闻到它的一种气息(具体建筑可能翻修过,但它的整个轮廓仍清晰地在那里)。当你想到,就在一百多年前,也就是五六代人之前(以三十年为一代),康熙、乾隆、道光、咸丰这些人尚在这里活动,每一处小路都留下了一点小故事或大事件时,历史不再是书上的一种文字,而是逐渐变成一个活体。你在绕过一个小山坡时看见的湖景,你在凉亭的窗格间看见过的山峰,当年的人也看见过,中间隔着的只是一段时间。《十九世纪》有那么两行:"一个皇帝夜半起来小便,看着天狼星,瑟瑟发抖。/远处的棒槌峰斜立,他想起床上的妃子,微觉温暖。"山庄里有皇帝厕所的遗址,如果你去过山庄,会看见当地很有名的棒槌峰,一根兀立在高峰上的很醒目的大石头。我设想一个皇帝,比如平定新疆时的乾隆,接见英使时的乾隆,或者病重时的咸丰,如果夜半有兴致走出房间小便,见到"天狼星"多半会有不祥之感,因为"天狼星"太明亮,而它在中国的政治含义是"侵扰",外敌侵扰的侵扰。

再比如利玛窦,北京首都博物馆近来(2010年3月)正在做他的展览,四百年下来,他亲身的遗迹几乎没有了。在一两本书上,倒是能看到他的同伴罗明坚的亲笔字,这还是由于梵蒂冈历经两千年而不倒,具有以千年看历史的眼光(而现代政党一般是以十年的眼光看历史,这就是世俗政党和宗教组织的时间观之落差),

访谈二（答李浩问）

能保存下一些遗物。所以，一个普通的人，比如我们，在一百年后，还能留下些什么呢？恐怕连有没有这么一个人都不好查了。想一想这是很可悲哀的。但人为什么要有这种"永恒"的、"不朽"的冲动呢？

在我读古人的书的时候，发现他们有很强的时间焦虑感。诗歌不用说了，哲学也一样。在《孟子》那里有当时战国纷争、平定天下的焦虑，时不我予的焦虑。实际上孟子很难算得上乐观主义者，甚至可以说他是一个深刻的悲观主义者。你不要以为他讲人性善就是乐观主义者。他讲人性善是为了鼓励那些糊涂的国王做善事，施仁政。他讲人性受到摧残的方面可能更多。一般做孟子研究的人可能忽视这个，就知道形而上化。在奥古斯丁那里，尤其是早期的著作里，他常讲理念、真理是永恒的，是超越于时间的，我们人是会变的、有死的，我们死了，但真理仍然存在于那里，我们是很可悲的。人的肉体的、尘世的死亡，令奥古斯丁有一种紧迫感，宗教有没有消除这种紧迫感？可能是减缓了，但是难说是完全消除了。奥古斯丁说，我们会变的、有死的人能够认识到真理，这表明我们心里有不死的一面，我们的灵魂超越于我们的肉体，不同于我们的肉体。他用这个来减缓他的紧张，希望一个来世，一个"属灵的身体"和全人的复活。他是用"盼望"来减缓他的紧张。那么对一个现代的西方人，完全"世俗化"了的现代人，或者对于一个儒生，一个道家哲学家，他怎么办？赵萝蕤的父亲赵紫宸被认为是中国最伟大的神学家，他的旧体诗词写得非常棒，他在燕京大学时也在中文系讲授中国文学史，他写过一篇《陶诗中的宗教》，从一个神学家的角度，对陶渊明诗歌中由死亡与价值之间的矛盾引发的焦虑感进行了非常有意思的分析。我认为他这篇文章与王国维论《红楼梦》、牟宗三论《水浒》的文章可以并列,都是思想家的文学评论。这里又扯远了吧?我先打住了。关于诗歌中的时间和历史这样重大的主题以后再详细地聊吧。

问:就您所了解的基督徒诗人而言,他们目前的整体写作处在一个什么状况?诗歌是一种生活方式,这种生活方式是上帝的恩典吗?

答:我去年刚写过一篇较长的、约三万字的文章《当代中国基督教诗歌及其思想史脉络》发表在北大《新诗评论》2009 年第二期,里面对一些基督徒诗人的创作特点、感受倾向及其思想史渊源做了一点考察和分析,到时我给你一份。在我看来,基督教诗人作为一个群体开始出现,这是新诗九十年来的一个新现象,值得引起大家的关注。好的基督教诗人已出现了几个,突出的有鲁西西、李建春、北村、阿吾等,后面还有更年轻更有闯劲的一批人,我把你和黎衡都算在里面了。总体来说,他们正处于开始上升的阶段。

新诗的产生是中西、土洋、古今文化冲突的结果,具体来说就是西方文化中的三大板块基督教、人文主义、科学主义与中国文化中的三大板块儒、释、道相冲撞的结果,由于冲撞中发生了思想生态的变局,新诗有成绩,但也有一些不好的后果,比如在摧毁中西旧传统后,很容易产生价值虚无主义。倘若这个时代已没有杜甫、苏东坡、李白、陶渊明这样的儒释道诗人,而有基督教诗人,那么他们为什么会出现,就会成为一个值得追问的问题,他们的出现就有特殊的意义。

访谈二(答李浩问)

诗歌是一种生活方式吗？只好说,有的人对于文字、声音更加敏感,有这方面的才能,就跟有的人有打球的天赋、有的人有音乐方面的天赋一样。这种天赋你站在基督教的角度可以说是上帝的"恩赐"(gift),站在佛教的角度上又是一种说法了。但有天赋不能抽象地谈,它还是离不了长期艰苦的训练,所以还是要有"人为"的成分。比如美国有位教育心理学家叫加德纳,他认为人有八种智能,传统教育重视的一般只是两种:语言智能和数学—逻辑智能,但音乐、身体动能呢？就不太重视了。说到音乐,如果我没有记错的话,曾有人做过研究,认为,绝大多数人都有音乐天才,如果能在4—15岁之间(越早越好)进行科学的训练,95%的人都能达到音乐家级的辨音水平,达到非常高的演奏水平,但过了15岁,就只有5%的人能够学好了。这是一个天赋逐渐丧失的过程。我们写诗可能也跟这个相似。我也忘了是哪个诗人说的了。这个诗人说,每当有人问他,为什么你还在写诗呢？他都会反问,为什么你不写诗了呢？因为每个人在当孩子时,都是天生的诗人,都是充满天真、童趣、天马行空无羁无绊的想象力的。一些小孩子做的梦、画的画、说的话难道不是充满了诗意吗？那为什么当孩子进入学校,开始社会化、成人化后,这种诗歌方面的才能就逐渐地丧失了呢？只有极小部分的人能够把这种童真、单纯、无羁的想象力保持到成年以后,他们就是我们所称的"诗人"这种"稀有物种"了。

基督徒站在信仰的角度,会很自然地认为他之能够写诗是因为有上帝的"恩赐",也有圣灵从内部推动他写作的"恩典"(grace)。普通诗人则不会从这个超越的角度看待自己,写诗就是写诗,跟外在的力量没有关系。况且,一些人写得并不好,生活也

小回答

过得一团糟,你总不能说这是上帝的恩赐吧。所以,还要看你站在哪个立场上看问题了。如果站在基督教的角度,也要看清哪些是真正的恩赐,哪些不是。

  基督教有一点是特别好的:一旦认准了家里的孩子或自己有哪方面的恩赐,就会听从上帝的"召唤",将之作为"志业",全力以赴地弘扬它,成功了固然是荣耀上帝,失败了也不会怪罪上帝,而只是认为上帝另有密旨,或者自己方法不当。这特别有益于出伟大的作家和诗人,就因为背后有一种召唤感和崇高感,不计得失成败的纯粹的精神冲动。在过于世俗的文化里,则缺少这样的纯粹精神的冲动,多从名利着想,很容易就中途动摇,转到其他职业去了。当然,非基督教的传统中也有伟大的诗人,荷马也吁求诗神缪斯眷顾他,一般伟大的诗人,都会坚信自己能充分地发挥自己的才能。对此恐怕你也不难作出基督教的解释。